Marie Fitzgerald

Die Symphonie des Augenblicks

Marie Fitzgerald

Die Symphonie des Augenblicks

Roman

Aus dem Französischen
von Hanna Klimesch

PENDO

Mehr über unsere Autoren und Bücher:
www.pendo.de

Die französische Originalausgabe erschien 2016 unter dem Titel »Nos nuits deviendront nos jours« bei den Fleuve Editions/Univers Poche.

MIX
Papier aus verantwortungsvollen Quellen
FSC® C014496

ISBN 978-3-86612-434-9

Satz: Kösel Media GmbH, Krugzell
Gesetzt aus der Warnock
Druck und Bindung: GGP Media GmbH, Pößneck
Printed in Germany

Für Claude, meinen lieben Freund,
der mich zu dieser Geschichte inspiriert hat

Auf seine Menschlichkeit und seinen Humor,
seine Großzügigkeit und seine unglaubliche Feierlaune

Auf den Menschen,
was auch immer die Natur seines Übels,
der Ursprung seiner Beharrlichkeit,
allein in diesem unentrinnbaren Duell mit sich selbst,
konfrontiert mit seinen Grenzen,
in einem Kampf gegen die Gnadenlosigkeit der Zeit
am Rande des Abgrunds.
Seiltänzer,
emeritierter Tänzer des Lebens.

Erster Teil

Alain

Sobald die Dunkelheit einsetzt, fühle ich mich nicht mehr wohl. Ja, ich bekomme Angst. Sogar zweifach, denn ich fürchte sie schon, bevor sie mich erreicht. Ich ahne sie voraus, so wie man bei einem tropfenden Wasserhahn nervös auf den nächsten Tropfen lauert. Es bereitet ihr eine gewisse Freude, mit meinen Nerven zu spielen. Sowie sie sich ankündigt, breitet sich in mir die Gewissheit aus, dass sie sich einige Minuten später in jeder Zelle meines Körpers einnisten wird. Jeden Abend kehrt sie zurück. Ich bin ihre Beute. Seit fünfundzwanzig Nächten habe ich nicht mehr geschlafen – oder nur in kurzen Phasen. Seit fünfundzwanzig Tagen zerrinnt mir das Leben zwischen den Fingern. Alles kommt mir vor wie eine Ewigkeit. Mir fehlt der Antrieb. Tagsüber beobachte ich, was um mich herum geschieht. Das lenkt mich von meinem Leben ab. Doch eigentlich habe ich kein echtes Leben mehr. Man hat es mir gestohlen, und das Schlimmste ist die Tatsache, dass ich es geschehen ließ. Wie gelähmt erdulde ich das Vergehen der Zeit. Ich erwarte nicht einmal mehr den Tod, und ich habe nicht den Mut, ihm entgegenzutreten. Ich habe mich verwandelt, in eine Pflanze. Tag, Nacht, Kälte, Hitze, Regen, Wind. Und jetzt ist es so weit: Die Düsternis hat alles geschluckt. Ich wehre mich, um ihr zu entkommen, indem ich die Augen weit aufreiße, bis ich auf der Straße eine Bewegung wahrnehme, auf die ich mich konzentrieren kann. Ich bete, dass es bald dämmert. Nicht etwa deshalb, weil ich noch einen Tag leben möchte, sondern damit die Angst aufhört. Sehr lustig, dass mein Flehen offenbar erhört wurde. Nicht von Gott – aus seinem Verein bin ich längst ausgetreten, und das ist auch gut so. Aber allmählich kommt der Sommer, und die Nächte werden kürzer. Mit ihnen auch mein Leiden. Ich weiß nicht, warum ich solche Furcht vor der Nacht habe. Vielleicht weil meine Gedanken in der Stille nur noch lauter werden.

Claude

Gerade läutet das Glockenspiel meiner Wanduhr zur Mittagsstunde. Ich mag die klare, helle Musik, die mir den Lauf der Zeit anzeigt und damit natürlich auch den Tod, der näher rückt. Doch im Unterschied zu manchen Glocken, die mir einen Schauer über den Rücken jagen, verbreitet meine kleine Uhr eine schalkhafte Freude. Ich warte die zwölfte Glocke ab, bevor ich mich aus meinem Sessel erhebe und mit vorsichtigen kleinen Schritten in die Küche gehe, um mein Essen aufzuwärmen. Jeder, der mit seinen Tagen nicht allzu viel anzufangen weiß, wird mir zustimmen: Essen unterbricht die Monotonie der langsam dahinfließenden Stunden. Und so lasse ich nie eine Mahlzeit ausfallen, obwohl ich eigentlich selten Hunger habe. Und dies geschieht, weil ich von morgens bis abends in meinem Sessel sitze. Ich esse, um mich zu beschäftigen, um einen Grund zu haben, aus meinem Sessel aufzustehen. Und außerdem aus Gewohnheit.

Ich könnte hinausgehen. Rein körperlich wäre es möglich, doch ich bin noch nie gern allein spazieren gegangen, und dann auch nicht besonders lange. Ich werde schnell müde. Das liegt zugegebenermaßen an der mangelnden Bewegung. Doch warum, großer Gott, sollte ich mich zwingen, ziellos durch die Kälte oder den Regen zu marschieren? Das versuche ich meiner Haushälterin Angela immer zu erklären. Ich versichere ihr, dass mir die Schritte, die ich zwischen Schlafzimmer, Wohnzimmer und Küche zurücklege, ausreichend Bewegung verschaffen. Ich weiß ja, sie hat recht, man sollte jeden Tag an die frische Luft gehen, zumindest einmal den Block umrunden, das wäre gut. Aber ich finde immer eine Ausrede, und außerdem ärgere ich sie gern. Wir kabbeln uns freundlich, wie ein altes Ehepaar. Angela ist eine der Frauen, die kein leichtes Leben haben, sich jedoch nie beschweren und sich sieben Tage in der Woche für die Kinder abrackern. Eine Frau wie sie bleibt natürlich hartnäckig und versucht unablässig, mich zur Vernunft zu bringen.

»Sie müssen an die frische Luft, sonst werden Sie noch bettlägerig. Und glauben Sie bloß nicht, dass ich für Sie die Krankenschwester spiele! Wie stellen Sie sich das eigentlich vor? Ich habe schließlich eine Familie, um die ich mich kümmern muss.«

»Aber wer will schon bei dieser Kälte nach draußen gehen?«

Zu jeder Jahreszeit finde ich die passende Ausrede. Ich führe die Hitze an oder die Sonne, den Regen, den Wind. Es funktioniert jedes Mal, und sie wird wütend. Auch heute habe ich meiner kleinen Nervensäge wieder Paroli geboten und noch einen Kommentar hinzugefügt.

»Und Sie glauben wirklich, dass es mir Abwechslung verschafft, den Gehsteig entlangzutrotten? Ich bin blind, falls Sie das vergessen haben … Und mit achtzig habe ich doch wohl das Recht, nur das zu tun, worauf ich Lust habe.«

Ich gebe zu, ich war ein wenig heftig. Aber ich mag unsere Wortgefechte. Es geht darum, wer das letzte Wort behält. Und ich möchte gewinnen, ganz einfach.

»Was denken Sie denn, was mir das bringt, einmal im Kreis zu laufen? Fehlt nur noch, dass ich meinen gestreiften Schlafanzug anziehe. Dann würde ich mich wie ein Gefangener im Hochsicherheitstrakt fühlen.«

Großer Fehler meinerseits, noch einen draufgesetzt zu haben, denn ihr Schweigen verriet mir, dass es mit ihrem Mitgefühl vorbei war. Nein, vielmehr hätte sie um ein Haar ihre gute Kinderstube vergessen. Außerdem machte sie sich auf den Weg ins obere Stockwerk und ließ ihre Wut an den Treppenstufen aus, die sie unter Einsatz ihres gesamten Gewichts zum Beben brachte. Damit wollte sie mir demonstrieren, welche Beschimpfungen sie mir gern an den Kopf geworfen hätte, aufgrund ihrer guten Erziehung aber nicht auszusprechen vermochte. Wie ich sie kannte, würde sie nun mit eiserner Hand den armen Möbeln zu Leibe rücken, die doch schon jetzt blank poliert waren. Dabei würde sie sich zweifellos vorstellen, statt der Kommode oder des Beistelltischchens sei ich das Opfer ihrer Gewalttätigkeit. Und so konnte ich es mir nicht verkneifen, ihr einen Ruf hinterherzuschicken.

»Angela, hören Sie auf, wie eine Wahnsinnige zu polieren! Den Unterschied kann ich doch gar nicht sehen.«

Und ich lachte laut auf.

»Ach, Sie! Sie sollten sich lieber ganz schnell eine neue Haushälterin suchen.«

Das ist der magische Satz, der das Ende aller Feindseligkeiten markiert. Er bedeutet, dass Angela das Kriegsbeil begraben hat. Und seien wir ehrlich – müsste ich sie ersetzen, wäre das ein schreckliches Drama. In Wirklichkeit weiß sie ganz genau, dass sie in diesem Haus das Sagen hat, und darüber möchte ich mich nicht beschweren, ganz im Gegenteil. Und so antworte ich ihr der Form halber.

»Ah, jetzt drohen Sie mir wieder, sehr gut!«

Corentin

Laut lasse ich die Tür hinter mir ins Schloss fallen. Das mache ich jedes Mal, wenn ich zum Unterricht muss. Auf diese Weise zeige ich ihnen, dass ich nicht aufgegeben habe. Damit sie sich nicht einbilden, sie hätten gewonnen, während sie doch ganz offenbar nicht ganz dicht sind. Wie ein Mantra bete ich ihnen regelmäßig vor, dass ich weder Klavier noch Tennis mag. Einfach nicht mein Ding, Punkt. Glaubt ihr, sie hätten mich gefragt, was ich gern möchte? Von wegen! Sie entscheiden für mich, egal, worum es geht. Na klar, Klavier und Tennis, das klingt natürlich schicker als Badminton, um vor den Freunden anzugeben. Ich kapiere allerdings nicht, wieso sie überhaupt noch Freunde haben. Na ja, ich darf nicht vergessen, dass sie auf dem gleichen Trip sind. Wenn sie sich zum gemeinsamen Abendessen treffen, habe ich den Eindruck, dass sie einen Wettkampf austragen: Wer macht die beste Figur? Die Regeln sind einfach: Während Aperitif, Essen und Kaffee hat jeder Kandidat Zeit, seinen Gegner auszustechen. Manchmal spielen sie auch Doppel: Die Männer unterhalten sich in einem Team, die Frauen in einem anderen. Zwangsläufig verdoppeln sich dabei auch die Gewinnchancen. O Mann, das reinste Chaos! Sie hören sich kaum noch zu. Höchstens um kurz zu checken, ob der Input des Gesprächspartners irgendwie von Bedeutung war und – ganz wichtig – ob sie selbst einen Punkt gemacht haben.

Jetzt kapiert ihr sicher, warum es außer Frage steht, dass meine Eltern mich Badminton spielen lassen, oder? Sie haben sogar zu mir gesagt: »Also, Corentin, wir verstehen wirklich nicht, warum du solch ein Theater veranstalten musst. Es ist schließlich auch ein Sport mit einem Netz und einem Schläger.« Was soll ich auf derartig dämliche Argumente erwidern? Jede Einzelheit muss herhalten, um meine Person auszuschmücken, nicht mich, Corentin, sondern ihr Wunderkind Corentin. Brillant auf dem Gymnasium, ein Künstler am Klavier, ein Tennisass. Solchen Schwachsinn geben sie von sich.

Ihr hättet das Gesicht der Kassiererin in dem Lädchen bei uns ums Eck sehen sollen, die es nicht mehr erträgt, meiner Mutter zuzuhören, die hinausposaunt, welch hervorragende Noten ich an diesem Tag oder in jener Woche wieder eingeheimst habe. Ich kann euch verraten, dass in dem Blick der Frau nur ein Wunsch geschrieben steht – dieser vor Hochmut fast platzenden alten Schachtel, die sich für Einsteins Mutter hält, das gesamte Magazin einer Kalaschnikow ins Gesicht zu feuern, damit sich ihre Körperteile durch die Wucht der Salven im ganzen Laden verteilen.

Ich persönlich kann die Frau gut verstehen, schließlich fällt ihr meine Mutter nicht nur auf die Nerven, sie blockiert auch regelmäßig wegen ihrer fünf Tomaten die gesamte Kasse. Mit vor Rührung tränenden Augen legt sie nach und dreht sich zur Schlange um, die sich hinter ihr gebildet hat. Ihre Stimme erklimmt an jedem Satzende neue Oktaven, um schließlich in einem schier unerträglich schrillen Quietschen zu münden.

»Stellen Sie sich das doch nur vor! Mein Sohn hier, Corentiiiiiiin ...« Sie fühlt sich bemüßigt, diese Tatsache für all jene klarzustellen, die noch nicht mit ihrem genialen Filius vertraut sind, dem sie nun demonstrativ die Hand auf den Kopf legt. »... kaum zu glauben, er hat schon wiiiiiiieder die volle Punktzahl, ja wirklich, eine Eins mit Stern, sogar mit zwei

Sternen! Ein Geschenk des Hiiiiiiiiimmels, dieses Kind. Selbst seine Lehrer sind ...«

An diesem Punkt tritt die Kassiererin in Aktion. Sie fixiert den nächsten Kunden mit durchdringendem Blick, Modell Angelhaken. Sie dirigiert ihn, ohne ihn eine Sekunde lang aus den Augen zu lassen, unter Hypnose näher zur Kasse, während sie meiner Mutter einen Satz hinpfeffert.

»Manche Leute hier sind in Eile, Madame Clairmagne ... Treten Sie doch bitte nach vorn, Monsieur!«

Jetzt warte ich draußen. Bestimmt hasst mich die Kassiererin und wünscht sich, dass meine Mutter ihre Einkäufe anderswo erledigt.

Ihr werdet lachen, aber wenn man mir eines Tages mitteilen würde, dass meine Mutter abgemurkst wurde, wäre ich nicht überrascht. Vielleicht wünsche ich es mir ja sogar ein kleines bisschen. Natürlich nur unbewusst. Dann denke ich schnell an etwas anderes, weil ich ein ganz schlechtes Gewissen habe, wenn ich mir so etwas vorstelle.

Aber ich habe es einfach satt, für ihre enttäuschten Ambitionen herhalten zu müssen, ich habe es satt, ein Wunderkind zu sein. Ich habe alles satt. Ich hätte gern ein ganz normales Leben wie die anderen in meiner Klasse. Seit zwei Jahren meiden sie mich wie eine Gestalt aus einem Gruselkabinett, mit meinem IQ von 170. Seit dem verdammten Tag, an dem meine Mutter erfuhr, dass ich überdurchschnittlich intelligent bin, befinde ich mich in Quarantäne. Am nächsten Tag posaunte sie es so laut herum, dass sich in weniger als einer Woche ein Vakuum um mich herum bildete. Ich wurde unsichtbar für die anderen. Als ob mich ein schwarzes Loch geschluckt hätte und ich aufgehört hätte, Licht zu reflektieren. Die Kumpels, die ich hatte, meiden mich, laden mich nicht mehr ein. Und wenn sie mich ansprechen, dann nur, weil sie Hilfe bei den Hausaufgaben brauchen.

Bald bin ich achtzehn, und ich weiß, was ich an diesem Tag machen werde: Ich werde ihnen sagen, dass ich mit Klavier und Tennis aufhöre und den großen Tag ganz für mich allein im Kino verbringen möchte. So kann ich mein kaputtes Leben vergessen, sobald die Lichter ausgehen. Dort möchte ich sein – im Dunkeln, wo mich niemand sieht.

Alain

Ich mag dieses Eck. Es ist mein Lieblingseck. Es ist vielleicht nicht das schönste, aber von Anfang an hat es mich angezogen. Vielleicht weil mich dieses Häuschen, das zwischen den beiden Gebäuden eingeklemmt ist, an mein Leben erinnert. Es sieht aus, als bekäme es keine Luft mehr … und dennoch ist es in der Lage, Widerstand zu leisten. Bei mir ist das nicht mehr der Fall. Das Häuschen besitzt einen altmodischen Garten, der ein wenig verwildert wirkt. Ich betrachte es von dem kleinen Platz gegenüber aus, auf meiner Bank im Schatten des einzigen Baums weit und breit. Ich weiß nicht, um welche Baumart es sich handelt. Wahrscheinlich ist es eine Pflaumensorte. Damit mir niemand meinen Platz streitig macht, stelle ich meine große Reisetasche auf die Bank. In Wirklichkeit ist das unnötig, denn nach fünfundzwanzig Tagen auf der Straße bin ich nicht mehr vorzeigbar. Mein Äußeres treibt die Passanten in die Flucht, und das kommt mir ganz gelegen. Mein Aussehen verfehlt nie sein Ziel. Sobald sie mich wahrnehmen, beschleunigen sie die Schritte und wechseln die Straßenseite. Durch meine strategische Position halte ich sie auf Abstand und vermeide ihre Blicke. Die Blicke beschämen mich mehr als meine Situation. Der Blick auf das Andersartige! Mir ist vorher nie aufgefallen, welchen Einfluss dieser Blick hat. Er ist zerstörerisch. Deshalb fühle ich mich auf meinem Platz geschützt. Aber nicht einsam. Seltsam, dass ich selbst am Rande der Gesellschaft verfolge, wie sich die Welt bewegt. Brauche ich einfach die Gewissheit, dass ich noch nicht vollkommen tot bin? Oder hoffe ich, dass mich eines Tages ein Passant in das Geheimnis seiner Lebenslust, seiner Träume und Ziele einweiht? Zwei Wochen ist es nun her, dass ich *mein* Haus entdeckt habe. Schon komisch. Ich bin gekommen, um mit ihm zu sprechen, und ich rede mir ein, dass es mich versteht. Die Einsamkeit ist gefährlich, da ich mir schnell alles Mögliche einbilden könnte.

Dieses Eck ist aus einem weiteren Grund ideal – es ist nicht übermäßig viel los. Es befindet sich nicht mitten im Geschäftsviertel, also herrscht kein Trubel, sondern es ist gerade angenehm belebt. Durch meine stetigen Beobachtungen der Menschen und ihrer Bewegungen kenne ich ihre Gewohnheiten, die Marke und Farbe ihrer Autos und von manchen auch die Kinder. Irgendwie sind sie meine Nachbarn. Ich halte den gesamten kleinen Platz sauber, damit die Anwohner sich nicht beschweren können, weil ich auf ihre Bank gezogen bin.

Moment mal! Da hält ja schon wieder dieser Lieferwagen vor meinem Haus. Den habe ich doch letzte Woche schon gesehen. Dieselbe Frau steigt aus. Sie ist mittleren Alters, ihr blondiertes Haar ist zu einem Pferdeschwanz zusammengebunden. Sie ist nicht wirklich attraktiv, hässlich aber auch nicht, ein wenig gewöhnlich vielleicht. Groß, stark, dynamisch. Sie ist immer in Eile, öffnet die Heckklappe, taucht mit dem Oberkörper in den Kofferraum, um eine Kühlbox hervorzuziehen. Danach schiebt sie die Klappe zu, ohne den Wagen hinter sich abzuschließen. Sie bleibt nie lange im Haus.

Claude

Oh, die quietschende Heckklappe! Das ist Annabelle, die mir mein Essen bringt. Ich habe es Ihnen noch nicht erzählt, aber die Gemeinde lässt mir zweimal pro Woche Mahlzeiten liefern, montags und donnerstags. Es ist zwar nicht gerade gehobene Kochkunst, wenn man da überhaupt von Kochkunst sprechen kann, aber es ist praktisch. Ich muss mir die einzelnen Gerichte nur in der Mikrowelle aufwärmen. Seit ich Annabelle kenne, geben wir uns Küsschen, und wenn sie fünf Minuten Zeit hat, setzt sie sich und erzählt mir aus ihrem Leben, während sie eine Zigarette raucht, die sie sich aus meiner Schublade nimmt. Mit dem Rauchen habe ich schon vor Jahren aufgehört, aber ich liebe den Geruch, und für meine Besucher habe ich immer Zigaretten vorrätig. Nun ja, Besucher ist vielleicht ein wenig hoch gegriffen. Außer Annabelle gibt es noch Angela, die sich Dienstag- und Freitagvormittag um den Haushalt kümmert, aber sie würde natürlich niemals eine Zigarette anrühren. Dann sind da noch jeden Montagnachmittag meine Klavierschüler und manchmal meine Neffen. Aber es ist schon lange her, seit sie das letzte Mal hier waren. Also sind meine Zigaretten für Annabelle und für einen meiner Neffen, wenn er mir mal die Ehre erweist und nachsieht, was aus mir geworden ist.

»Was haben Sie mir heute mitgebracht, Annabelle?«

Ich höre den Reißverschluss der Kühlbox.

»Also, als ersten Gang«, beginnt sie mit dröhnender Stimme, so als ob sie die Gewinner bei einem Fernsehquiz verkünden würde, »haben Sie die Wahl zwischen Selleriesalat, einer Scheibe Knoblauchwurst, Karottenrohkost, gemischtem Gemüse, Tomaten mit hart gekochtem Ei und Couscoussalat.«

»Es ist aber auch immer das Gleiche.«

»Und als Hauptgang Lasagne, eine Scheibe Kassler mit Kartoffelpüree ...«

Und sie fährt mit ihrer Aufzählung der Mahlzeiten fort, die mir bis zu ihrem nächsten Besuch reichen sollen. Sechs Mahlzeiten für drei Tage. Sie musste mir die Liste noch nie wiederholen, weil ich auch mit meinen achtzig Jahren ein Gedächtnis wie ein Elefant habe. Zwangsläufig schärft man, wenn man nicht sehen kann, die anderen Sinne. Und Alzheimer erwartet mich auch nicht, das kann ich Ihnen garantieren. Sie räumt nie die Boxen in den Kühlschrank, sondern reicht mir die Vorspeisen nach Kategorie sortiert an, damit ich sie im obersten Fach aufreihen kann. Links die Salate, rechts den Aufschnitt. Danach verfahren wir genauso mit dem Fleisch, dem Fisch und dem Gemüse, das seinen Platz im darunterliegenden Fach hat. Auf diese Weise finde ich mich im Kühlschrank zurecht. Der Scheibenkäse und die Nachspeisen gehören in eins der Fächer in der Tür.

Manchmal, wenn sie nicht in Eile ist, setzt sie sich aufs Sofa, und wir unterhalten uns ein wenig. Meistens erzählt sie mir von sich. Annabelle hat eine kräftige, tiefe Stimme, die sehr imposant klingt, und außerdem spricht sie sehr laut. Ich weiß nicht, ob sie überhaupt flüstern kann. Aber das passt auch gut zu ihrer Persönlichkeit – Madame Furchtlos. Annabelle ist eine großartige Entertainerin, die gern spottet und kein Blatt vor den Mund nimmt. Sie enthält mir nichts vor, nicht einmal die intimsten Details ihres Lebens. Sie lässt nichts anbrennen, das können Sie mir glauben.

Seit einiger Zeit richtet sie es so ein, dass ihre Vormittagsrunde bei mir endet und sie ihr mitgebrachtes Mittagessen in meiner Gesellschaft zu sich nimmt.

»Wissen Sie, dass gegenüber ein Obdachloser lebt? Ich sage Ihnen das, weil Sie Ihre Tür zusperren müssen. Früher war er nicht da, aber die letzten drei, vier Male habe ich ihn auf der Bank auf dem kleinen Platz gegenüber gesehen. Ehrlich gesagt sieht er nicht wie ein typischer Obdachloser aus. Eher wie jemand, der sich seit einigen Tagen nicht mehr umgezogen und gewaschen hat. Vielleicht ist er neu in dem Gewerbe.«

»Wie sieht er denn aus?«

Ich höre, dass sie aufsteht und ans Fenster tritt.

»Ich kann Ihnen nicht sagen, ob er groß oder klein ist, weil er sitzt. Ich würde sagen, so mittelgroß. Dünn. Hat wahrscheinlich auch nicht viel zu essen. Ungepflegter Bart. Die Kleidung ist in Ordnung, aber zerknittert. Und sauber ist auch was anderes! Er hat eine große Reisetasche dabei. Aber man sieht, dass er nicht gleich in den nächsten Zug steigt. Das ist bestimmt sein gesamtes Hab und Gut, das er mit sich herumschleppt.«

»Wie alt?«

»Schwer zu sagen ... zwischen siebenundfünfzig und sechzig, schätze ich. Das Haar eher weiß als grau. Gut, ich muss los. Dann bis Donnerstag! Und denken Sie dran, Ihre Tür zuzusperren!«

Ich höre, wie sie die Außentreppe hinuntersteigt, dann entfernen sich ihre eiligen Schritte, bevor sie schließlich das Gartentor zuwirft. Ich weiß, dass sie es nie schließt, wenn sie kommt, weil es nur zweimal quietscht: wenn sie kommt und wenn sie wieder geht. Ich höre, wie sie ihr Auto anlässt und losfährt. Sehende haben überhaupt keine Vorstellung, wie viele Informationen uns das Gehör liefert. Es ist auch genauer als die Augen, weil es weniger subjektiv ist. Geräusche sind untrüglich wie ein Radar. Am Klang der Schritte merke ich, wer gerade den Kiesweg entlangkommt, und ihrem Rhythmus entnehme ich, in welcher Stimmung mein Besucher ist. Sind die Schritte schnell, so ist er in Eile, doch sind sie schnell und akzentuiert, dann ist er genervt. Ein leichter Schritt bedeutet gute Laune, während die Schritte bei Traurigkeit und Müdigkeit langsam und schwer werden … Ich kann mich nicht recht entschließen, wirklich aufzustehen und die Tür zu verriegeln. Es stimmt, ich sperre nie ab, außer wenn ich schlafen gehe. Ich habe immer so gelebt und keine Lust, es anders zu handhaben. Unser Viertel ist ruhig, und es gibt nichts zu stehlen.

Corentin

Ich muss zehn Minuten gehen, um zu meinem Klavierlehrer zu kommen. Er ist eigentlich ganz nett, und es ist ja nicht seine Schuld, dass ich Klavier nicht leiden kann. Das ist natürlich echt blöd für ihn, aber ich kann es nicht ändern. Im September habe ich angefangen. Also vor acht Monaten. Beim letzten Mal hat er zu mir gesagt: »In der Kunst, wie auch bei allem anderen, erreicht man nie etwas Gutes, wenn man sich rückwärts bewegt.« Im ersten Moment war ich total genervt, aber vielleicht wollte er andeuten, dass er weiß, wie ungern ich zu seinen Stunden komme. Außerdem ist er ein alter Mann. Ich weiß nicht, wie alt, aber deutlich älter als mein Großvater. Wenn ich wenigstens was über zeitgenössische Komponisten lernen würde, aber nein! Ich komme in den Genuss des vollen Programms: Chopin, Mozart und so weiter. Na ja, nur noch ein Monat, dann ist es vorbei. Dann bin ich endlich achtzehn.

Komisch, der Obdachlose gegenüber ist immer noch da. Und muss dieses verdammte Türchen jedes Mal quietschen? Das nervt! Es ist, als stiege ich in eine Zeitmaschine, wenn ich den Garten betrete. »Öffnen Sie das Gartentor, und treten Sie ein in die Welt der Dinosaurier!« Gut, das stimmt nicht ganz. Das Haus ist Gründerzeit, so viel steht fest. Aber innen ist es ultramodern. Zweckmäßig, aber gemütlich. Eine Sache fand ich schon beim ersten Mal reichlich albern. An den Wänden hängen Bilder, so als ob er sie sehen könnte. Total verrückt!

Ich weiß nicht, ob die Deko extra für seine Besucher gedacht ist. Oder ob einer seiner Freunde die leeren weißen Wände plötzlich nicht mehr aushielt und loszog, um ein paar Landschaften zu besorgen …

Ich klopfe an die Tür, obwohl ich weiß, dass sie immer offen ist. Aber ich will auch nicht, dass er einen Herzinfarkt kriegt. Jedes Mal ruft er: »Hereeeiiin!« Es klingt, als ob er singt. Ich glaube, er freut sich über die Ablenkung. In seinem Alter und mit seiner Behinderung macht er wahrscheinlich nicht mehr allzu oft Party.

»Ich bin es, Monsieur.«

»Ich weiß, dass du es bist, Corentin. Es ist Montag, Punkt siebzehn Uhr. Wie geht es dir?«

»Passt schon«, sage ich, um irgendetwas zu antworten.

Doch dann ärgere ich mich sofort über mich selbst, weil ich so unfreundlich war.

»Na ja, ganz normal«, füge ich daher hinzu.

Wenn ich ehrlich bin, mag ich ihn wirklich gern, diesen Alten. Da er nichts sieht, kann ich einfach ich selbst sein und muss nicht mal lächeln. Ich gehe zum Klavier, doch er bleibt in seinem Sessel sitzen, statt mir zu folgen. Ich warte eine Weile, aber er bewegt sich nicht. Vielleicht hat er einen Schwächeanfall. Könnte ja sein, schließlich hat er die Augen immer zu, sodass das schwer zu erkennen ist.

»Monsieur, ist alles in Ordnung?«

»Heute muss der Unterricht noch ein wenig warten, Corentin. Zieh bitte die Vorhänge zu, aber mach das Licht nicht an! Und dann setz dich!«

Ich stehe vom Klavierhocker auf, schließe die Vorhänge und taste mich wieder zu ihm ins Wohnzimmer zurück. Ich mache das Sofa ausfindig und lege mich der Länge nach darauf. Wahnsinn, was für eine Befreiung, dass mich niemand sehen kann!

»Wenn ich wütend bin und mich so richtig über eine Sache ärgere, für die ich absolut nichts kann, dann … Nun ja, dann höre ich die *Pathétique* von Beethoven, und heute bin ich wütend. Wenn es dir also nichts ausmacht …

Er drückt die Fernbedienung, und die ersten Akkorde erfüllen den Raum. Am Anfang muss ich fast lachen. Jetzt mal im Ernst: Der Typ ist sauer, er gibt sich Musik aus dem Höhlenzeitalter, und ich finde mich plötzlich im Stockdunkeln wieder, statt auf meinen Tasten zu klimpern. Aber wenn es ihm Spaß macht, dann tue ich ihm den Gefallen. Immerhin geht die Zeit vom Unterricht ab. Erst versuche ich noch, in seine Richtung zu blinzeln, aber ich erkenne sowieso nicht viel, also warte ich einfach, bis es vorbeigeht. Weil ich ja nichts sehe, schließe ich irgendwann die Augen, mein Kopf liegt auf der Armlehne des Sofas, und ich bin gezwungen, seiner Musik zuzuhören. Anfangs bin ich noch nicht bei der Sache, aber irgendwie fängt das Ganze an, mir echt an die Nieren zu gehen. Seine *Pathétique* zieht mich total runter. Es kommt mir vor, als würde ich meinen eigenen Dämonen zuhören. Als könne ich die Wut über mein jämmerliches Leben, meine Eltern, meine Einsamkeit hören. Am liebsten würde ich weinen, aber plötzlich ist alles still, und ich wage mich nicht zu bewegen. Wir warten, ich weiß nicht, worauf. Aber was hat er denn heute?

»Weißt du, Corentin? Ich bin vielleicht blind, aber ich kann trotzdem hellsehen!«

Ich lache nervös, ohne es verhindern zu können. Warum macht er aber auch so miserable Wortspiele?

»Na, zumindest habe ich dich zum Lachen gebracht, das ist doch immerhin ein Anfang. Die meisten Menschen, die nicht viel mit Blinden zu tun haben, schämen sich, sobald ihnen bewusst wird, dass sie das Wort *sehen* verwendet haben. Sie brechen peinlich berührt mitten im Satz ab und stammeln eine unbeholfene Entschuldigung. Die Armen! Wenn sie wüssten, wie oft man das Wort *sehen* jeden Tag verwendet, mich eingeschlossen. Nun ja. Kommen wir zu dir zurück, Corentin. Wann willst du mir endlich die Wahrheit sagen?«

Was soll das denn jetzt schon wieder? Wovon spricht er, um Himmels willen? Ich fühle, wie ich rot werde. Was für ein Blödsinn!

»Denkst du nicht, dass heute ein guter Tag wäre, es mir zu sagen?«

»Was zu sagen?«

Jetzt beunruhigt mich der Alte wirklich. Und dieses Schweigen, das finde ich überhaupt nicht mehr lustig.

»Man muss kein Hellseher sein, um zu merken, dass du die Klavierstunden hasst. So etwas merke ich bei einem Schüler am ersten Tag – ob er sich zwingen muss oder ob es ihm Spaß macht. Und du, Corentin, du zwingst dich seit Monaten.«

Er hat das ohne jede Wertung gesagt. Aber was soll ich darauf antworten? Ich weiß nicht, ob es an der *Pathétique* im Dunklen liegt, weshalb meine Nerven so in Aufruhr geraten sind, auf jeden Fall kommt es jetzt raus.

»Meine Eltern zwingen mich.«

»Ah, jetzt sprechen wir die gleiche Sprache.«

Erneutes Schweigen.

»Ich vermute, dass die Musik, wie bei allen Jugendlichen deiner Generation, eine wichtige Rolle in deinem Leben spielt. Sie tut dir gut, die Texte sprechen dich an, du identifizierst dich damit. Für mich ist das genauso, nur eben bei der klassischen Musik. Ich nenne sie *die große Zauberin*. Weißt du, warum? Weil sie in der Lage ist, die unendliche Palette unserer Gefühlszustände auszudrücken. Wahrscheinlich könnte ich dir sogar mein Leben erzählen, ohne Worte, indem ich dir ein Musikstück nach dem anderen vorspiele. Dann könntest du alles nachempfinden, ohne dass ich es dir erkläre.

Lass mal überlegen … Meine Symphonie des Lebens könnte beginnen mit *The Cold Song* aus der Oper *King Arthur* von Henry Purcell. Diese Arie drückt meine langen und schmerzlichen Lehrjahre aus, als meine Eltern beschlossen, mich auf ein besonderes Internat in Paris zu schicken. Es herrschte Krieg, und ich war zum ersten Mal weit weg von zu Hause, in einem Internat für junge Blinde. Ich lehnte mich gegen mein Schicksal auf, empfand panische Angst und fühlte mich ausgeliefert. Ich verübelte es meinen Eltern, dass sie mich weggeschickt hatten. Ich dachte, sie wollten mich los sein. Erst im Nachhinein begriff ich, dass sie eine gute Entscheidung getroffen hatten. In diesem Internat lernte ich nicht nur Braille. Ich erfuhr auch, wie man mit unserer Behinderung zurechtkommt und dank eines manuellen Berufs auch selbstständig leben kann. Zum Beispiel als Stuhlmacher oder – bei einem Hang zur Musik wie bei mir – als Klavierstimmer oder Lehrer, in solchen Berufen eben. Anfangs wehrte ich mich gegen meine Situation und lehnte die Musik ab. Jahrelang hatte ich Angst, und die Zukunft bereitete mir geradezu Panik. Ich hasste alle, die sehen konnten und es als gegeben hinnahmen. Warum hatte es ausgerechnet mich getroffen?

Mit der Zeit gewöhnte ich mich allerdings an die Traurigkeit und merkte, dass die Musik ein wichtiger Bestandteil meines Alltags wurde. Ich wandte mich ihr zu, wenn ich traurig war, und spürte, welche Schwingungen ich darin wahrnahm, jeweils abhängig von meiner Stimmung. Erst wurde die Musik eine Verbündete, dann eine Freundin. Sie war immer für mich da. Entweder war sie es, die zu mir sprach, oder ich war es, der mich durch sie ausdrückte. Wir hatten Gespräche, die unterbrochen wurden, wieder aufgenommen, manchmal verändert und dem Augenblick und den Gegebenheiten angepasst. Ich klammerte mich an die Musik wie ein Ertrinkender an einen Rettungsring, voller Verzweiflung. Doch allmählich verblasste die Angst, und schließlich konnte ich die Musik einfach genießen. Ich verstand, dass sie immer für mich da war. Mehr noch – ich würde immer noch Neues an ihr und somit auch an mir entdecken. Schließlich bin ich kein Abenteurer. Vielmehr erlebe ich meine Abenteuer mit dem Herzen, da ich meine Reisen im Innern unternehme. Was mich zum nächsten Punkt bringt: Du bist du. Du bist nicht ich und auch sonst niemand anders. Keiner kann dich zwingen, Musik zu mögen, noch viel weniger, sie zu erlernen. Du musst selbst entdecken, wofür du geschaffen bist. Hast du das deinen Eltern erklärt?«

»Natürlich!«, platzte es aus mir heraus. »Aber meine Mutter besteht darauf. Ich sage das jetzt nicht, damit Sie sich schlecht fühlen, aber sobald ich achtzehn bin, erkläre ich Ihnen, dass ich mit allem aufhöre.«

»Wann wirst du achtzehn?«

»Nächsten Monat, am achtundzwanzigsten Juni.«

Er schweigt eine Weile.

»Gut. Da wir nur noch einen Monat haben, schlage ich dir Folgendes vor: Wir hören mit den Klavierstunden auf, aber du kommst weiterhin her, und ich führe dich in die Welt der Musik ein. Ich ersetze sozusagen den praktischen durch theoretischen Unterricht. Wenn deine Eltern also fragen, wohin du gehst, musst du nicht lügen. Du kannst ihnen sagen, dass dieser Monat einer Einführung in die Klassik gewidmet ist, die unverzichtbare Basis einer guten Allgemeinbildung. Wärst du damit einverstanden?«

»Ehrlich gesagt wäre ich damit mehr als einverstanden. Schluss mit den furchtbaren Noten und den verkrampften Händen!«

»Gut. Womit fangen wir an? Oder besser – mit wem? Ich weiß es, mit Liszt, *Am See von Walenstadt*. Ein bisschen Beruhigung kann dir nicht schaden.«

Und damit öffnet er seine Schublade, sucht nach dem richtigen Stapel, fängt von unten an zu zählen, hält bei einer bestimmten CD inne, zieht sie heraus und legt sie in den CD-Spieler ein.

Ganz schön raffiniert, das System! Was Technologie betrifft, ist der Alte wirklich auf dem neuesten Stand. Ich sehe sofort, dass seine Welt aus Klang besteht.

Alain

Am späten Nachmittag betritt derselbe junge Mann wie schon an den beiden vorangegangenen Montagen das Haus. Wieder zeigt er eine Miene, als würde er seinem Henker zugeführt. Alain sieht auf seine Uhr, die siebzehn Uhr zeigt. Ich mag mit sechzig auf der Straße leben, aber in seinem Alter würde ich mich doch wenigstens amüsieren. Er ist wohl knapp zwanzig und doch niedlich. Was ist in diesem Haus, in dem die Leute ein und aus gehen? Ah, da ist wieder die Musik! Sie tut mir unheimlich gut. Ich fühle mich weniger allein, wie in einem Konzert. Ich frage mich wirklich, wer dort lebt, falls dort überhaupt jemand lebt. Ältere Herrschaften? Die Frau mit der Kühlbox ist zweifellos eine Tochter oder Schwiegertochter, aber sie bleibt nie länger als eine halbe Stunde. Und der Junge? Ein Enkel? Aber er kommt doch immer zu einer bestimmten Zeit. Ein Enkel, bei dem alles nach einem minutiösen Plan läuft? Das ist wenig wahrscheinlich. Vielleicht ist er doch kein Enkel, sondern einfach ein Junge, der sich mit kleinen Dienstleistungen das Taschengeld aufbessert. Schreibarbeiten vielleicht. Auf jeden Fall keine Gartenarbeit. Der Garten wirkt ziemlich vernachlässigt. Außerdem ist da noch diese andere Frau. Sie bleibt den ganzen Vormittag, immer dienstags und freitags. Natürlich bin ich noch keine zwei Wochen hier, aber was mich irritiert: Warum brennt im Haus nie Licht? Vielleicht haben die Bewohner Angst vor dem Licht, so wie ich vor der Dunkelheit. Möglicherweise jemand mit einer Behinderung. An diesem Abend werde ich mal einen diskreten Blick ins Haus werfen. Das ist gar nicht hinterhältig gemeint. Es ist reine Neugier, die hoffentlich meine nächtliche Angst zurückdrängt.

Claude

Ich werde ganz schläfrig. Wie viel Uhr ist es wohl? Ich drücke auf die Taste, und die vertraute blecherne Frauenstimme meiner Uhr teilt mir mit, dass es zweiundzwanzig Uhr siebzehn ist. Dann gehe ich wohl besser schlafen. Auf dem Weg zu meinem Schlafzimmer komme ich an der Eingangstür vorbei. Ich nutze die Gelegenheit und überprüfe, ob sie zugesperrt ist. Gewöhnlich schließe ich immer um neunzehn Uhr ab, vor dem Abendessen.

Genau in diesem Moment höre ich das Gartentor quietschen. Beunruhigt lausche ich auf andere verdächtige Geräusche. Nichts, außer vorbeifahrenden Autos und Gesprächsfetzen von Fußgängern, die wahrscheinlich auf dem Heimweg sind. Dennoch wurde das Türchen zweifelsfrei geöffnet. Der Wind kann das nicht gewesen sein. Es weht nicht der Hauch einer Brise, und mein Gartentor schließt bombenfest. Also muss es jemand geöffnet haben. Der Obdachlose? Aber dann müsste ich doch Schritte auf dem Kies gehört haben. Ich beschließe, ins Wohnzimmer zurückzukehren und das Fenster zu öffnen, um eventuelle Geräusche besser zu hören. Ich warte mit gespitzten Ohren weitere zehn Minuten. Immer noch nichts. Gut, ab ins Bett!

Als ich mich hingelegt habe, kann ich nicht einschlafen, wie so oft. Plötzlich zucke ich zusammen. Diesmal habe ich deutlich das Knacken von Zweigen im hinteren Garten gehört. Da bin ich ganz sicher, meine Ohren trügen mich nie. Wieder ein Knacken! Die Läden vor meinem Schlafzimmerfenster sind geschlossen, aber das Fenster steht nachts immer offen, weil ich gern kühl schlafe. Ganz sicher handelt es sich um Schritte, die Schritte eines Menschen, der möglichst kein Geräusch machen möchte. Dann wieder nichts. Ich stehe auf und trete ans Fenster. Kein Laut ist mehr zu hören. Die Stille hält an und macht mich gegen alle Logik nervös. Doch ich bin müde, also lege ich mich wieder hin. Meine Gedanken schweifen zu dem Obdachlosen. Ich habe das Gartentor nur einmal gehört. Also muss doch noch jemand hier sein. Und dieser Jemand streift wahrscheinlich gerade hinter dem Haus umher. Was sucht er? Ich sage mir, dass ich ein neues Schloss für das Gartentor brauche, aber dann merke ich, wie dumm der Gedanke ist. Ob es nun abgesperrt ist oder nicht, man kann problemlos darüberklettern, weil es nur ungefähr einen Meter hoch ist. Zumindest bin ich durch das Quietschen vorgewarnt. Und solange dieser Typ nicht ins Haus eindringen will, habe ich eigentlich nichts zu befürchten. Ich nehme mein Handy und lege mich wieder ins Bett, bereit, den Notruf zu wählen. Die Nummern sind voreingestellt. Für den Krankenwagen muss ich die Eins drücken, für die Polizei die Zwei.

Alain

O nein! Das verdammte Gartentor macht einen Lärm wie tausend Höllenhunde. Wie versteinert bleibe ich stehen. Die Zeit verstreicht, bis ich zwei Passanten höre, die näher kommen und sich unterhalten. Wenn sie mich hier unbeweglich im Vorgarten stehen sehen, wundern sie sich bestimmt. Also ziehe ich rasch die Schuhe aus und setze einen Fuß auf den Kiesweg, ganz vorsichtig, dann mache ich einen zweiten Schritt und einen dritten, damit ich von der Straße aus durch die hohe Hecke gedeckt bin. In meinem Versteck warte ich, bis die Unbekannten sich entfernen, dann lege ich meine Tasche ab. Ich komme mir vor wie ein gemeiner Einbrecher, obwohl ich mich doch nur versichern will, dass es im Innern meines Hauses Geräusche gibt: einen Fernseher, ein Radio, Gespräche, das Rauschen einer Dusche, Laute dieser Art. Der Kies auf dem Weg knirscht unter meinen Füßen, deshalb gehe ich lieber über das Gras, um Lärm zu vermeiden. Obwohl von Gras kaum die Rede sein kann. Es handelt sich eher um Heu mit einigen gigantischen Büscheln dazwischen. Leise schleiche ich vorwärts. Die Halme stechen mir durch die Socken hindurch in die Fußsohlen. Meine Schuhe und meine Tasche habe ich stehen gelassen, um möglichst leise zu sein, aber das bereue ich inzwischen. An der Hauswand angekommen, rechts von der Treppe, stelle ich mich unter eins der Fenster, um festzustellen, ob ich von drinnen etwas höre. Absolut gar nichts. Die Bewohner sind entweder schon schlafen gegangen, oder hier wohnt niemand, und es handelt sich um ein Büro … Ich beschließe, dem Plattenweg rechts um das Haus herum zu folgen. Im rückseitigen Garten angekommen, entdecke ich, dass sich dort ein weiterer Garten anschließt, der durch eine hohe Mauer von der Straße getrennt ist. An die Seiten der Mauer lehnen sich zwei Häuser. Ich lasse die Blicke umherwandern und entdecke in der gegenüberliegenden Ecke so etwas wie einen Pavillon. Ich nähere mich, wie magisch davon angezogen. Mist! Jetzt habe ich noch einen Zweig zerbrochen. Hoffentlich schaltet niemand im Haus das Licht an! Wie sieht denn das aus? Das war aber auch ein verfluchter Lärm! Ich habe den Eindruck, das ganze Viertel hat es gehört. Unbeweglich bleibe ich stehen, während ich gleichzeitig vollkommen dämlich die Luft anhalte wie für *Eins, zwei, drei, vier, Ochs am Berg!* Vor Anspannung bin ich so nervös, dass ich fast laut loslache. Was würde ich dazu sagen, wenn man mich so fände? Man brächte mich zur Polizei, und ehrlich gesagt habe ich keine Lust, eingesperrt zu werden. Reglos warte ich eine Ewigkeit lang, dann beschließe ich, bis zu dem Rondell zu schleichen. Es ist von einem Spalier eingefasst, um das sich eine Pflanze rankt, die sich in keinem sonderlich guten Zustand befindet. Das Licht, das von der Straße herüberscheint, erhellt den Garten so weit, dass ich eine Unmenge an totem Laub erkenne, überall. So vorsichtig wie möglich bewege ich mich auf diesem Laubteppich vorwärts, der unter jedem meiner Schritte raschelt. Es dauert unglaublich lange, bis ich die zwanzig Meter zurückgelegt habe, die mich von dem Pavillon trennen, in dessen Innerem ein runder Steintisch und eine kreisbogenförmige Bank stehen. Unbewusst streift meine Hand über die Bank und schiebt die toten Blätter herunter. Dann setze ich mich und lächele zum ersten Mal seit langer Zeit. Hier fühle ich mich wohl, in diesem Unterschlupf. Oft scheinen die Hausbewohner nicht in diesen Teil des Gartens zu kommen, wenn ich den heruntergekommenen Zustand betrachte. Das bringt mich auf eine Idee! Behutsam streiche ich die Blätterschicht beiseite, die den Tisch bedeckt, und strecke mich darauf aus. Die Unterlage ist hart, aber das stört mich nicht, denn an diesem Abend habe ich ein Dach über dem Kopf. Entspannt schließe ich die Augen und schlafe ein, ohne es zu bemerken.

Es ist ein Schrei, der mich plötzlich aufschreckt. Der Schrei einer Frau. Er kam von rechts, da bin ich sicher. Ein Reflex treibt mich aus dem Rondell hinaus. Aus dem raumhohen Fenster im ersten Stock des Hauses gegenüber scheint jetzt Licht. Es ist wohl das Schlafzimmer. Ich erkenne zwei Silhouetten wie in einem Schattenspiel und beobachte entsetzt, wie ein Mann eine Frau schlägt. Ich starre zum Fenster hinauf, reglos vor Schreck und wie hypnotisiert. Sie ist wohl hingefallen, denn nun sehe ich sie nicht mehr. Der Arm des Mannes schwingt immer wieder nach unten. Er hält etwas in der Hand. Einen Gürtel? Ich habe keine Zeit, weitere Einzelheiten zu erkennen, denn der Mann lässt die Jalousie herunter. Was soll ich tun? Ich habe kein Handy bei mir, um die Polizei zu rufen. Ich befinde mich in einem Schockzustand. Dieses Bild verfolgt mich wie eine Szene aus einem Stummfilm.

Carole

Es ist fast zweiundzwanzig Uhr, und Fabrice ist immer noch nicht zurück. Das bedeutet, dass er trinken gegangen ist. Hoffentlich ist er nicht zu betrunken. Ich habe ihm sein Abendessen vorbereitet, sein Gedeck auf dem Tisch liegen und das Licht im Esszimmer brennen lassen. Gewöhnlich kommt er gegen neunzehn Uhr nach Hause, und wenn er sich verspätet, dann ist das kein gutes Zeichen. Je später der Abend, umso größer meine Angst. Ich höre, wie die Eingangstür ins Schloss fällt, und weiß schon jetzt, dass er sturzbetrunken ist. Der Knoten in meinem Magen zieht sich enger zusammen.

»Ich habe Hunger!«

Das hat bestimmt das ganze Haus gehört.

»Los, los, ich muss schließlich in die Falle! Muss morgen früh raus und ernsthaft arbeiten. Kann schließlich nicht jeder wie du den ganzen Tag hinter seinem Schreibtisch faulenzen und bequem auf dem Bürostuhl fläzen!«

»Ich komme schon! Alles ist fertig, ich muss es nur noch aufwärmen. Du kannst dich schon mal setzen«, sage ich, während ich aus dem Bett springe.

Er ist ins Bad gegangen. Die Gelegenheit nutze ich und eile auf Zehenspitzen in die Küche, wo ich schnell nach dem Teller mit dem Hackfleischauflauf greife, um ihn in die Mikrowelle zu schieben. Ich höre, wie er sich an den Tisch setzt, denn er zieht den Stuhl lautstark zurück. Die Nachbarn von unten werden sich wieder beschweren, dass »es nicht zumutbar ist, wenn nach einundzwanzig Uhr Möbel gerückt werden ... und man doch ein wenig Rücksicht auf andere nehmen kann ...«. Und ich, ich werde Entschuldigungen stammeln und behaupten, es sei nicht absichtlich geschehen. Bei ihm trauen sie sich nichts zu sagen. Sie haben Angst. Ich eile mit dem heißen Teller ins Esszimmer und stelle ihn vor ihn auf den Tisch.

»Was soll das denn sein?«

»Ein Hackfleischauflauf, mein Schatz.«

»Ich habe doch erklärt, dass ich Hunger habe!«, brüllt er und schiebt den Teller von sich weg.

»Aber es ist doch Fleisch ... Du hast gestern erst von Hackfleischauflauf gesprochen. Du hast sogar gesagt, dass es schon so lange her ist, seit ich das letzte Mal ...«

Mir bleibt keine Zeit, den Satz zu beenden. Mein Kopf fliegt auf die Seite, und ich fühle den brennenden Schmerz im Gesicht.

»Du widersprichst mir nicht, verstanden? Ich bin doch kein Hungerleider, dem man einfach Hackfleisch vorsetzen kann, klar?«

Sofort stehe ich auf und versuche ihn milde zu stimmen.

»Ich brate dir ein schönes Steak, das dauert keine fünf Minuten. Solange kannst du die Vorspeise essen.«

Dann renne ich in die Küche, öffne den Kühlschrank, nehme das Fleisch heraus, hole die Grillpfanne aus dem Schrank und drehe das Gas an.

Als die Pfanne heiß ist, lege ich das Fleisch hinein. Ich muss vorsichtig sein, damit es genau so wird, wie er es mag: blutig und mit dem Grillabdruck über Kreuz wie im Restaurant. Schweigend sitze ich neben ihm, während er isst. Kaum hat er den letzten Löffel des Desserts im Mund, steht er auf und geht ins Schlafzimmer. Während ich noch aufräume, höre ich ihn schon aus dem Schlafzimmer rufen.

»Beeil dich!«

Nein, lieber Gott, nicht das ... Ich weiß genau, was passieren wird. Er hat die Hose heruntergelassen und sich rückwärts aufs Bett fallen lassen. Ich knie auf dem Boden nieder und streichele ihn, dann nehme ich sein Geschlechtsteil in den Mund. Mir wird übel, aber das darf er nicht merken, also verstärke ich meine Bemühungen nur umso mehr. Er ächzt. Ich bemühe mich, ich bemühe mich so sehr, aber er ist so betrunken, dass sein Penis vollkommen weich bleibt. Daher stößt er mich nach einer Weile mit einem Fußtritt zu Boden.

»Lass es mich noch mal probieren, bitte, Fabrice ...«

»Du taugst zu gar nichts, wirklich wahr. Nicht zum Kochen und nicht zum Ficken. Ich zeige dir, was du davon hast, wenn du dich so schlecht um deinen Mann kümmerst!«

Er steht auf, dabei fällt die Hose um seine Knöchel zusammen. Er sieht grotesk aus, doch ich wage nicht zu lachen, denn trotz seines komischen Auftritts steht ein gnadenloser Gewalttäter vor mir. Er nimmt sich Zeit, um sich auszuziehen, und genießt seinen perversen Striptease. Ich wünsche mir fast, dass er endlich zur Tat schreitet, so sehr schlägt mir das Warten auf den Magen. Ich spüre, wie sich die Klauen um meine Kehle legen und sie immer fester zusammendrücken. Als er sich endlich von seiner Kleidung befreit hat, zieht er den Gürtel aus der Hose. In diesem Augenblick schließe ich immer die Augen, kurz vor dem ersten Schlag. Dann schlägt er wieder und wieder, wobei er mit heiserer Stimme obszöne Beleidigungen ausstößt. Ich versuche nicht zu schreien, denn er könnte behaupten, dass ich das absichtlich tue, um die Nachbarn zu alarmieren. Ich bin gegen das große Fenster zurückgewichen und habe den Kopf in den Armen vergraben, als sein Gürtel quer über meinem T-Shirt landet, auf meiner linken Brustwarze aufschlägt. Vor Schmerz schreie ich auf. Woraufhin er noch fester zuschlägt. In einem Reflex lasse ich mich zu Boden fallen und kauere mich wie ein Fötus zusammen. Mit den Armen umschlinge ich meinen Kopf, bis er aufhört ... Ich weiß, dass er fertig ist, weil er die Jalousie herunterlässt und sich hinlegt, als wäre nichts gewesen. Ich warte, bis er eingeschlafen ist, bevor ich mich bewege. Unter Schmerzen reagiere ich wie ein Roboter: Ich muss noch die Küche aufräumen, denn er mag es nicht, wenn am nächsten Morgen noch etwas herumliegt. Es ist die Aussicht auf diese mögliche morgendliche Gewalt, die mir die Kraft zum Aufstehen gibt. Ich mache kein Geräusch – ich bin inzwischen eine Expertin für lautloses Bewegen – und beiße mir auf die Lippen, um nicht vor Schmerz aufzustöhnen. Auf Zehenspitzen schleiche ich aus dem Zimmer. Sobald die Küche aufgeräumt ist, lege ich mich auf das Sofa im Wohnzimmer. Morgen werde ich mich um meine Blessuren kümmern. Mit dem Weinen habe ich schon vor langer Zeit aufgehört. Ich hasse den Abend und mein feiges Warten, das ihn begleitet. Ich hasse meine Angst und die Nacht, die mich in meinem Martyrium umgeben. Ich hasse diesen Mann, und ich hasse mich, weil ich alles erdulde, ohne mich zu wehren. Und morgen? Morgen werde ich mich wieder verhalten wie an den anderen Tagen. Ich werde so tun, als sei alles in Ordnung, wenn ich zur Arbeit gehe. Er schlägt mich nie ins Gesicht, und so kommt niemand dahinter.

Also schweige ich, seit Jahren schweige ich. Könnte ich doch einfach sterben und ihm entkommen, indem ich in der Dunkelheit des Nichts verschwinde.

Alain

Die Müllabfuhr weckt mich. Es wird Zeit, dass ich gehe. Vorsichtig steige ich vom Tisch, verlasse den Pavillon und werfe einen Blick auf das Fenster im ersten Stock. Die Jalousie ist immer noch unten. Ich denke an diese Frau, während ich auf dem Weg zum Haus zurückkehre, auf dem ich gekommen bin. Von dort aus ist es kein Problem mehr. Ich gehe einfach den Plattenweg entlang, der mich vor das Haus auf die Straßenseite führt. Dann durchquere ich den Garten und hole meine Schuhe und meine Tasche. Das Gartentor lasse ich offen stehen, damit es nicht wieder quietscht.

Ich habe beschlossen herauszufinden, wer der Dreckskerl ist, der im ersten Stock wohnt. Ich habe ihn genau gesehen. Groß, kräftig, blonder Bürstenschnitt. Und sie? Ich konnte sie nur erahnen. Sie war schnell auf dem Boden, doch ich erinnere mich, dass sie im Vergleich zu ihm relativ klein war, mit halblangen braunen Locken. Der Tag ist angebrochen, das Leben beginnt von Neuem. Von meiner Bank aus habe ich einen hervorragenden Blick auf die Haustür. Ich beobachte die Tür. Allmählich tun mir die Augen weh, aber ich möchte ihn nicht verpassen. Ich möchte sehen, wie so ein Schwein am nächsten Morgen aussieht. Ich warte. Von Zeit zu Zeit blicke ich auf die Uhr. Sechs Uhr, sechs Uhr fünfundvierzig, sieben Uhr. Zwölf nach sieben! Die Tür öffnet sich, und eine Jugendliche kommt heraus. Sie geht wahrscheinlich in die Schule. Danach verlässt eine ganze Reihe von Leuten das Haus: ein Mann in den Fünfzigern. Zwei Typen im Anzug, einer dunkelhaarig, einer klein und dicklich. Gut, dass es nur drei Stockwerke gibt. Weitere Schüler. Ein dunkelhäutiges Paar. Dann eine gute halbe Stunde lang niemand mehr. Wieder öffnet sich die Tür, und ein junger Mann um die zwanzig tritt heraus. Eine ältere Dame. Es ist jetzt zwanzig nach acht. Wenn er arbeitet, darf er sich nicht verspäten. Die Tür öffnet sich ein weiteres Mal, und ich springe auf. Das ist er! Das ist er ohne jeden Zweifel, in einem dunklen Anzug, der für seine Schultern ein bisschen zu eng ist. Einen Aktenkoffer in der Hand. Selbstsicher geht er den Gehweg entlang. Dann drückt er auf einen Autoschlüssel, und ein grauer Ford Laguna blinkt kurz auf. Er steigt ins Auto, parkt aus und fährt an mir vorüber. Er dreht den Kopf in meine Richtung, und unsere Blicke kreuzen sich. Ich kehre zu meiner Bank zurück. Ob die Frau wohl arbeitet?

Eine Viertelstunde später kommt sie aus dem Haus. Ich weiß, dass sie es ist. Selbst ohne ihre braunen Locken wüsste ich es. Eine Aura von Unterwürfigkeit umgibt sie, Traurigkeit und Angst. Ich spüre es an ihrer Haltung, an ihrem Auftreten. Sie bewegt sich vorwärts wie ein Mensch, der aufgegeben hat und sich in sein Schicksal fügt. Mit kleinen, schnellen Schritten geht sie an meinem Haus vorbei. Ab und zu wirft sie einen Blick zur Seite.

Ich schnappe mir meine Tasche und überquere die Straße. Ich darf ihr nicht zu nahe kommen. In meinem Aufzug würde ich ihr möglicherweise Angst einjagen. Um diese Zeit sind nicht viele Menschen unterwegs.

Aber wo will sie hin? Wir gehen zwanzig Minuten. Die Stadt ist nicht sehr groß. Plötzlich sehe ich, wie sie eine Tür aufstößt und im Haus verschwindet. Als ich auf Höhe der Tür angekommen bin, lese ich ein Schild: *Steuerberater Jamoix, Vater und Sohn, 1. Stock.*

Claude

Die halbe Nacht saß ich wach in meinem Bett und lauschte auf verdächtige Geräusche. Das Gartentor hörte ich nicht mehr quietschen. Vielleicht waren es ja Jugendliche, die sich einen Spaß machen wollten. Ich muss ganz sichergehen, daher stehe ich auf, wasche mich und ziehe mich an. Ich sperre die Haustür auf und gehe mit meinem Stock nach draußen, um das Gartentor zu überprüfen. Ich lasse meinen Stock von links nach rechts wandern und taste mich den Kiesweg entlang, bis ich höre, wie er gegen das Schmiedeeisen stößt. Mit der linken Hand fasse ich nach vorn und spüre das kalte Eisen des kleinen Tors. Es steht offen. Obwohl Corentin es doch beim Hinausgehen geschlossen hat, da bin ich mir ganz sicher. Statt wieder nach drinnen zurückzukehren, beschließe ich, eine kleine Runde durch den Garten hinter dem Haus zu drehen. Mein Gott! Wie viel Zeit doch vergangen ist, seit ich ihn das letzte Mal betreten habe! Fast ein Jahr.

Es war im letzten Sommer, als mich meine Neffen mit ihren Familien besuchten. Ich hatte Angela gebeten, eine kleine Mahlzeit vorzubereiten. Sie hatte den Tisch unter der Laube gedeckt und den Grill herausgeholt. Ich hatte sie sogar beauftragt, ein Badmintonset für die Kleinen zu kaufen. Seitdem habe ich sie alle nicht mehr gesehen. Sie sind leider so beschäftigt, und für einen Besuch bei mir müssen sie einen vollen Tag einrechnen. Ich verstehe, dass ein ganzer Tag wertvoll ist, wenn man nur zwei Tage mit der Familie hat, um sich zu erholen und die anfallenden Aufgaben zu erledigen. Das nehme ich ihnen überhaupt nicht übel. Sie sind sehr nett zu mir, und sie rufen mich regelmäßig an, aber ihr Leben hält sie voll in Beschlag, und so vergehen die Wochen. So ist es nun mal. Ich werde im Sommer einfach ein Treffen organisieren, dann haben sie Zeit, sich darauf einzustellen.

Ich erreiche die Laube. Überall liegt abgestorbenes Laub. Ich fasse mit der Hand auf den Tisch. Das ist aber merkwürdig – auf dem Tisch liegt kein einziges Blatt, obwohl die Bank über und über damit bedeckt ist. Ah, auf dieser Seite nicht. Das muss der Obdachlose gewesen sein. Bestimmt war er es, den ich am Abend zuvor gehört habe. Hat er vor, seine Abende und Nächte bei mir zu verbringen? Ich muss herausfinden, was da los ist.

Alain

Ich beschließe, in die Obdachlosenunterkunft zurückzukehren, obwohl ich sie hasse. Es gibt dort zu viel Elend, ich kann es förmlich riechen. Dort fühle ich mich noch nicht zugehörig. Bin erst zu kurz in der Branche. Die Angestellten sind alle sehr wohlwollend und wirklich freundlich, aber mich stört ihre Fürsorglichkeit, die von Mitgefühl gefärbt ist. Außerdem muss ich immer irgendwelche Gespräche führen oder Formulare ausfüllen, und ich verabscheue diesen schrecklichen Papierkram, der mich erst seziert, bevor ich schamlos ein Etikett verpasst bekomme. Ich gehe dort nur ab und zu hin, um eine warme Mahlzeit zu erhalten. Vor allem aber will ich mich waschen. Ich glaube, das Schlimmste an meiner Situation ist die mangelnde Hygiene. Den Hunger halte ich aus, aber der Schmutz, der Gestank, all das macht menschlichen Kontakt unmöglich und verwandelt mich in einen Geächteten. Heute wüsste ich gern, ob man irgendwo ein Zimmer für mich gefunden hat, wo ich zumindest meine Tasche abstellen, mich auf einer Matratze ausstrecken und die Tür vor der Welt schließen könnte. Ich möchte nicht weiter ein Straßentheater sein. Zufällig ist Sommer, also schlafe ich zurzeit lieber noch in einem Park als in diesem abstoßenden und lauten Schlafsaal. Draußen richte ich mich meistens auf einer Bank ein, weil es auf einer Wiese beim Aufwachen oft böse Überraschungen gibt. Man ist von Tau durchnässt, von den Insektenstichen ganz zu schweigen. Kaum habe ich den Eingang zur Unterkunft durchschritten, höre ich eine Frauenstimme, die mich begrüßt. Sie lächelt die ganze Zeit. Wahrscheinlich hat sie am Abend Kieferschmerzen, weil sie ständig die Muskeln anspannt. Ich frage mich, ob sie einfach weiterlächelt, wenn sie nach Hause kommt. Ich habe vergessen, wie sie heißt. Monique? Oder ist es Dominique? Auf alle Fälle ein Name, der auf *ique* endet. Ich nehme die Hand, die sie mir entgegenstreckt. Was bleibt mir anderes übrig? Ist es aus Scham, weil ich arm bin, dass ich wie ein Freund behandelt werde? Ich weiß es nicht, aber zwischen uns gibt es eine Barriere. Zwischen mir und den anderen. Zwischen den Menschen, die ein normales Leben führen, und denjenigen, denen ich in der Unterkunft begegne, die sich außerhalb des Systems befinden. Doch das ist kein ausreichender Grund für mich, sie anzulächeln oder mich mit ihnen anzufreunden.

»Kommen Sie vorbei, um uns guten Tag zu sagen?«

Was für eine dämliche Frage! Ich weiß, sie versucht ihr Bestes, aber genau das ist ja das Demütigende. Vorher hätte sie mich niemals angesprochen, wenn wir uns zum Beispiel in der Post über den Weg gelaufen wären. Weil ich nun aber hier bin, fühlt sie sich zur Freundlichkeit verpflichtet. Das Leben ist voller Ironie. Aber ich nehme es ihr nicht übel, schließlich macht sie ihre Arbeit gut, besonders mit den Frauen. Weil Frauen in sozialen Schwierigkeiten ein besonderes Bedürfnis nach menschlicher Nähe haben, mehr als wir Männer, und sie dankbar annehmen. Und wir? Wir wollen nichts wissen von dieser aufgesetzten Freundlichkeit. Sie erniedrigt uns.

»Ich wollte mich erkundigen, ob man schon ein Zimmer für mich gefunden hat.« Ich bin mir bewusst, wie direkt und unhöflich ich in diesem Moment klinge. Es ist erstaunlich, wie ehrenamtliche Mitarbeiter die gröbsten Rüpeleien von Obdachlosen hinnehmen, ohne mit der Wimper zu zucken.

Irgendwie ist es auch diese Tatsache, die mich stört, denn es ist doch klar, dass sie uns nur deshalb alles durchgehen lassen, weil wir hoffnungslose Fälle sind. Mit unserem aggressiven Verhalten versuchen wir ihnen eine Reaktion abzuringen. Wir möchten wie alle anderen behandelt und nicht alle fünf Minuten an unseren Außenseiterstatus erinnert werden.

»Kommen Sie bitte mit! Wir sehen gleich mal nach.«

Ich folge ihr den blassblau gestrichenen Flur entlang, in dem lächerliche Plakate wie auf einem Kreuzweg aufgehängt sind, eines neben dem anderen: Vor einem Hintergrund mit Regenbogen lächelt glücklich ein Paar; ein Stück weiter picknickt eine Familie am Fuß eines Baums, und natürlich lächeln auch sie alle. Auf einem anderen Plakat ist ein Mann abgebildet, der einen Bauarbeiterhelm trägt und lächelt – natürlich, was sonst? Darunter steht dieser dämliche Satz, der uns Hoffnung vermitteln soll, während er uns unsere Unzulänglichkeit nur noch stärker vor Augen führt: *Ich habe meine Würde wiedergefunden.* Zwischen den Zeilen: *Weil ich eine Arbeit habe.*

Daraus schließe ich, dass man ohne Arbeit und ohne Geld in unserer Gesellschaft jegliche Würde verspielt, es sei denn, man hat viel Geld, ohne dafür arbeiten zu müssen. Oder man ist Mönch. Ich könnte doch in einem Kloster vorstellig werden, wie wäre das? Der Haken ist nur – ich glaube nicht an Gott. Ich bin doch nach wie vor ein Mensch, auch wenn ich arm bin. Aber besitze ich nicht mehr Würde als dieser Gorilla, der seine Frau mit einem Gürtel schlägt, oder die Familienväter, die nach der Arbeit zu einer Nutte gehen? Was ist das, Würde? Ich habe den Eindruck, es geht oft nur darum, dass der äußere Eindruck stimmt, obwohl man sich gleichzeitig wie Abschaum verhält. Na, so ist es doch. Hauptsache, keiner merkt was. Ja, seit ich auf die andere Seite gewechselt bin, sehe ich das alles ganz klar. Vorher war ich wie sie alle. Wenn ich die Penner sah, wie ich sie damals nannte, verhielt ich mich wie alle anderen. Nun sage ich *Obdachloser*, aber na ja, was ändert die Bezeichnung schon groß? Die Situation bleibt doch die gleiche.

Wie bei *Raumpfleger*. Woher kommen diese Begriffe bloß? Vor knapp zehn Tagen habe ich mich auf eine Stelle als Raumpfleger beworben. Wissen Sie, dass man gewagt hat, mich nach meinem Lebenslauf zu fragen? Und nach einem Motivationsschreiben! Wer kennt auch nur eine einzige Person, die aus Leidenschaft oder Karrierebewusstsein putzen geht? Der einzige Grund, warum man sich auf solch eine Stelle bewirbt, ist die Notwendigkeit des Geldverdienens. Sonst nichts. Wie können Menschen derart beleidigt werden? Soll ich etwa antworten: »Ich habe mein ganzes Leben davon geträumt, alles sauber zu schrubben und Möbel auf Hochglanz zu polieren, das Parkett blitzen zu sehen, den Duft von Lavendel in den Toiletten fremder Leute einzuatmen. Und nichts reicht bei mir an die Ästhetik der rhythmischen Bewegungen des Wischlappens heran, der gleichmäßig vor- und zurückgleitet.« All das nur deshalb, weil irgendein Verwaltungsnerd in seinem Verwaltungshinterzimmer wohlmeinend, aber dennoch aus einer privilegierten Position heraus entschieden hat, dass dieser Personenkreis stärker wertgeschätzt werden muss, indem man ihn einen Lebenslauf und ein Motivationsschreiben wie alle anderen schreiben lässt. So wie es ein berühmter Philosoph beschrieben hat: »Wer das Konzept der Unendlichkeit verstehen will, muss nur das Ausmaß menschlicher Dummheit betrachten.« Beworben für diese Arbeit als Raumpfleger habe ich mich selbstverständlich mit meinem Master in Unternehmensmanagement und meinem Lebenslauf als Eigentümer und Restaurantbetreiber in Asien. In meiner Bewerbung erklärte ich, dass die Notwendigkeit zu arbeiten zwar nicht meine Motivation erläutere, richtig, dafür aber zumindest ehrlich sei. Ich wurde nicht genommen, weil ich, so antwortete man mir, nicht über ausreichende Erfahrung verfüge. Also? Nun ja, das nächste Mal werde ich lügen, denn die Wahrheit taugt nicht. Es liegt in der Logik des Systems: Man muss sagen, was der andere hören will. Ich werde mir also den Lebenslauf und das Motivationsschreiben eines Raumpflegers aus dem Internet kopieren. Vielleicht lässt man mich dann links liegen, weil ich zu alt für diese Branche bin. Schließlich bin ich sechzig.

Moniques Stimme – ich habe mich für Monique entschieden – holt mich in die Wirklichkeit zurück.

»Es tut mir leid, Alain. Vor September wird das nicht klappen. Wegen der Ferien haben alleinstehende Frauen mit Kindern Vorrang.«

»Ich verstehe. Danke trotzdem.«

Lustig, dass ich automatisch ein *Trotzdem* hinzufüge, obgleich ich überhaupt nichts erreicht habe. Ermüdet stehe ich auf und gehe mit meiner Tasche zu den Duschen. Ich nehme ein Duschgel und ein Shampoo heraus. Ich bin allein, daher nutze ich die Gelegenheit, um nachzuzählen, wie viel Geld von der Summe noch übrig ist, die mir meine Ex überlassen hat, vermutlich aus schlechtem Gewissen. 2000 Euro konnte ich nach Frankreich mitnehmen. Ich rechne, dass mir 1283 Euro und ein paar Cent bleiben. Für Lebensmittel rechne ich zehn Euro pro Tag ein. Ich schaffe es nicht, zum Abendessen die Unterkunft aufzusuchen, weil ich mich zu sehr schäme. Lieber faste ich, als gemeinsam mit anderen Menschen in der gleichen Situation zu essen und mir ihre Gespräche anhören zu müssen, die mich nur noch stärker deprimieren. Ansonsten gebe ich noch Geld für Hygieneartikel und den Waschsalon aus. Manchmal gehe ich ins Internetcafé, denn ich habe – immer noch – das Bedürfnis, zu lesen und zu erfahren, was in der Welt passiert. Es ist nicht viel, aber dieses bisschen genügt, um mir das Gefühl zu geben, dass es einen Weg zurück gibt. Um in meinen eigenen Augen ein Mensch zu bleiben. Die Illusion zu haben, dass ich noch Mitglied einer Zivilisation bin, obwohl ich keine große Achtung für die Spezies habe, der ich angehöre.

Verdammt! Zu spät: Einer der Betreuer hat mich entdeckt. Jacquot, Mitte sechzig, Rentner, Ehrenamtlicher, nicht böswillig, aber dennoch unerträglich. Ich werde mir eine seiner Litaneien anhören müssen über die Welt, die immer schlechter wird. Mit wem immer er spricht, er geht aufs Ganze und wird gleich tiefgründig. Ich stürze in die Dusche, um ihn davon abzubringen, mich als Zuhörerschaft auszuwählen. Vergeblich. Er setzt sich gegenüber vor die Kabine, die leider keine Tür hat, und spricht mich an, wobei er die Stimme hebt, um das Geräusch des Wassers zu übertönen.

»Ich habe gerade einen Artikel über Sozialhilfe im europäischen Vergleich gelesen. Kaum zu glauben! Was meinst du, wie hoch der Satz in Großbritannien ist?«

Ich antworte nicht, sondern sehe geflissentlich über ihn hinweg.

»Zweihundert Pfund im Monat für einen Jugendlichen, weniger als dreihundert Euro. Was soll man denn damit ausrichten? Wie soll man davon leben und auch noch präsentabel genug aussehen, um eine Arbeit zu suchen? Ah, jetzt hat es dir die Sprache verschlagen, was? Und in Dänemark? Rate mal! Dort bekommen sie tausendzweihundert Euro. Das ist ehrlich gesagt einfach ungerecht den Arbeitenden gegenüber.«

Ich höre, wie er lacht. Jacquot ist stolz auf sich, weil er die Zeitung liest. Gut, das ist ja wirklich lobenswert. Aber dann soll er doch die Zeitung lesen und die Informationen für sich behalten. Hoffentlich zählt er mir jetzt nicht den Sozialhilfesatz jedes europäischen Landes auf …

»Und was ist mit den Entwicklungsländern? Nichts. Kein

Gesundheitssystem, geschweige denn Arbeitslosen- oder Rentenversicherung. Verglichen damit, haben wir noch Glück. Nun ja, das schöne Leben wird mit dieser Krise vorbei sein. Immer das Gleiche, man bedient sich bei den Minderheiten. Aber wie kann man Steine werfen auf alle, die sich abrackern und doch kaum genug haben, um über die Runden zu kommen? Ich war vorher auch so. Wenn ich auf der Straße einen Kerl betteln sah, sagte ich mir, dass er doch einfach nur den Hintern hochkriegen muss, um zu arbeiten. Schließlich unterstütze ich mit meinen Steuern diese Nichtsnutze, das ist doch skandalös … Inzwischen verstehe ich die Abwärtsspirale, in die man gerät, weil ich es selbst erlebt habe: zwei Kredite, die Kündigung, keine neue Arbeit aufgrund des Alters, Scheidung. Irgendwann, mein Freund, siehst du die Welt mit anderen Augen. Natürlich gibt es auch die Profiteure. Das darf man nicht vergessen. Aber du lieber Gott! Sieh dir doch nur unser Gesundheitssystem an, eines der besten der Welt, aber wie lange noch? Schließlich wächst das Loch im Sozialsystem schneller als das Ozonloch. Kein Wunder! Oder kann mir jemand erklären, warum man erst zu einem Allgemeinarzt gehen soll, um dann zum Spezialisten geschickt zu werden? Wenn das nicht dämlich ist, weiß ich auch nicht weiter. Mit Ohrenschmerzen gehe ich doch nicht versehentlich zum Kardiologen. Nein, das französische System ist grundsätzlich in Ordnung, das Problem sind die Betrügereien. Man muss sich nur mal ein System wie in den USA vorstellen. Wenn du dort keine Kreditkarte hast, brauchst du erst gar keinen Fuß in ein Krankenhaus zu setzen. Und das nennt sich die älteste Demokratie der Welt!«

Ich höre ihm nicht mehr zu. Ich starre zur Wand und drehe ihm den Rücken zu. Das Wasser der Dusche prasselt auf mich nieder, es schirmt mich von allen Gedanken ab. Ich wasche mich, wasche mir alles ab. Warum muss er mich mit seinen langweiligen Gedanken behelligen? Was will er bloß damit erreichen?

»Ich muss weiter, habe zu tun«, beendet er endlich seinen Monolog.

Hoffentlich hat ihn mein Schweigen gekränkt, und ich bleibe in Zukunft von seinen sinnlosen sozioökonomischen Politikanalysen verschont. Eine Weile stehe ich noch unter der Dusche und wasche mir die Ausdünstungen des weltweiten Jammers vom Körper. Ich muss durchatmen. Auf weitere Klagegesänge dieser Art habe ich keine Lust, die wieder und immer wieder durchgekaut werden und mir für den Rest des Tages schlechte Laune bereiten.

Ich beschließe, mich zu rasieren. Um Geld zu sparen, habe ich mir einen Bart wachsen lassen. Und natürlich verstecke ich mich auch dahinter. Doch wenn ich die Frau, die von ihrem Mann geschlagen wurde, nach ihrer Arbeit abpassen möchte, mache ich ihr ohne Bart weniger Angst. Schon wieder der äußere Schein! Aber bei ihr ist mir das egal.

Corentin

Es hat funktioniert! Kaum war ich vom Klavierunterricht zurück, fragte meine Mutter nach.

»Und, machst du Fortschritte? Wie weit bist du mit der Sonate von Chopin?«

»Es passt alles. Ich möchte jetzt nicht reden.«

Dann habe ich mich in mein Zimmer verzogen, die Tür zugeschlossen und mich aufs Bett gelegt. Ich liebe mein Bett. Mit den Kopfhörern auf den Ohren flüchte ich mich in meine Musik, bis mir fast das Trommelfell blutet. Meine Hausaufgaben habe ich nicht gemacht, keine einzige Lektion habe ich gelernt. Bis zum Abendessen bin ich einfach liegen geblieben. Ich brauche einen Plan. Ich habe schon überlegt, ob ich gar nichts mehr machen soll und absichtlich schlechte Noten kassiere, aber dann habe ich mir gesagt, dass die Rechnung langfristig wahrscheinlich nicht aufgeht. Wenn ich eine Klasse wiederholen muss, dann bin ich ja noch länger bei meinen Eltern, reiner Selbstmord. Ich werde einfach weniger für die Schule machen, damit ich wieder ein paar Freunde habe. Wenn man zu gut ist, ist man erledigt, ganz einfach. Und noch was macht mich fertig: Ich habe keine Ahnung, was ich später mal arbeiten möchte, keinen Schimmer. Ich bin achtzehn und habe keinen Plan. Die anderen aus meiner Klasse wissen es fast alle, zumindest ihre Eltern, denn ich bezweifle, dass jemand in meinem Alter wirklich Lust hat, Notar oder Zahnarzt zu sein. Sie wollen Ärzte, Anwälte, Architekten oder Ingenieure werden. Genau die Berufe, die sich auch meine Mutter für mich vorstellt. Das Problem ist nur, dass ich nichts machen möchte, worauf ich keine Lust habe.

Ich weiß nur, dass ich ein bisschen Abstand brauche. Vielleicht sollte ich mir einen Job suchen, irgendwo im Ausland, unter dem Vorwand, mein Englisch zu verbessern. Das würde meine Mutter beruhigen. Ich habe Geld auf dem Sparbuch, angespart seit meiner Geburt. Jedes Jahr zu Weihnachten, bei wichtigen Prüfungen und guten Leistungen zahlen meine Großeltern für mich was ein. Und bei jedem erfolgreich abgeschlossenen Schuljahr auch. Ich kriege Geld dafür, dass ich in die nächste Klasse vorrücke und dass ich gute Noten bekomme. Ich habe Glück, keine Frage, manche werden von ihrem Elternhaus überhaupt nicht unterstützt. Nein, ich bin wirklich dankbar dafür. Aber ich brauche auch ein bisschen Freiraum, ohne dass meine Eltern mir in den Ohren liegen mit ihrer Fragerei, was ich denn nun machen will und welche Pläne ich habe. Nun bin ich erleichtert, denn ich weiß zumindest, was ich nicht möchte. Ich will nicht länger hier sein. Sondern? Ich werde weit weg gehen. Bei dem Gedanken springe ich aus dem Bett und schalte meinen Computer an, um im Internet nach einem guten Ziel zu suchen.

»Essen!«

Vorher hätte ich gewartet, bis meine Mutter mindestens dreimal ruft, bevor ich gekommen wäre, doch jetzt bin ich so froh, endlich einen Plan zu haben, dass ich aufstehe und unter dem erstaunten Blick meiner Mutter ins Esszimmer stürme. Doch schon bereue ich es. Ich hätte langsamer sein sollen. Sie hat gemerkt, dass ich glücklich bin.

»Na, so was! Das ist ja was ganz Neues. Seit wann kommst du, wenn ich dich rufe?«

»Ich habe einen Riesenhunger«, brumme ich.

»Hm, ich merke doch, dass da noch was anderes ist. Du wirkst irgendwie ganz beseelt.«

»Lass ihn doch in Ruhe!«, mischt sich mein Vater ein. »Warst du nie verliebt?«, fügt er schmunzelnd hinzu.

»Erzähl!«, bedrängt mich meine Mutter, die am liebsten meine Komplizin wäre.

Als ob ich einen Teddy auf dem Volksfest gewonnen hätte! Sie haben den gleichen beglückten Gesichtsausdruck, etwas einfältig und ganz selig, wenn sie ihren Sprössling dabei beobachten, wie er die Phasen seines Lebens durchläuft. Sie sind den Tränen nahe. Es ist schlimm, aber am liebsten würde ich sie erwürgen. Warum müssen sich meine Eltern immer so bescheuert verhalten, wenn sie mit mir reden? Ich weiß, dass sie mich lieben, aber sie stellen sich dabei total dämlich an. Mit ihrem affektierten Getue verderben sie alles. Es gelingt mir nicht, mit meinem Vater eine ganz normale Beziehung von Mann zu Mann aufzubauen. Er ist überzeugt davon, dass er immer noch mein Held sein muss. Also hat er mir nichts mehr beigebracht, seit ich sieben bin. Er hat mir nichts davon beigebracht, was ich gern von ihm gelernt hätte. Wenn er mir zum Beispiel gezeigt hätte, wie man sich rasiert, mich zum Fußball mitgenommen, mit mir mein erstes Bier getrunken hätte. Und meine Mutter? Sie lässt mich nicht aus den Augen, bereitet mir mein Lieblingsessen zu und organisiert alles für mich. Sie wird mich nie wie einen Erwachsenen behandeln. Sie wird nie zulassen, dass ich meine eigenen Erfahrungen mache. Sie wird sich immer in alles einmischen. Und wenn ich mal eine Frau haben sollte, wird sie ihr vorschreiben, dass sie dies und jenes zu kaufen hat. Schließlich weiß sie besser als ich selbst, was ich mag. Diese Art von Liebe erdrückt mich. Ich kann sie nicht ändern, ich kann nur Abstand zwischen sie und mich und meine Zukunft bringen. Diese Einsicht stimmt mich plötzlich versöhnlich. Die Perspektive, die sich da bietet, reizt mich fast zum Lachen. Gleichzeitig sehe ich, dass meine Mutter hinter ihrem allzu fröhlichen Lächeln beunruhigt ist. Beunruhigt darüber, dass sie den Grund für meine gute Laune nicht kennt, dass ich auch ohne sie fröhlich sein kann. Und sie hat Angst – davor, irgendjemand könne nun wichtiger werden als sie. Sie hat Angst, dass sie ihr kleines Genie nicht länger beaufsichtigen kann. Und ich jubele innerlich. Ich werde den Joker ausspielen und die Rolle des Verliebten spielen, die mir mein Vater auf dem Silbertablett serviert hat. Dann werden sie meinen Plan für die Zukunft nicht erraten. Aber ich muss aufpassen. Ich darf nur ganz allgemein von *einem Mädchen* sprechen und werde mich scheinbar dagegen sträuben, mit mehr herauszurücken. Dann werden sie mir glauben.

»Lass mich! Das ist meine Angelegenheit.«

Ich bemerke den vorwurfsvollen Blick, den mein Vater meiner Mutter über den Rand seiner Brille hinweg zuwirft, während er die Zeitung weglegt und aufsteht, um sich an den Tisch zu setzen. Dann kann er sich nicht mehr zurückhalten.

»Na bravo, du hast wieder mal gewonnen! Mit deinen dämlichen Fragen und deinem Gluckengetue schaffst du's, dass er sich in sein Schneckenhaus zurückzieht.«

Obwohl er mich nur verteidigen wollte, liegt er trotzdem falsch. Immerhin ist ihm aufgefallen, dass ich meine gute Laune von zuvor verloren habe, und ist traurig. Es gelingt ihm einfach nicht, eine Verbindung zu mir aufzubauen. Aber er respektiert zumindest meinen Wunsch, nichts zu sagen.

Unvermittelt umschließt uns tiefes Schweigen, als wären wir drei Fremde, die sich plötzlich an einem Tisch zusammengefunden haben. Dann geht meine Mutter aber rasch dazu über, die drückende Stimmung zu verdrängen und Konversation mit sich selbst zu betreiben, inklusive Fragen, Antworten, Zwischenrufen und Kommentaren. Mein Vater antwortet mit Einsilbern, während ich schweige. Das Ganze nervt mich. Sie unternehmen alles, damit ich glücklich bin, doch dabei stellen sie sich reichlich ungeschickt an. Diese viele vergeudete Zeit! Dieser Graben, der sich auftut! Sie wissen besser, wie man ein Auto wartet, wie viel Häuser kosten oder welche Investition gerade am sinnvollsten ist. Aber sie können nicht besser wissen, was ich hasse und wovon ich träume. Dabei weiß ich es ja selbst nicht mal. Nein, sie können es nicht besser wissen als ich, und außerdem haben sie nicht das Recht, Entscheidungen für mich zu treffen. Sie können mir höchstens aus ihrem eigenen Leben erzählen. Welches wohl kaum mit jenem Leben übereinstimmt, das sie sich erträumt haben. Deshalb setzen sie mich so unter Druck … Zumindest kapiere ich den Zusammenhang. Für irgendwas muss mein IQ ja gut sein, wenn er schon verhindert, dass ich ein normales Leben mit normalen Freunden führen kann. Und dann, warum auch immer, beschließe ich, selbst die Fragen zu stellen.

»Wovon hast du geträumt, als du jung warst, Papa?« Mein Vater mustert mich überrascht, zum einen weil ich ihm eine Frage stelle und zum anderen über die Frage selbst. Ein Schatten legt sich über sein Gesicht, und er antwortet, wobei er den Blick schnell auf seine Serviette senkt.

»Weißt du, Corentin, damals hat man nicht geträumt. Man hat einen Beruf ergriffen, eine Familie gegründet und Verantwortung übernommen. Das Träumen hat man den Dichtern überlassen, denn Dichter, das war kein Beruf. Ist es im Übrigen auch heute nicht.«

Ich weiß nicht, ob es Bedauern oder eine einfache Feststellung ist. Ich frage mich, ob er nicht doch ganz früher Träume gehabt hat oder ob er immer schon dieser graue und bürgerliche Konformist war. Er ist wirklich ziemlich langweilig. Für meine Mutter ist das bestimmt auch nicht immer einfach.

Carole

Siebzehn Uhr. Ich bin mit der Arbeit fertig. Mit meinem Chef habe ich mich über meine Arbeitszeiten geeinigt. Er ist einverstanden, dass ich nur eine Viertelstunde Mittagspause mache. Das reicht mir zum Essen und erlaubt mir, früher zu gehen. Ich habe Monsieur Jamoix erklärt, dass ich gut zwanzig Minuten nach Hause brauche und dass ich mich um meine alleinstehende, kranke Mutter kümmern muss. Das stimmt nicht, denn meine Mutter ist schon seit Jahren tot, doch da ich keine Kinder habe, schien mir das der einzige plausible Grund, um vor achtzehn Uhr gehen zu können. Abgesehen davon erledige ich meine Arbeit genauso gut wie vorher. Ich belüge meinen Chef nicht gern, doch wegen Fabrice musste ich diese Ausrede benutzen. Er möchte immer, dass ich frisch koche. Sonst hätte ich nur den Morgen, um die Einkäufe für das Abendessen zu erledigen. Jetzt habe ich auf dem Rückweg Zeit, das Nötige zu besorgen.

Beim Großeinkauf hilft er mir ja auch. Einmal im Monat setzt er mich am Eingang des Supermarkts ab und trifft seine Freunde, solange ich den Einkauf erledige. Seit Jahren teilen wir uns die Arbeit auf. Er kümmert sich um die Buchhaltung, ich um den Haushalt. Das funktioniert gut. Natürlich hat er manchmal seine eigenen Vorstellungen, wie alle Männer. Das Abendessen zum Beispiel soll fertig sein, wenn er nach Hause kommt, gegen neunzehn Uhr. So kann er in Ruhe die Fernsehnachrichten sehen. Also habe ich keine Zeit, unterwegs zu trödeln, weil mir nur eine gute Stunde bleibt, um das gesamte Abendessen vorzubereiten: Vorspeise, Hauptgang, Käse und Nachspeise.

Ich könnte einfach eine größere Menge vorbereiten, um es am nächsten Tag aufzuwärmen, aber Fabrice ist besessen davon – nichts Aufgewärmtes! Wenn Reste übrig sind, soll ich sie am nächsten Tag mittags essen. Aber eigentlich sind immer Reste übrig, weil ich großzügig planen muss für den Fall, dass er jemanden zum Abendessen einlädt oder großen Hunger hat. Aber meistens warnt mich Fabrice in der Frühe vor, wenn seine Freunde zu erwarten sind. Oft kommen sie zum Fußballschauen vorbei. Er hat nur zwei Freunde, Gérôme und François. Ich mag sie nicht. Wenn sie zu Besuch sind, trage ich das Essen auf und ziehe mich dann zurück, um die Küche aufzuräumen. Danach fliehe ich ins Schlafzimmer.

Es gibt Leute, die glücklich von ihrer Arbeit zurückkehren, ich nicht. Moment mal! Diesen Mann habe ich doch schon mal gesehen, das war heute Morgen! Nur dass er einen Bart trug und anders gekleidet war. Aber er ist es ganz sicher. Ich kann mir Menschen gut einprägen. Und mit seiner Tasche erkenne ich ihn auf jeden Fall wieder. Vielleicht arbeitet er um die Ecke. Oder er geht hier im Viertel ins Fitnessstudio. Ich habe den Eindruck, dass er mich anlächelt. Ich senke den Blick, als ich an ihm vorbeigehe. Bin ich dumm! Auf welche Ideen ich komme! Wer würde mir schon zulächeln? Ich weiß ganz genau, dass ich wie ein geprügelter Hund wirke. Das bin ich schließlich auch.

Was ist nur mit mir geschehen, um Himmels willen? Wann ist das alles so aus der Spur geraten? Wir waren doch verliebt, wir beide. Er war freundlich und aufmerksam, und ich war überzeugt, dass er der Mann meines Lebens ist. Meine Freundin – ich sehe sie nicht mehr oft – hat mir einmal erklärt, dass alle manipulativen Menschen so sind. In Gesellschaft verzaubern sie alle mit ihrem Charme, doch zu Hause sind sie zerstörerisch. Das Opfer – meist die Frau – braucht eine gewisse Zeit, um das zu begreifen. Vielleicht hat sie Zweifel, gibt sich die Schuld. Sie ist in einer Abwärtsspirale gefangen, und ihr Selbstwertgefühl wird immer niedriger. Das alles erzählte mir meine Freundin. Damals dachte ich, sie ist eifersüchtig, und habe den Kontakt abgebrochen. Als ich merkte, dass sie recht hatte, wollte ich sie anrufen, ihr sagen, dass ich sie brauchte. Doch da war sie schon umgezogen, hatte die Stadt verlassen. Ich habe nie herausgefunden, wohin sie gezogen ist. Sie war meine einzige Freundin, und ich habe sie verloren.

Verdammt! Ich bin so in meine Gedanken vertieft, dass ich darüber das Brot vergessen habe. Ich drehe mich ruckartig um und remple dabei die Person, die dicht hinter mir geht. Als ich den Blick hebe, um mich zu entschuldigen, stehe ich dem Mann von vorhin gegenüber. Er war keine zwei Schritte entfernt. Plötzlich bekomme ich Angst. Vielleicht verfolgt er mich ja. Oder er ist ein Bekannter von Fabrice, der mich beschattet und herausfinden soll, was ich nach der Arbeit so treibe.

»Entschuldigen Sie!«, sagt er und wird rot. Ich beschleunige meine Schritte in Richtung Boulangerie.

Uff! Er ist nicht mehr da, als ich wieder rauskomme. Gut, denn ich muss mich beeilen und noch beim Metzger vorbei, da Fabrice immer Fleisch verlangt. Ich werde ihm ein schönes Steak mit Pommes machen. Da habe ich Glück. Dieses Essen könnte ich ihm mehrmals in der Woche machen, ohne dass er sich beschwert. Danach kaufe ich alles Nötige für die Vorspeise und Aprikosen für eine Tarte. Ich beeile mich, nach Hause zu kommen, und stürze ins Treppenhaus. Auf unserem Stockwerk angekommen, höre ich laute Stimmen und Lachen. Er ist schon zu Hause und hat seine Freunde eingeladen.

Ich schiebe den Schlüssel ins Schloss und bleibe auf der Schwelle zum Wohnzimmer stehen.

»Ich bin wieder da!«

Er wendet sich seinen Freunden zu und bricht in Gelächter aus.

»'ne echte Leuchte, was? Ich sehe doch, dass du wieder da bist. Kannst dich nützlich machen und uns was zum Knabbern bringen.«

Er freut sich, dass er seine Freunde auf meine Kosten zum Lachen bringen konnte. Es ist mir egal, aber ein wenig schäme ich mich doch. Ich verschwinde in der Küche. Irgendwie ist es sogar angenehmer, wenn er sie einlädt. Dann habe ich mehr Ruhe. Ich leere Päckchen mit Erdnüssen und Chips in kleine Schalen. Dann nehme ich die Salami und schneide sie so fein wie möglich. Er mag es nicht, wenn die Scheiben zu dick sind. Das alles lege ich auf ein Tablett, das ich mit strahlender Miene nach drüben bringe, ganz die gute Hausfrau, die sich überglücklich schätzt, ihre Gäste bewirten zu dürfen.

»So, da wären wir ... Und, wer gewinnt heute?«

»Seit wann interessiert dich das denn?«

Und ohne sich die Mühe zu machen, meine Antwort abzuwarten, redet er weiter: »Wir brauchen noch Bier.«

Drei Minuten später kehre ich mit den Getränken zurück und stelle sie auf den Tisch. Keiner schenkt mir Beachtung. Kein *Danke*, kein Kopfnicken, nichts. Aber eigentlich ist es mir lieber so. Ich bin froh, wenn sie sich nicht für mich interessieren, denn ich mag ihre Blicke nicht, die langsam über meinen Körper wandern, bei denen ich mich schmutzig fühle. Sie wollen noch vor dem Spiel essen, daher muss ich mich beeilen. Ich decke den Tisch und bin dabei so leise wie möglich: Tischdecke, Servietten, Besteck, Gläser, Brot und zwei Flaschen Wein für den Anfang. Ah, und ich darf Senf, Salz und Pfeffer nicht vergessen. Die Nachspeise bereite ich schon auf kleinen Tellern vor, der Käse liegt bereit, ebenso der Schinken und die Cornichons. Gut, jetzt noch die Tarte. Dann schäle ich die Kartoffeln und schalte die Fritteuse ein. Jetzt fehlen nur noch die Pommes und die Steaks. Noch blutig und mit Grillabdruck, dazu ein bisschen Kräuterbutter. Gut, dass ich die immer vorrätig habe. Ich warte, bis Fabrice mir das Signal gibt, dass sie Hunger haben. Sie setzen sich an den Tisch, und in der Zeit, während sie die Vorspeise essen, bereite ich den Rest zu, kehre mit den Steaks und den Pommes ins Wohnzimmer zurück und setze mich zu ihnen. Als die Teller und Platten alle leer gegessen sind, ist es Zeit für den Käse und dann die Tarte. Als ich einen Teller vor Fabrice auf den Tisch stelle, fasst er mit einer Hand unter meinen Rock und knetet meinen Hintern mit einem zufriedenen Lächeln, in dem sich Besitzerstolz spiegelt.

»Das nenne ich doch mal einen gelungenen Abend, und er ist noch nicht zu Ende!«, feixt er in Richtung seiner Freunde, die nun ihrerseits lauthals loslachen.

Ich kehre schnell in die Küche zurück, um aufzuräumen und um allein zu sein. Mein Gott! Ich halte dieses Leben nicht mehr aus, aber ich habe keine Familie, zu der ich flüchten könnte. Er würde niemals in die Scheidung einwilligen. Und wenn ich beschließen sollte, ihn zu verlassen und eine Wohnung zu mieten, dann würde er mich finden und mir das Leben noch mehr zur Hölle machen. Er bekommt ja ohnehin mein Gehalt auf sein Bankkonto und gibt mir Haushaltsgeld, damit ich die Einkäufe erledige. Ich habe nicht mal eine Bankkarte. Ich bin abhängig.

Sie sind ins Wohnzimmer zurückgekehrt. Ich räume auf, was noch auf dem Tisch steht, und ziehe mich unauffällig ins Schlafzimmer zurück. Ich schlüpfe in einen Jogginganzug und ein großes T-Shirt, um möglichst wenig verführerisch zu wirken. Dann nehme ich eine Zeitschrift, die ich jedoch nicht öffne. Er mag es nicht, wenn ich vor ihm einschlafe, aber ich lege mich trotzdem hin, bin aber auf der Hut. Einige Stunden später fällt die Wohnungstür ins Schloss. Sie sind gegangen. Ich richte mich auf, öffne die Zeitschrift und gebe vor zu lesen.

»Hör mal, ich will doch nicht auf eine Puppe klettern, die nichts hermacht. Na los, zieh dir irgendein sexy Teil an!«

Gehorsam, doch widerwillig stehe ich auf und hole aus meiner Kommode ein spitzenbesetztes Set mit Mieder, das er mir gekauft hat. Dann husche ich ins Bad. Ich ziehe das Outfit einer Prostituierten an, trage Lippenstift auf und kehre ins Schlafzimmer zurück. Er wirft begehrliche Blicke auf meinen Körper, bevor er mir signalisiert, mich zu ihm zu legen. Glücklicherweise kommt er immer schnell, und es liegt ihm fern, mir Vergnügen bereiten zu wollen. So zieht sich das Ganze nicht in die Länge. Sobald ich sicher bin, dass er eingeschlafen ist, schiebe ich ihn von mir herunter und drehe ihn auf die Seite. Dabei bin ich vorsichtig, damit ich ihn nicht wecke.

Claude

Beim Aufwachen kommt mir ein Gedanke, und aufgeregt wie ein Kind warte ich, bis Angela weg ist. Endlich läutet es Mittag. Sie verabschiedet sich gerade, also stelle ich ihr im Ton aufgesetzter Gleichgültigkeit eine Frage.

»Ach ja, ist dieser Typ auf der Bank eigentlich noch da?«

Ich höre, wie sie eilig zum Fenster hinübertrippelt. Die erhöhte Frequenz ihrer Schritte verrät mir, dass auch sie neugierig ist.

»Er muss vor Kurzem gekommen sein, denn heute Morgen habe ich ihn noch nicht gesehen … auch nicht, als ich die oberen Fenster geputzt habe. Ah! Er hat sich rasiert. Sieht schon viel besser aus ohne diesen zotteligen Bart. Ich frage mich, was er hier vorhat. Denken Sie, man sollte die Polizei verständigen?«

»Nein, er hat schließlich das Recht, auf einer Bank zu sitzen«, antworte ich lachend.

»Na ja, aber vielleicht beobachtet er Ihr Haus, um bei Ihnen einzubrechen.«

»Dann ginge er doch viel unauffälliger vor, oder?«

»Ich weiß nicht … Auf jeden Fall habe ich Sie gewarnt. Bis Dienstag, Monsieur Claude.«

Kaum fällt die Tür hinter Angela ins Schloss, gehe ich in die Küche und öffne meinen Vorratsschrank.

Ich habe gern ein paar Kleinigkeiten zum Knabbern da, weil

ich nicht immer Lust auf meine Fertigmahlzeiten habe. Also fährt mich Angela zweimal im Monat zum Supermarkt, und ich kaufe dort ein. Jetzt nehme ich mir eine gute Salami und ein Baguette, das mir Angela am Morgen mitgebracht hat. Zusammen mit Plastikbechern, einer Flasche Wein und natürlich einem Korkenzieher verstaue ich alles in einer Tasche. Dann packe ich noch ein Messer und meine abgepackten Käseportionen ein. Mit meinem Stock und meinem Schlüssel verlasse ich das Haus. Es ist so schön! Ein lauer Wind streift mein Gesicht. Ich hatte dieses kleine Glück ganz vergessen, das die warme Jahreszeit ankündigt, die ersten Sonnenstrahlen auf der Haut. Wie lebendig ich mich durch diese Liebkosung fühle! Ich steige die Stufen vor dem Haus hinunter, gehe den Kiesweg entlang und öffne das Gartentor, das wie immer quietscht. Das Geräusch kann dem Obdachlosen nicht entgangen sein, wenn er noch dort drüben sitzt. Jetzt weiß er, dass in dem Haus ein Blinder wohnt. Damit gehe ich ein Risiko ein, aber was soll's? Mit unauffälligem Gesichtsausdruck gehe ich auf die Bank zu, um dort ein Picknick zu machen. Diesen Einfall hatte ich irgendwann. Wenn ich mit ihm spreche, kann ich mir besser als jeder andere ein Bild von ihm machen. Ich merke, wenn die Menschen lügen, und ich weiß immer, mit wem ich es zu tun habe. Irgendeinen Vorteil müssen wir mit unserem Anderssein ja auch haben. Wir erkennen zwar die Körpersprache nicht, aber wir hören anhand der Stimmlage und des Sprechtempos, was ungesagt bleibt und was der andere empfindet.

Er muss ans Ende der Bank gerutscht sein, denn ich habe ein leises Scharren gehört. Ich setze mich, als ob nichts wäre, und lege meine Tasche mit dem Proviant neben mich. Ich stelle mir sein Gesicht vor, während ich mein kleines Schauspiel aufführe – und ich gebe zu, dass es mir Spaß macht. In aller Seelenruhe öffne ich die Flasche und gieße vorsichtig

Wein in mein Glas. Vielleicht denkt er auch, dass ich simuliere. Viele sind verblüfft, wenn sie sehen, wie ich mir etwas zu trinken einschenke. Mit Recht fragen sie sich, wie ich es schaffe, dass nichts überläuft. Mit dem Gehör, ganz einfach. Ich lächele verzückt, als wäre ich nur gekommen, um das schöne Wetter zu genießen. Er sagt nichts, doch ich höre seinen Atem und nehme seinen Geruch wahr. Er riecht nach billiger Seife. Ich muss einen Weg finden, um ein Gespräch zu beginnen. Also lasse ich meinen Stock fallen und taste danach. Noch zögert er, mir zu helfen, um seine Anwesenheit nicht zu verraten. Er wartet wahrscheinlich ab, ob ich ihn allein finde, bevor er sich zu erkennen gibt. Vielleicht hat er beschlossen, mich unauffällig zu beobachten. Bewusst suche ich möglichst weit von der Stelle entfernt, an der ich den Stock fallen gelassen habe. Ich muss wohl sein Mitleid erregt haben, denn schließlich steht er auf und lehnt den Stock wortlos neben mich.

»Das ist sehr liebenswürdig von Ihnen, danke. Ich hoffe, ich störe Sie nicht zu sehr mit meiner Tasche. Entschuldigen Sie bitte! Ich dachte, ich bin allein. Habe ich Ihnen genug Platz gelassen?«

»Ja, ja, natürlich. Sie stören mich überhaupt nicht«, antwortet er in neutralem Ton.

Er klingt sehr vornehm, und seine Stimme ist tief und verhalten. Dennoch schwingt eine große Verdrossenheit, beinahe Gleichgültigkeit darin mit.

»Das Wetter ist so schön, da wollte ich unbedingt draußen essen.«

Dieser Vorwand überzeugt ihn sicher nicht, denn wenn er gestern Abend in meinem Garten war, dann weiß er, dass ich in meinem eigenen Garten essen kann und nicht auf eine öffentliche Bank angewiesen bin.

»Außerdem wollte ich das Treiben auf der Straße genießen.

Ich wohne gegenüber. Ich könnte auch in meinem Garten essen, aber manchmal tut es einfach gut, unter anderen Menschen zu sein.«

Er erwidert nichts.

»Aber Sie sollen mir nicht beim Essen zusehen müssen. Es ist zwar nichts Besonderes, nur ein einfaches kleines Picknick, Wurst und Käse. Haben Sie schon gegessen? Möchten Sie mir vielleicht Gesellschaft leisten?«

Ich merke, dass er hin- und hergerissen ist. Einerseits reizt ihn das Essen, andererseits möchte er einem Gespräch aus dem Weg gehen. Also nehme ich ein Glas, schenke Wein ein und reiche es ihm.

»Danke.«

»Kommen Sie oft hierher?«

»Das könnte man so sagen, ja.«

»Ich war schon lange nicht mehr hier. Ich glaube, es ist die Sonne, die mich nach draußen gelockt hat. Nehmen Sie doch Wurst und Käse ... Auf leeren Magen zu trinken, ist nicht gut«, füge ich noch hinzu, damit er sich endlich traut und zugreift.

Ich beschließe, aktiv zu werden, breche ein Stück vom Baguette ab und reiche es ihm. Zu meiner Erleichterung nimmt er es. Dann greife ich in meine Tasche und suche die Wurst und das Messer heraus, mit dem ich in seine Richtung deute.

»Es ist das erste Mal, dass ich gegenüber von meinem Haus ein Picknick mache.«

Ich lache lauthals auf.

»Das sieht man auf jeden Fall nicht jeden Tag«, erwidert er amüsiert.

Er muss mich für senil halten. Wir essen schweigend. Ich höre seine schnellen Kaubewegungen. Er hat Hunger. Zweifellos denken wir über den jeweils anderen nach. Ich stelle keine Fragen, denn ich möchte ihn nicht verschrecken. Ihm geht es genauso, vermute ich. Wahrscheinlich befürchtet er, dass ich ihn verdächtige, mich aushorchen zu wollen, wenn er mir Fragen stellt. Aber nein, ich bin ja dumm! Schließlich weiß er nicht, dass ich über seine Obdachlosigkeit Bescheid weiß. Ich schenke mir vom Wein nach. Wenn Angela hier wäre, würde sie mich ermahnen, dass ich es für die Mittagszeit etwas übertreibe.

»Hier. Nehmen Sie doch noch ein Glas Wein!«

Er kommt der Aufforderung nach und ergreift das Wort: »Wenn Sie die Blicke der Passanten sehen könnten! Oh, Verzeihung … Ich wollte nicht …«

»Beschreiben Sie sie mir!«

»Manche lächeln wohlwollend, andere schauen missbilligend. Als sei es ungehörig, auf der Straße ein Picknick zu machen. Es liegt wohl an der Weinflasche. Die meisten sind auf jeden Fall überrascht.«

Die Zeit vergeht wie im Flug. Wir sprechen über alles Mögliche. Wir haben uns einander nicht vorgestellt, doch das macht nichts. Ich drücke auf den Knopf meiner Uhr. Die blecherne Stimme informiert mich, dass es vierzehn Uhr zweiunddreißig ist.

»Ich denke, ich werde ein Mittagsschläfchen halten. Nach unserem Essen fühle ich mich ein bisschen müde. Ich sage auf Wiedersehen, wer weiß? Ich heiße übrigens Claude. Ich wohne gegenüber. Wenn Sie mich mal besuchen möchten, würde ich mich sehr freuen.«

»Bei Gelegenheit. Danke für das Essen. Ich heiße Alain.«

Ich packe meine Sachen zusammen, wobei er mir hilft. Ich könnte ihm auch alles überlassen, aber ich möchte nicht, dass er mich falsch versteht.

»Ich begleite Sie noch.«

Gewöhnlich hätte ich gesagt, dass ich das gut allein schaffe. Aber wenn er mich bis zum Haus bringt, ist das die stillschweigende Erlaubnis, wiederkommen zu dürfen. Ich freue mich über unser Treffen. Viel weiß ich nicht über ihn, eigentlich gar nichts. Aber er macht keinen gefährlichen Eindruck auf mich. Ich würde mich über ein Wiedersehen freuen. Aber er soll nicht denken, dass ich ihn in Beschlag nehmen will, weil ich alt und einsam bin.

Zweiter Teil

Corentin

Als wären Klavier und Tennis nicht genug, musste ich auch noch zum Psychologen. Meine Taktik hat nicht wirklich funktioniert. Im Gegenteil.

Ich habe angefangen, weniger für die Schule zu machen, Fehler in meine Antworten einzubauen oder so zu tun, als hätte ich nicht genug Zeit gehabt, um alle Aufgaben zu bearbeiten. Lauter Tricks, damit meine Noten schlechter werden und ich nicht länger wie ein Streber behandelt werde. Ich dachte, mit mittelmäßigen Noten würde ich von meinen alten Kumpels wieder akzeptiert. Aber es ist genau umgekehrt. Meine Lehrer haben anders reagiert, als ich dachte. Statt mich vor den anderen dumm anzureden, wie sie es sonst so machen. *Hast du lieber ferngesehen, statt Hausaufgaben zu machen?* Oder: *So wirst du das Abitur nicht schaffen!* Stattdessen haben sie mich aufgemuntert: *Ein kleines Tief, Corentin? Das geht vorüber, keine Sorge!* Jetzt hassen mich meine Kumpels noch mehr und schneiden mich. Insbesondere seit meine Französischlehrerin noch einen draufgesetzt hat und mir die Blamage meines Lebens beschert hat, indem sie vor versammelter Klasse verkündete, ich durchlaufe eine *ganz natürliche Phase der Schwäche, die dem Wachstum und der damit verbundenen Müdigkeit zuzuschreiben ist.* Ich weiß nicht, wie ich es geschafft habe, nicht in Tränen auszubrechen. Doch damit nicht genug. Mein Klassenlehrer hat sogar meine Mutter angerufen und ihr geraten, mir Vitamine zu verabreichen. Meine Mutter mag es gar nicht, dass man ihr Ratschläge zur Erziehung ihres Sohns erteilt, vor allem wenn der Eindruck entstehen könnte, sie sei keine perfekte Mutter und ihrem Sprössling mangele es an Eisen oder Magnesium. Ganz zu schweigen von ihrem Schock, als sie erfahren musste, dass keine meiner Noten in dieser Woche besser als ausreichend war. Kaum hatte sie den Hörer aufgelegt, da trat auch schon ihr Notfallplan in Kraft, und sie nahm Kontakt mit einem Psychotherapeuten auf.

In der ersten Sitzung stellte ich mich stumm. Sie kann vielleicht durchsetzen, dass ich herkomme, mich aber nicht zum Reden zwingen. Einziges Problem: Den Psycho-Onkel störte das nicht weiter. Er versicherte meiner Mutter, dass es für mich sehr gut sei, wenn ich wiederkäme, für siebzig Euro pro Sitzung. Beim nächsten Mal hatte ich Sorge, das Ganze könne durch meine Schweigetaktik nur schlimmer werden. Also packte ich meine Geschichte aus.

»Hören Sie, Monsieur, es ist ganz einfach. Ich brauche Ihre Unterstützung nicht. Es ist nur so, dass mein Leben die Hölle ist, seit meine Mutter überall herumposaunt, dass ich einen IQ von hundertsiebzig habe. Meine Lehrer halten mich für hochbegabt und behandeln mich, als sei ich aus Porzellan. Ich darf machen, was ich will. Und für die aus meiner Klasse bin ich ein Freak. Sie meiden mich, weil sie mich für einen Arschkriecher halten. Früher war ich für sie einfach intelligent, jetzt bin ich nur total daneben und komplett unten durch.«

Der Psychologe hob die Brauen. Er hatte mich wohl nicht verstanden. Ich erklärte ihm, dass ich absichtlich schlechte Noten geschrieben hatte, um von den anderen wieder in die Gruppe aufgenommen zu werden. Stattdessen war meine Mutter überzeugt, dass ich mit der Tatsache schlecht umgehen konnte, ein Genie zu sein. Und die Lehrer und Schüler behandelten mich auch anders als erwartet.

Der Psychologe schwieg weiter und musterte mich. Anscheinend wollte er herausfinden, ob ich die Wahrheit sagte oder nicht. Dann schlug er vor, noch eine Weile mit den Sitzungen weiterzumachen.

»Es steht ja außer Frage, dass du Schwierigkeiten mit Gleichaltrigen hast. Wie war dein Leben, bevor du deinen IQ kanntest?«

»Relativ normal.«

»Das heißt?«

»Ich hatte gute Noten, war der Klassenbeste, aber in den Pausen war ich beim Fußball dabei. Zwar musste ich Torwart sein, aber es hat mir Spaß gemacht. Ich bin mit den anderen ins Kino oder zu McDonald's gegangen. Ich war bei meinen Freunden eingeladen. Na ja, ich selbst habe nie jemanden eingeladen, weil meine Mutter Feste zu Hause nicht mag. Aber mir ist es auch nicht so wichtig, also hat es schon gepasst. Ich war Teil der Klasse.«

»Was stört dich am Verhalten deiner Mutter?«

»Sie spricht bei jeder Gelegenheit über mich, das nervt alle, auch ihre Freunde. Sie zeigt mich herum wie eine Trophäe.«

»Und dein Vater?«

»Er vereinnahmt mich nicht ganz so, und er ist weniger arrogant. Aber er macht Druck, damit ich so viel wie möglich lerne. Um mir *Türen zu öffnen*, wie er sagt. Wissen Sie, wie meine letzten Ferien aussahen?«

Der Psychologe schüttelt den Kopf.

»Wir fuhren mit meinem Onkel, meiner Tante und meinen Cousins nach Barcelona. Sie hatten ein Haus mit Swimmingpool außerhalb der Stadt gemietet. Ich hab mich total gefreut, weil wir zum ersten Mal alle gemeinsam in Urlaub gefahren sind. Aber die Freude hielt nicht lange an. Jeden Morgen musste ich um neun Uhr Gewehr bei Fuß stehen, weil meine Mutter pünktlich vor der Öffnung an den Museen sein wollte, bevor der große Touristenansturm einsetzte – und Barcelona hat viele Museen. Meine Cousins konnten ausschlafen, draußen frühstücken und Köpfer in den Pool machen, bevor sie zu ihren Ausflügen aufbrachen. Wir aber haben uns nach unserem Kulturprogramm ins Haus zurückgezogen, weil meine Mutter die Hitze nicht verträgt. Und für meinen Vater gibt es keinen Urlaub ohne Mittagsschlaf. Meine Mutter hat das Essen zubereitet, und ich aß allein mit meinen Eltern. Und danach? Musste ich meine Ferienhausaufgaben unter Aufsicht meiner Mutter machen. Sie hat immer irgendwas gefunden, was sie in meiner Nähe erledigen konnte. Meine Cousins kamen am späten Nachmittag zurück, und nur dann durfte ich vor dem Abendessen noch herumtoben, aber Vorsicht! Um elf Uhr musste ich pünktlich im Bett sein, um am nächsten Morgen wieder rechtzeitig in den Startlöchern zu stehen. Eines Tages habe ich mich beschwert, und da hat meine Mutter die Stimmung so richtig runtergezogen. Sie hat so was geantwortet wie: *Jeder macht Ferien, wie er will, und erzieht seine Kinder, wie es ihm richtig erscheint.* Ich merkte, dass mein Onkel und meine Tante Mitleid mit mir hatten, aber sie wollten einen offenen Streit vermeiden. Daher machte jeder nach seinen eigenen Vorstellungen weiter. Ich bin sicher, dass ich nächstes Jahr wieder mit meinen Eltern allein wegfahre.«

»Warum?«

»Ich habe gehört, wie meine Mutter zu meinem Vater sagte, dass es ein Fehler war, mit Leuten in Urlaub zu fahren, die kein Verantwortungsbewusstsein haben, wenn es um die Erziehung ihrer Kinder geht. Ich wette, dass sie eine Wohnung mieten wird, weil sie für den Pool sowieso nichts übrig hat. Und dann werden wir alle Museen in der Stadt abklappern, die wir demnächst besuchen.«

»Hast du ihr erklärt, dass du deinen Urlaub gern anders verbringen möchtest?«

»Was glauben Sie denn? Aber wie immer hat sie gesagt, dass sie besser weiß, was wichtig für meine Zukunft ist. Wenn Sie meine Meinung hören wollen: Eigentlich sollte meine Mutter hier sitzen, nicht ich.«

Ich konnte genau beobachten, dass der Psychologe ein Lächeln unterdrücken musste.

»Ich werde mit ihr sprechen. Vielleicht ist dein Vorschlag gar nicht so schlecht. Eine Sitzung zu dritt könnte ihr helfen, dir ein bisschen mehr Raum zu lassen.«

Er begleitete mich nach draußen, bevor er meine Mutter hereinbat. Als sie zehn Minuten später wieder herauskam, wirkte sie vollkommen erstarrt. Sie sagte nichts, kam aber beim Abendessen auf das Thema zurück.

»Ich bin nicht sicher, ob dieser Psychotherapeut wirklich so gut ist.«

Mein Vater und auch ich musterten sie fragend.

»Er hat eine gemeinsame Sitzung mit Corentin vorgeschlagen, und ehrlich gesagt schockiert mich dieser Vorschlag. Als ob ... ich weiß nicht ... mir gefällt das nicht. Ich werde deine nächsten Termine absagen und einen kompetenteren Psychologen suchen.«

»Wir könnten abwarten und sehen, ob Corentin besser arbeitet«, schlägt mein Vater vor.

»Hast du das gehört, Corentin?«

Als ob sie mir damit drohen würden, dass ich keinen Nachtisch bekomme.

Ich beschloss, wieder mehr zu lernen und beim Psychologen vorbeizuschauen, um ihm von der Entscheidung meiner Mutter zu berichten. Er hat es entspannt aufgenommen, mir aber angeboten, dass ich zu ihm kommen kann, wenn ich reden möchte.

Alain

Er ist ziemlich sympathisch, dieser alte Mann. Außerdem hat er mich ganz normal behandelt. Das ist mir schon eine Weile nicht mehr passiert. Aber schließlich ist er ja blind. Also ist es vielleicht gar nicht so außergewöhnlich, dass er mich nicht als unerwünscht abgestempelt hat. Trotzdem ist er anders. Wenn man Leute zum ersten Mal trifft, stellen sie meistens die immer gleichen Fragen: Was machen Sie beruflich? Wo wohnen Sie? Sind Sie verheiratet? Fragen also, die in erster Linie dazu dienen, sich näher kennenzulernen. Wobei die Neugier darauf beruht, dass man herausfinden will, ob der andere auf sozialer Ebene überhaupt kompatibel ist oder nicht. Der alte Mann hat mir keine Fragen gestellt. Er hat sich einfach darüber gefreut, dass er sein Essen mit einem Unbekannten teilen konnte. Ja natürlich, er ist alt und hat wohl selten Gesellschaft. Das erklärt, warum er bei seinen Gesprächspartnern nicht wählerisch ist.

Mir ist aufgefallen, dass die meisten Passanten einen mitleidigen Gesichtsausdruck aufgesetzt hatten, und einmal habe ich sogar eine Bemerkung aufgeschnappt, dass da ein Blinder neben mir säße. Als ob ich der Vorzeigesohn wäre oder der gute Nachbar, der gerade eine gute Tat vollbringt. Unglaublich! Am Morgen, als ich noch meinen Bart trug, sah man mich schief an. Mittags, ohne Bart und in Begleitung eines Behinderten, haben die Leute mir wohlwollend zugelächelt.

Jetzt, da ich den Mann kenne und das Rätsel des dunklen Hauses gelöst habe, traue ich mich nicht mehr, unter der Laube im Garten zu übernachten. Schade, ich habe mich dort wohlgefühlt. Jetzt hätte ich fast die Uhrzeit vergessen! Bestimmt ist bald Büroschluss. Ich muss die Frau erwischen und herausfinden, was sie im Anschluss ans Büro unternimmt.

Carole

Heute Abend habe ich wohl meine Ruhe. Es ist Mittwoch, und Fabrice spielt wie jeden Mittwoch mit Gérôme und François Poker. Oft bleibt er den Großteil der Nacht weg. Ich weiß nicht, was sie da immer vorhaben. Es ist mir egal, ob sie mit Mädchen rummachen, solange ich meine Ruhe habe. Leider ist er auch schon mal überraschend aufgetaucht, bestimmt um nachzusehen, was ich so treibe. Außerdem hat er mir aufgetragen, dass ich ihm in jedem Fall ein Abendessen zubereiten soll, falls der Pokerabend flachfällt oder er noch Hunger hat, wenn er nach Hause kommt. Schließlich bin ich auf diese Weise beschäftigt. Er mag es nämlich nicht, wenn ich ausgehe. Er findet, für Frauen sei es gefährlich, abends allein unterwegs zu sein. Aber ich glaube, er möchte nicht, dass ich Geld fürs Kino ausgebe. Er hält sein Geld zusammen. Ganz am Anfang unserer Beziehung habe ich darüber mal eine Bemerkung gemacht, doch er hat sich aufgeregt. Er hat erwidert, dass ich auch meinen Teil beitragen müsse, wenn wir die Wohnung abbezahlen wollen. *Wenn du also nicht so viel ausgehst und kein eigenes Geld hast, dann kommst du auch nicht auf dumme Gedanken.* Mittwochs muss ich mich mit meinen Einkäufen weniger beeilen. Ich freue mich auf einen Abend für mich allein. Beim Metzger ist einiges los. Ah ja, Kalbshachse. Davon werde ich was nehmen, mit einem schönen Knochen, um Ossobuco zu machen. Dazu werde ich frisches Püree servieren. Es ist wirklich nicht immer einfach, da er keinen Fisch und kein Gemüse mag, nur grüne Bohnen und Karotten. Gern würde ich ab und zu mal etwas anderes kochen. Ob alle Männer so sind wie er? Mein Vater war auch ziemlich schwierig, aber nicht in dieser Hinsicht. Und meine Mutter konnte mit ihren Freundinnen ausgehen. Allerdings musste sie geschminkt und angezogen bleiben, bis er nach Hause kam, zu welcher Uhrzeit auch immer. Als er gestorben war, jubelte meine Mutter. *Mit sechzig fange ich endlich an zu leben!* Damals war ich schockiert, aber inzwischen verstehe ich sie. Mein Gott! Ich bin erst achtunddreißig. Wenn ich auch noch zwanzig Jahre warten muss, wie soll ich das nur aushalten? Manchmal habe ich große Lust, einfach zu gehen. Aber wohin? Und wie? Wo sollte ich hingehen? Wenn ich die Stadt verlasse, verliere ich meine Arbeit. Und da ich verheiratet bin, wäre es zu meinem Nachteil, wenn ich ihn verlasse. Wenn Fabrice doch einfach von sich aus ginge!

Manchmal – Sie halten mich bestimmt für verrückt – stelle ich mir seinen Tod vor, einen Unfall. Oder ich träume, dass ich ihn vergifte. Er isst so gern, also wäre es einfach. Aber dazu bin ich nicht in der Lage. Ich bin einfach zu schwach. Er hat recht, ich tauge zu nichts. Was würde aus mir, wenn ich allein wäre? Ich war noch nie allein. Mit zweiundzwanzig bin ich bei meinen Eltern ausgezogen und habe geheiratet. Hätte ich doch wenigstens Kinder! Aber wenn ich es mir recht überlege, dann lieber doch nicht. Was würden meine Kinder zu einer Mutter sagen, die ständig geschlagen wird? Und wer weiß, vielleicht würde er sie auch verprügeln. Fabrice wollte nie Kinder.

Als ich vom Metzger komme, sehe ich wieder diesen Mann mit der großen Tasche. Das ist wirklich merkwürdig. Ich beschließe, in den kleinen Supermarkt zu gehen. Wenn er auf dem Parkplatz bleibt, dann weiß ich, dass er mir folgt. Der

Laden hat keine Schaufenster, er kann mich also nicht von draußen beobachten. Ich schnappe mir einen Einkaufskorb und verschwinde rasch hinter dem ersten Regal, von dem aus ich eine gute Sicht auf den Eingang habe. Einen Augenblick später entdecke ich ihn. Er sieht sich um, nimmt sich aber keinen Korb und bleibt im Eingangsbereich stehen. Nun bin ich sicher, dass er mich beobachtet. Er kommt näher, blickt sich nach links und rechts um, und dann sieht er mich plötzlich. Ich merke, wie unangenehm es ihm ist, dass ich ihn überrascht habe. Also geht er einfach geradeaus weiter. Jetzt ist es an mir, ihn zu verfolgen. Da er mich gesehen hat, greift er nach einer Konservendose und tut so, als interessiere er sich für das Etikett, doch er kann mich nicht täuschen. Gut, ich werde ein paar Dinge kaufen, die ich ohnehin brauche. Denn wenn ich ihn hier an der Nase herumführe und er ein Freund von Fabrice ist, dann muss ich es schwer büßen, wenn das ans Licht kommt. Aber zumindest weiß ich inzwischen, was gespielt wird.

Ich brauche grüne Oliven, Tomatensauce, Stangensellerie und zwei Tomaten. Karotten und Zwiebeln habe ich noch, Suppengrün auch. Ah! Weißwein.

Ich gehe zur Kasse und verlasse den Laden, ohne mich umzudrehen. Erst an der nächsten Kreuzung wage ich einen Blick zurück. Er ist verschwunden. Ich beeile mich, nach Hause zu kommen. Vielleicht ist es ein Trick.

Alain

Sie hat gemerkt, dass ich ihr folge. Mit meiner Tasche bleibe ich einfach nicht unerkannt. Ich beschließe, die Obdachlosenunterkunft aufzusuchen. Wenn sie mich hier auf der Bank herumlungern sieht, kommt ihr das bestimmt verdächtig vor. Ich weiß ehrlich gesagt nicht, warum ich ihr folge. Wenn ihr Mann arbeitet, ist sie nicht in Gefahr, und ich weiß eigentlich auch nicht, was ich tun könnte … Ich möchte ihr so gern raten, den Kerl einfach zu verlassen, aber das wird schwierig werden. Vielleicht sollte ich mit Claude darüber sprechen. Ich nehme mir vor, am Mittwoch zu meiner Bank zurückzukehren. Aber erst einmal muss ich zum Waschsalon.

Es fühlt sich merkwürdig an, nach zwanzig Jahren wieder in dieser Stadt zu sein. Als ich letzten Monat in Roissy gelandet bin, habe ich, ohne nachzudenken, den Zug nach Loches genommen. Eine Rückkehr zum Ursprung, zu den Wurzeln. Man klammert sich an alles Mögliche, wenn man nichts mehr hat als ferne Erinnerungen. Irgendwo musste ich ja hin. Also habe ich eine einfache Fahrkarte in die Stadt gekauft, in der meine Eltern gelebt haben und in der ich aufgewachsen bin. Ich hoffte vor allem, dort meinen Bruder wiederzufinden, obwohl die Aussicht darauf gemischte Gefühle in mir hervorruft.

Wir haben uns vor über zehn Jahren überworfen. Er hatte mich gemeinsam mit seiner Frau in Bangkok besucht, und sie hatte Zwietracht zwischen uns gesät. Also fühlte ich mich natürlich nicht wohl in meiner Haut, als ich mit dem Taxi vor seinem Haus hielt. Mein Unwohlsein hielt aber nicht lange an, denn ich merkte schnell, dass er nicht mehr dort wohnte. Ich habe keine Ahnung, wo er inzwischen lebt. Auf jeden Fall bin ich erst einmal in Loches geblieben. Wohin sollte ich denn sonst gehen?

Ich muss eine Stunde totschlagen, bis meine Wäsche fertig ist. Am besten drehe ich eine Runde, bevor ich hier im Waschsalon bleibe und auf das Bullauge der Maschine starre, um die Leute nicht grüßen zu müssen, die so schnell wie möglich ihre schmutzige Wäsche in die Trommel stopfen. Sie schämen sich, keine eigene Waschmaschine zu haben und als arm abgestempelt zu werden. Ich gehe hinaus und schlendere am Ufer der Indre entlang. Es ist nicht wirklich romantisch, aber besser als an einer Autostraße. Moment! Ein Restaurant ist auf der Suche nach einem Spüler. Die Arbeit käme mir gelegen, und ich wäre einen Großteil der Nacht beschäftigt. Schade, es hat gerade geschlossen. Es ist natürlich noch zu früh, aber ich werde einfach später noch mal vorbeikommen. Ich kehre in Richtung Stadtzentrum um und frage in einigen Cafés nach, ob sie eine Aushilfe brauchen. Niemand hat Bedarf. Das Problem ist, dass mich alle nach meiner Sozialversicherungskarte und Bankverbindung fragen. Ich versuche ihnen erst gar nicht zu erzählen, dass ich schon bei mehreren Banken war, um ein Konto zu eröffnen, und dass ich auch dort eine ganze Reihe von Dokumenten und eine Telefonnummer vorlegen sollte. Ich beschließe, zum Arbeitsamt zu gehen, wie mir Monique geraten hat.

Ich bin der Erste. Sie haben erst vor wenigen Minuten geöffnet. Ich beobachte die junge Sachbearbeiterin, die gerade hereinkommt. Sie unterhält sich mit ihrer Kollegin, macht sich einen Kaffee, kommt dann zurück und unterhält sich weiter. Ich lasse ihr ein wenig Zeit, bevor ich an die Tür klopfe. Ich möchte sie nicht gegen mich aufbringen, weil ich ihre Routine unterbreche. Hat mich die Begegnung mit dem blinden alten Mann, dem ich von meiner Arbeitslosigkeit erzählt habe, oder mit dieser Frau und ihrem furchtbar traurigen Leben zum Umdenken gebracht? Möglicherweise. Denn eigentlich wollte ich mich nirgends melden und auch nicht wieder Teil des Systems werden. Ich verbringe mehr als eine halbe Stunde in dem Büro und spreche über meinen Werdegang, diktiere meinen Namen, mein Geburtsdatum und meine Sozialversicherungsnummer. Da haben wir das Problem! Ich habe zwar eine Sozialversicherungsnummer, aber verwaltungstechnisch existiere ich nicht mehr, weil ich länger als zehn Jahre im Ausland gelebt habe, ohne mich beim Konsulat registrieren zu lassen. Jetzt brauche ich zuerst einmal einen Termin bei einer Sozialarbeiterin.

»Ich mache einen Termin für Sie aus … warten Sie … lassen Sie uns mal Ihren Terminkalender ansehen … Schade, morgen hat sie keinen Termin mehr frei.«

Umso besser! Morgen will ich mit Claude picknicken.

»Montag, neun Uhr. Ich brauche noch eine Adresse und eine Meldebescheinigung. Sie könnten mir im Vorfeld auch schon Ihren Lebenslauf einreichen, dann ist der schon mal in Ihren Unterlagen, während wir noch warten, bis sich die Sache mit der Sozialversicherungsnummer klärt.«

Die Frau ist wirklich sehr freundlich. Sie möchte mir tatsächlich helfen. Ich setze mich an einen der Computer und verfasse einen Lebenslauf. Völlig überarbeitet diesmal.

Claude

Als Annabelle hereinkam, sagte sie als Erstes, dass der Obdachlose nicht mehr da sei.

»Die Anwohner haben wohl etwas unternommen.«

Diese Nachricht stimmte mich traurig. Er hat doch niemanden gestört. Oder hatte er Sorge, dass ich anhänglich werde, und ist deshalb geflohen? Glücklicherweise war Annabelle in Eile und hatte keine Zeit für eine Unterhaltung. Und ich hatte auch keine große Lust darauf. Seltsam, aber irgendwie hatte ich mich an die Anwesenheit dieses Mannes gegenüber gewöhnt. Es fühlt sich an wie eine Lücke, die er hinterlässt. Der *Schwanengesang* von Schubert hilft mir, die Lücke zu füllen. Die Töne tragen mich, meine Gedanken schweifen ab ... zu Corentin.

Er ist etwas Besonderes, dieser Junge. Ziemlich einsam, der Arme, aber er hat Persönlichkeit, er wird es schaffen. Er scheint unseren Unterricht zu mögen, weil er mich sogar gefragt hat, ob er bei Gelegenheit mal vorbeikommen kann. Ich erzähle ihm Anekdoten aus dem Leben der Musiker, über die Liebschaft zwischen Chopin und George Sand oder die enttäuschte Liebe von Liszt. Wir haben über Beethovens Gehörlosigkeit und Mozarts Genialität sowie über seinen Vater gesprochen, seinen allgegenwärtigen Förderer. Corentin hat dann einen Scherz gemacht über die Ähnlichkeit zwischen seiner Mutter und Leopold Mozart, worüber wir natürlich herzlich gelacht haben. Ich zeige ihm die wichtigsten Werke. Da wir ja nur noch weniger als einen Monat Zeit haben, ist es mir wichtig, die essenziellen Themen anzuschneiden, auch wenn das meiste an der Oberfläche bleibt. Letztes Mal hat er mich gefragt, ob ich ihm auch Jazz vorspielen kann. Also werden wir uns das nächste Mal Jazz anhören.

Alain ist noch nicht in den Garten zurückgekehrt. Das Gartentor hat nicht mehr gequietscht.

Carole

Das Ossobuco ist fertig, ebenso das frische Kartoffelpüree. Der Tisch ist gedeckt. Ich schalte den Fernseher ein und stolpere in eine Sendung über misshandelte Frauen. Schnell! Ich spüre ein Stechen im Herzen und schalte um. Ich habe keine Lust, mich mit diesem Thema zu beschäftigen. Ich habe genug mit meinem eigenen erbärmlichen Leben zu tun, da kann ich mich nicht auch noch um das der anderen kümmern. Ich habe nicht den Mut und vor allem keine Lust, irgendwas zu diesem Thema zu hören. Wozu denn auch, wenn es sowieso keinen Ausweg gibt? Lieber entfliehe ich meinem Alltag, wenn ich schon mal meine Ruhe habe und allein zu Hause bin. Also entscheide ich mich für eine amerikanische Serie, doch ich bin nicht richtig bei der Sache. Die Dialoge höre ich, ohne sie wirklich wahrzunehmen. Meine Gedanken schweifen ab. Dann greife ich unvermittelt zur Fernbedienung und suche nach dem Sender, auf dem der Beitrag über die misshandelten Frauen lief. Die Atmosphäre ist bedrückend. Das Opfer trägt eine dunkle Sonnenbrille. Sie wurde im Gegenlicht gefilmt, ihre Stimme ist tonlos.

»… mit einem Gürtel. Meine Haut war zerfetzt. Ich habe heute noch Narben. Ich habe ihm immer geglaubt, wenn er gesagt hat, dass es das letzte Mal war … Aber eines Tages habe ich …«

Das Herz schlägt mir bis zum Hals, denn gerade habe ich

den Aufzug gehört. Vielleicht ist es Fabrice, der schon zurückkommt. Schnell schalte ich aus, als ich den Schlüssel in der Wohnungstür höre, und lasse die Fernbedienung fallen, als ob ich mich daran verbrannt hätte. Dann eile ich in die Küche. Besser, er ertappt mich nicht untätig vor dem Fernseher. Rasch schnappe ich mir ein paar saubere Teller, lasse sie in die Spüle gleiten und fange an, sie abzuschrubben.

»Ich habe Hunger!«, ruft er, sobald er die Wohnung betreten hat.

»Es ist fertig, wann immer du willst.«

»Ich will jetzt essen. Ich habe dir doch gesagt, dass ich Hunger habe.«

Ich stelle die Teller in die Mikrowelle und schneide Brot. Zweimal gehe ich zwischen Küche und Esszimmer hin und her. So lange braucht er, um sich umzuziehen. Er isst, ohne ein Wort zu sagen. Wenn er schlecht gelaunt ist, sage ich lieber auch nichts. Ich nehme mir eine kleine Portion. Allerdings habe ich keinen Hunger mehr. Nachdem ich dachte, ich sei allein, habe ich schon gegessen. Und wenn er wüsste, dass ich nicht gewartet habe, würde er sich ärgern. Wir essen schweigend. Eine Frage brennt mir auf den Lippen: Warum ist er nicht mit seinen Freunden beim Pokerspielen? Vielleicht hat er ja beschlossen, mich zu kontrollieren. Oder der Typ mit der Tasche hat ihm irgendwelche Lügengeschichten erzählt. Von Fabrice werde ich nichts erfahren. Er weiß ganz genau, dass ich mir diese Frage stelle. Er isst seinen Nachtisch auf und lässt sich dann auf das Sofa vor dem Fernseher fallen. Mein Gott! Ich habe den Sender nicht gewechselt, bevor ich ausgeschaltet habe. Wenn er auf die Sendung stößt, rechnet er sich bestimmt aus, dass ich sie gesehen habe. Die Angst packt mich, und das Herz hämmert mir in den Ohren. Ich bleibe in der Nähe des Tischs und tue so, als würde ich aufräumen. Läuft die Dokumentation noch? Zum Glück höre ich die

Melodie einer Werbung, bevor er umschaltet. Puh, das war knapp! Ich stürze mich auf das Geschirr, räume die Küche auf und gehe ins Schlafzimmer. Viel später höre ich, wie er den Raum betritt, sich auszieht und ins Bett kommt. Sofort besteigt er mich und drückt mir mit Gewalt die Beine auseinander. Ich stelle mich schlafend. Lieblos walkt er mein Geschlechtsteil, knetet meine Oberschenkel und dringt mit einem erleichterten Seufzer in mich ein. Nach einigen Zuckungen rutscht er auf die Seite, und ich starre an die Decke.

Ich war nie mit einem anderen Mann zusammen. Manchmal lese ich Romane oder Zeitschriften, ich sehe Filme. Doch was ist das, die Liebe zwischen Frau und Mann? Ich weiß es nicht. Ich habe immer gedacht, dass der Mann seine Bedürfnisse hat und ich eben nicht. Ich mag Sex nicht. Aber Sex gehört zu einer Ehe einfach dazu. Meine Mutter hat immer wiederholt, was ihre Mutter ihr gesagt hat: *Wenn du deinem Mann gegenüber aufmerksam bist, wird alles gut*. Aber warum bin ich dann so unglücklich? Warum lebe ich in ständiger Furcht? Meine Freundin sagte immer, das sei nicht die echte Liebe. Aber was weiß sie schon? Ich möchte ja nicht boshaft sein, aber sie war nie lange mit demselben Mann zusammen. Irgendwann haben wir uns einfach nicht mehr getroffen. Sie fehlt mir wirklich. Wir haben viel zusammen gelacht. Und ich habe seit einer Ewigkeit nicht mehr gelacht.

Alain

Heute früh bin ich gut gelaunt aufgewacht. Man hat mir einen Job gegeben – schwarz natürlich, da ich ja keine Sozialversicherungsnummer habe. Ich kann Donnerstag-, Freitag- und Samstagabend spülen. Die Bezahlung ist eine Katastrophe, aber das ist jetzt auch schon egal. Zumindest kann ich an diesen drei Abenden kostenlos essen. Außerdem habe ich gute Laune, weil ich Claude heute zu einem Picknick einladen möchte. Ich nähere mich meinem Platz, und wie jeden Freitag sehe ich dieselbe Frau um neun Uhr das Haus betreten. Wahrscheinlich kümmert sie sich um den Haushalt. Ich weiß, dass sie nicht vor zwölf Uhr geht, doch solange sie da ist, will ich nicht bei ihm klopfen. Nicht dass sie denkt, ich sei kein guter Umgang für ihn, denn ich weiß, dass sie mich beobachtet hat. Sie gehört außerdem zu den Leuten, die mir misstrauische Blicke zuwerfen. Gut, ich werde ein Baguette, Schinken und Camembert kaufen. Eine richtig gute Sorte, denn Claude hatte nur portionierten Käse, und ich habe gemerkt, dass er den überhaupt nicht mag. Außerdem werde ich eine Flasche Rotwein besorgen. Einen ganz einfachen. Ich muss auf mein Geld achten, für den Fall, dass die Sache mit dem Restaurant nicht hält.

Mit meinen Einkäufen kehre ich zur Bank zurück und warte ungeduldig, während ich alle fünf Minuten auf die Uhr blicke.

Claude

Angela ist gekommen. Wie immer, ohne zu klopfen. »Guten Tag, Monsieur Claude, ich bin es!«, ruft sie.

»Guten Tag, Angela! Wie geht es Ihnen?«

»Mir geht es gut, aber der Obdachlose ist wieder da«, grummelt sie.

»Ach ja?«, rufe ich aus, bevor ich mich zurückhalten kann.

»Das klingt so, als ob Sie das überhaupt nicht stört. Da sind Sie aber der Einzige. Die Nachbarn beklagen sich schon.«

»Aber er macht doch nichts Schlimmes, soweit ich weiß, oder?«

»Wer weiß das schon? Wer sagt Ihnen denn, dass er nicht das Kommen und Gehen der Anwohner beobachtet und üble Absichten hat?«

Besser, ich erzähle ihr noch nichts von unserer Begegnung. Lieber warte ich damit noch ein bisschen, das ist sicherer. Wenn sie glaubt, ich sei in Gefahr, setzt sie womöglich Himmel und Hölle in Bewegung und will ihn vertreiben.

»Na, zumindest ist er heute besser gekleidet.«

»Sagen Sie bloß!«

»Was heißt hier *Sagen Sie bloß*? Das ändert nichts an der Tatsache, dass es sich nicht gehört, seine Tage neben einer Reisetasche auf einer Bank zu verbringen.«

Dann räumt sie alle Utensilien aus dem Schrank und beginnt mit ihrem energischen Reinigungsritual. Nicht, dass es besonders schmutzig wäre, aber sie hat es sich zur Aufgabe gemacht, das Haus jedes Mal von oben bis unten zu polieren. Währenddessen versuche ich über das Dröhnen des Staubsaugers hinweg einer Sendung im Radio zu folgen. Vergebliche Mühe zwischen dem Lärm und ihrer Stimme, die aus der Küche herüberdringt.

»Der Gärtner müsste auch mal wieder kommen! Ihr Garten sieht immer schlimmer aus, und ich kann Ihnen gar nicht sagen, wie hoch sich das alte Laub neben der Laube türmt. Dabei haben Sie noch Glück. Durch ein göttliches Wunder ist der Tisch sauber gefegt. Ich weiß, dass Sie das nicht stört, weil Sie Ihre vier Wände ja nie verlassen«, fügt sie spöttisch hinzu. »In meinen Augen ist das eine Frage der Hygiene. Bald werden Sie Ratten im Wohnzimmer haben, wenn Sie die Angelegenheit weiter so schleifen lassen.«

»Ich kümmere mich darum.«

Meine tapfere Angela! Ehrlich gesagt hat sie mich auf eine Idee gebracht. Vorausgesetzt, Alain sitzt noch auf seiner Bank, wenn sie fertig ist. Ich muss mich beruhigen. Dreimal habe ich schon gefragt, ob sie den Obdachlosen immer noch dort sieht.

»Ich dachte, er interessiert Sie nicht! Na ja, vielleicht sind Sie ja jetzt doch ein wenig beunruhigt und unternehmen die notwendigen Schritte.«

»Ich bin überhaupt nicht beunruhigt. Ich bin nur neugierig.«

»Glauben Sie mir, es gibt nichts zu ihm zu sagen. Er sitzt nach wie vor unverändert dort drüben. Er ist nicht nur ein Faulpelz, er ist ein Taugenichts.«

»Lassen Sie ihn in Frieden! Er hat Ihnen doch nichts getan, oder irre ich mich?«

»Wissen Sie was, Monsieur Claude? Sie bessern sich auch im Alter nicht. Hätte ich Ihnen nur Gutes über den Mann erzählt, dann hätten Sie mir auch widersprochen. Das ist doch alles, worum es Ihnen geht – Sie wollen sich unbedingt widersetzen.«

»Das ist nicht wahr. Wir sind eben manchmal unterschiedlicher Meinung.«

»Sie wollen das letzte Wort haben? Na gut, ich lasse es Ihnen. Ich gehe, bevor ich Sie noch erwürge und Ihretwegen im Gefängnis lande. Bis Dienstag, Monsieur Claude!«

»Bis Dienstag, Angela!«

Sobald ich das Gartentor quietschen höre, springe ich auf. Dann nehme ich meinen Stock und verlasse das Haus. Noch nicht am Ende des Wegs angekommen, höre ich schon Alains Stimme, die mich von der gegenüberliegenden Straßenseite aus begrüßt.

»Guten Tag, Claude, ich bin es, Alain! Hätten Sie Lust auf ein kleines Picknick auf der Bank? Ich habe alles Nötige besorgt.«

Ich freue mich wirklich über diese Überraschung.

»Im Gegenzug muss ich Sie um einen Korkenzieher und um Gläser bitten, weil ich nichts dergleichen bei mir habe.«

»Kommen Sie rein!«, rufe ich ihm zu. »Lassen Sie uns in der Küche danach suchen.«

Im Haus zeige ich ihm, in welchen Schubladen er was findet, dann gehen wir wieder nach draußen. Die Hitze heizt meinen alten Körper auf, der sich plötzlich an so vieles erinnert. Die Berührung von Alains Arm kann mein Gefühl von Einsamkeit nicht vertreiben. Für andere ist es sicher nicht vorstellbar, dass das Fehlen von Körperkontakten manchmal kaum auszuhalten ist.

»Ich muss Ihnen etwas gestehen«, sagt Alain. »Diesen kleinen Platz habe ich vor über einem Monat entdeckt. Er hat mir sofort gefallen. Er liegt ein bisschen abseits, und es gibt diesen Baum mit seinen riesigen Ästen. Wirklich angenehm. Eigentlich war es Ihr Haus, das meine Aufmerksamkeit erregt hat. Es ist alt, aber es erweckt den Eindruck, eingeklemmt zwischen den anderen Gebäuden friedlich der Zeit zu trotzen.«

»Da haben Sie nicht ganz unrecht. Es war das Haus meiner Eltern. Ach, ich sage Ihnen … Es kamen schon Makler vorbei, die mir viel Geld anboten. *Sie sollten sich darüber im Klaren sein,* sagten sie. *Mit dem Geld, das wir Ihnen bieten, könnten Sie sich jeden Wunsch erfüllen.* Ich habe immer abgelehnt.«

»Die richtige Entscheidung.«

»Wenn ich nicht mehr lebe, werden meine Neffen das Haus wohl verkaufen. Da mache ich mir keine Illusionen, und es stört mich nicht. Was sollen sie schließlich mit einem Haus in der Provinz anfangen? Ich kann verstehen, dass sie ihren Urlaub auch nicht hier verbringen mögen. Aber diese anderen Aasgeier, was verstehen die schon von Erinnerungen?«

»Bei mir ist es genau umgekehrt. Ich gäbe viel dafür, wenn ich vergessen könnte.«

Diese Bemerkung trifft mich wie ein Schlag ins Gesicht, und ich erwidere nichts. In seiner Stimme war aber nicht nur Trauer und Verdruss, sondern tiefe Verzweiflung zu hören. Sie erinnerte an das schaurige Klagen eines verletzten Tiers, das sich auf das Sterben vorbereitet. Schnell! Ich sollte schnell etwas sagen, um ihn von diesem inneren Abgrund wegzuführen.

»Alain, was halten Sie davon, wenn wir das nächste Mal ein erweitertes Picknick in meinem Garten machen?«

»Das fände ich sehr schön.«

»Also abgemacht. Wir könnten auch grillen, was denken Sie?«

Ich merke, wie er zögert. Also schiebe ich schnell eine Erklärung hinterher: »Das käme mir sehr entgegen, weil mein Gefrierschrank aus allen Nähten platzt. Für den Fall, dass meine Neffen mit ihren Kindern vorbeikommen, horte ich immer Vorräte. Für die nächste Zeit haben sie sich aber nicht angekündigt, und ich habe schließlich kein Regiment zu ernähren. Aber vielleicht haben Sie auch Besseres vor, als Ihre Zeit mit einem alten Zausel wie mir zu verbringen.«

Diese Argumentation funktioniert immer. Die Leute wagen dann nicht mehr abzulehnen.

»Ich verbringe herzlich gern einen Abend mit einem alten Zausel.«

Den Satz bringt er in sehr ernstem Ton vor, und ich weiß, dass er nicht lügt.

»Ich muss es nur einen Tag vorher wissen, damit die Sachen auftauen können.«

»Ich fange morgen mit einer Arbeit als Spüler an. Donnerstag-, Freitag- und Samstagabend kann ich nicht, sonst immer. Sagen Sie mir einfach, wann es Ihnen am besten passt!«

Ich denke kurz nach. Ich habe die Wettervorhersage gehört. Das ganze Wochenende über und Anfang nächster Woche soll es schön werden.

»Wenn Sie die nächsten Abende schon vergeben sind, könnten wir Sonntagmittag gemeinsam essen. Mögen Sie Rind?«

»Und wie! Aber ...«

»Sie müssen gar nichts mitbringen«, unterbreche ich ihn. »Warten Sie, bis Sie Ihr Gehalt haben, bevor Sie mich einladen!«

Dann werde ich noch deutlicher: »Aber glauben Sie bloß nicht, dass es erholsam ist, bei einem Blinden zum Essen eingeladen zu sein. Sie müssen die ganze Arbeit erledigen, das ist ja wohl klar.«

Er lacht auf, und ich genieße sein Lachen. Es kommt aus dem Bauch heraus, voll und tief, ein freies, einfaches, warmes Lachen. Dann reicht er mir ein Stück Baguette mit Camembert. Ein echter Genuss, dieser Camembert, nur nebenbei erwähnt. Ich lobe seine Wahl, und er besteht darauf, dass ich die

Hälfte mitnehme. Ich akzeptiere sein Angebot, um ihm einen Gefallen zu tun. An meinem Gartentor verabschieden wir uns.

»Es hat mir sehr gefallen.«

»Mir auch, Claude. Bis Sonntag.«

»Viel Glück mit der Arbeit!«

Ich kehre ins Haus zurück, putze mir die Zähne und lege mich aufs Sofa, um ein Mittagsschläfchen zu halten und Radio zu hören. Aber ich merke, dass ich dem Gespräch überhaupt nicht folge und das Thema sogar schon wieder vergessen habe, weil meine Gedanken unaufhörlich um Alain kreisen. Was führt er für ein Leben? Durch welches Schicksal oder welche Tragödie hat es diesen Mann auf die Bank gegenüber meinem Haus verschlagen? Ich weiß es nicht. Vielleicht werde ich es eines Tages erfahren. Aber welche Bedeutung hat das schon?

Über den Gedanken an unser nächstes Essen unter der Laube schlafe ich schließlich ein. Ich bin gespannt auf seine Reaktion.

Alain

Ich packe alles ein und verstaue die Reste unseres Picknicks in meiner Tasche. Drei Stunden muss ich noch totschlagen, bevor meine Arbeit anfängt. Um achtzehn Uhr soll ich im Restaurant sein. Wieder lasse ich mich vom Treiben auf der Straße ablenken. Ein Auto, das weiter unten an der Straße hält. Zwei Frauen, die untergehakt aus dem Haus auf der linken Seite kommen, eine Horde Jugendlicher, die Radau machen und sich gegenseitig herumschubsen, ein streitendes Paar …

Seltsam, warum der Mensch nicht allein leben kann. Weshalb muss er sich austauschen, sich mit einer Gruppe identifizieren? Dieser Drang, geliebt, anerkannt, beachtet zu werden. Er streitet sich, um der Einsamkeit zu entkommen, weil sonst … Sonst? Nun, es sei denn, man ist Eremit, lähmt es einen, und man gleitet immer mehr ab.

Ich werde in meinen Gedanken von dem Jugendlichen unterbrochen, der das Gartentor aufstößt. Aber heute ist doch überhaupt nicht Montag! Und jetzt auch noch Jazz! Ich erkenne *Blueberry Hill* von Armstrong. Seit ich hier bin, höre ich Claude zum ersten Mal Jazz spielen. Er macht weiter mit *Petite Fleur* von Sydney Bechet. Es ist eine wahre Retrospektive der Klassiker, die sich mir bietet. Während ich die Augen schließe, kehre ich in die Zeit meiner Jugend zurück. Ich bin wieder Student in Paris, diese Abende, die Mädchen, die endlosen Diskussionen im Café, meist über Politik oder die neuesten künstlerischen Strömungen. Ein Satz von Fats Waller, Jazzpianist aus den Zwanzigerjahren, kommt mir wieder in den Sinn. *Jazz ist nicht, was du machst, sondern wie.* Diese Definition könnte ich gut auf das Leben im Allgemeinen anwenden.

Es wird Zeit zu gehen. Voller Bedauern gebe ich meine Bank auf. Ich befinde mich immer noch auf meiner Wolke und hätte beinahe die Frau aus dem Haus nebenan übersehen, die auf der anderen Straßenseite entlanggeht. Ich lächele sie an, doch sie reagiert nicht. Sie ist jung, klein und zierlich, mit einem hübschen, feinen Gesicht und einer guten Figur. Sie war früher bestimmt ein umwerfender Anblick, doch heute drückt sie sich an der Wand entlang und hat den Blick auf den Boden geheftet. Ihre großen hellen Augen sprechen gleichzeitig von unendlicher Traurigkeit und fast greifbarer Nervosität. Sie erinnert mich an ein Tier auf der Flucht, das bereit ist, jeden Moment Reißaus zu nehmen oder sich in seinem Bau zu verkriechen.

Um Punkt achtzehn Uhr betrete ich das *La Loche joyeuse*, das am Ufer der Indre im Norden der Stadt liegt. Die Brücke dicht daneben ist von Fahrzeugen aller Art in Beschlag genommen, die ihre Fahrt nach Süden fortsetzen. Die Speisekarte liest sich dementsprechend: Fleisch, Pommes, Bohnen, Schinkennudeln und ein Büfett mit Rohkostsalaten. Der Parkplatz eignet sich ideal für Wohnmobile und Wohnwagen, zumal das Parken in der Stadt ein Albtraum ist. Nun ja, alles, was ich Ihnen hier erzähle, habe ich vom Wirt erfahren, als ich mich bei ihm als Spüler beworben habe. Er hat das Gelände von der Gemeinde zurückgekauft, um es in einen Parkplatz umzuwandeln.

»Parken mit Blick auf den Fluss, eine einfache, aber gute Küche, alles ganz unkompliziert und günstig. Hier ist immer was los, das garantiere ich dir! Dir wird beim Spülen sicher nicht langweilig.« Daraufhin ist er in Gelächter ausgebrochen.

Man zeigt mir die Spülen und erklärt mir in wenigen Worten, was mich erwartet. Ich habe die Arbeit zwar noch nie in meinem Leben gemacht, aber ich hatte ein Restaurant und kenne mich aus. Außerdem habe ich eine Wut im Bauch. Eine Wut wegen dieser Frau, die nicht mehr lächeln kann, eine Wut wegen dieses Mannes, der alt, einsam und blind ist und trotzdem die Kraft findet, großzügig und menschlich zu sein. Zwei Unbekannte, die sich in meinen Kopf geschlichen haben und doch nicht Teil meines Lebens sind. Ja! Ich bin wütend, und das gefällt mir. Seit mein Leben zerbrochen ist, fühle ich mich zum ersten Mal wieder lebendig. An meinem ersten Abend habe ich also in rasender Geschwindigkeit gespült und gespült. Plötzlich schäme ich mich ein bisschen. Der Zweifel nagt an mir. Geht es mir etwa nur deshalb besser, weil ich mich den beiden überlegen fühle? Ich meine, weil ich Grund zur Klage habe? Ich empfinde meine Situation wirklich als einfacher. Das ist doch verrückt! Es ist so lächerlich, dass ich laut auflache und erstaunte Blicke des Küchenpersonals ernte.

»Du bist schon ein ganz besonderer Fall. Gelacht hat hier noch niemand beim Abspülen«, verspottet mich der Chef.

Es stimmt. Heute Abend bin ich, wenn nicht glücklich, so doch zumindest zufrieden, habe etwas zu tun, verrichte eine echte, eine nützliche Arbeit, mitten in den Bruchstücken meines derzeitigen Lebens. Als ich um zwei Uhr nachts in der Unterkunft ankomme, bin ich erschöpft und lasse mich angezogen auf mein Bett im Schlafsaal fallen. Bisher habe ich hier noch kein Auge zugetan.

Claude

Sonntag. Ich fiebere dem Mittagessen entgegen. Seit gestern taut ein schönes Stück Rindfleisch auf, das ich heute Morgen aus dem Kühlschrank genommen habe, damit es die richtige Temperatur bekommt. Ich höre das Quietschen des Gartentors und eilige Schritte auf dem Kies. Das muss Alain sein! Am Rhythmus seiner Schritte höre ich, dass er ungeduldig ist. Er läutet.

»Hereinnn!«, rufe ich vom Sofa aus.

Er kommt auf mich zu, reicht mir mit warmem, festem Druck die Hand.

»Ich habe die Zutaten vorbereitet. Sie müssten mir nur helfen, sie in den Garten zu tragen. Sehen Sie, schon habe ich Arbeit für Sie! Aber vorher muss das Gratin noch in den Ofen. Es tut mir leid, Alain, aber bei mir enthält die Speisekarte nur Tiefkühlkost.«

Ich stehe auf und taste mich mit dem Stock zur Tür, die von der Küche in den Garten führt. Ich sperre auf, steige die Stufen hinunter, und da wären wir! Ich bin gespannt auf seine Reaktion. Im Kopf zähle ich die Schritte: vierundzwanzig geradeaus und fünf nach rechts, dann bin ich an der Laube. Alain hat noch kein Wort gesagt. Er hat die Körbe auf dem Steintisch abgestellt, und vermutlich weiß er noch nicht so recht, wie er sich verhalten soll. Sein Schweigen verrät mir, dass wirklich er in den Garten eingedrungen war. Jeder andere hätte beim Anblick des Gartens einen Ruf der Überraschung ausgestoßen. Denn so viel Grün findet man wirklich selten in diesem Viertel, das so dicht bebaut ist. Ich taste nach der Bank und entscheide mich für den Rand, auf dem noch Laub liegt. Mit einer Handbewegung fege ich es nach unten und nehme Platz. Ich höre, wie Alain die restlichen Blätter entfernt. Ich bin beruhigt. Er hat nicht so getan, als sei er überrascht, was mich gestört hätte. Aus den Körben nehme ich Teller und Besteck, Gläser, den Korkenzieher, das grobe Salz, den Pfeffer und Papierservietten und lege alles auf den Tisch. Dann stehe ich auf und ergreife meinen Stock.

»Folgen Sie mir! Wir suchen den Grill.«

Er hakt mich unter, und wir gehen zum Keller. Ich reiche ihm einen Schlüssel, mit dem er die Tür aufsperrt. Kaum ist sie geöffnet, spüre ich, wie die kalte Kellerluft meinen Körper umschließt.

»Der Lichtschalter ist rechts. Der Grill steht ganz hinten, zusammen mit Kohle und Anzündern …«

Ich höre, wie er den Grill anhebt und herausträgt, dann kehrt er zurück, um den Sack mit der Kohle zu holen. Er stellt ihn vor die Tür neben den Grill.

»Setzen Sie sich doch schon mal! Ich bringe alles nach draußen«, weist er mich energisch an.

»Das war noch nicht alles! Wir brauchen zu diesem guten Essen auch einen Wein. Links finden Sie ein Regal. Im zweiten Fach von oben müssten einige Flaschen Bordeaux stehen. Nehmen Sie doch für den Anfang einen Médoc!«

»Sie haben aber einen ganz schönen Vorrat!«, ruft er anerkennend. »Ah, ich habe ihn! Ich gebe Ihnen die Flasche, dann nehme ich den Grill.«

»Kümmern Sie sich um den ganzen Kram, ich kenne den Weg. Vierundzwanzig Schritte geradeaus und zwei nach rechts … Erst das Vergnügen, dann die Arbeit! Vielleicht könnten Sie als Aperitif noch diesen kleinen trockenen Rosé aufmachen«, sage ich, während ich einen korsischen Wein aus dem Korb ziehe, der in einer Kühlmanschette steckt. »Das verkürzt die Wartezeit …«

Alain schenkt uns ein, reicht mir ein Glas, dann stoßen wir an. Es gibt eine Aufschnittplatte, die ich mir von meinem Metzger habe liefern lassen: roher Schinken, grobe Salami und Wurst.

Dann höre ich, wie er aufsteht und sich um das Feuer kümmert. Er hat offenbar Erfahrung damit.

»Jetzt müssen wir nur noch auf die Glut warten«, sagt er.

»Eine gute Abwechslung! Zweimal in der Woche bringt mir eine städtische Angestellte Fertiggerichte vorbei. Ich esse sehr gern, deshalb sind diese portionierten Mahlzeiten für mich ein bisschen traurig. Das heute ist ein Festessen für mich!«

Dann wechsle ich das Thema, weil mir ein Gedanke kommt.

»Sagen Sie mal, Alain, in welchem Zustand ist eigentlich der Garten?«

»Er ist leicht heruntergekommen, alles ist trocken und voller Unkraut. Wirklich schade. Man müsste ihn säubern und gießen, dann wäre alles schon viel besser.«

»Wissen Sie, ich gehe nicht mehr viel nach draußen, daher habe ich völlig vergessen, mich darum zu kümmern.« Und dann kann ich nicht anders, als mich einer kleinen Lüge zu bedienen. »Und immer wenn ich den Gärtner anrufe, hat er keine Zeit. Ich kenne leider niemanden, der mir helfen könnte.«

Kurzes Schweigen, dann antwortet er mir: »Ich. Ich könnte Ihnen helfen, wenn Sie das möchten.«

Mir bleibt eine halbe Sekunde Zeit, um nachzudenken und aufzupassen, dass ich nichts Falsches sage. Ich möchte ihn nicht umsonst arbeiten lassen, unter dem Vorwand, dass ich ihn zum Essen einlade. Allerdings darf ich ihn auch nicht kränken, indem ich ihm eine Bezahlung anbiete.

»Das wäre sehr freundlich von Ihnen, aber ich entschädige Sie natürlich für die Zeit, die Sie dafür brauchen.«

»Nein, ich tue das doch gern. Und es ist schnell gemacht – ein bisschen Harken, ein bisschen Unkrautzupfen, Gießen und das war's. Haben Sie denn die Geräte da?«

Ich bestehe lieber nicht darauf. Wenn ich ihn bezahle, würde sich unsere Beziehung verändern. Er hat recht. Ich werde ihn zum Abendessen einladen.

»Das ist wirklich sehr nett von Ihnen. Obwohl sich für mich persönlich nicht viel ändern würde, schließlich sehe ich ja nichts. Es ist wegen Angela, meiner Haushaltshilfe. Sie kündigt mir schon an, dass ich bald von Ratten heimgesucht werde.«

Inzwischen hat sich die Glut offenbar gut entwickelt, denn ich höre, wie das Fleisch beim Kontakt mit dem heißen Rost laut zischt. Kurz darauf duftet es verführerisch, und mir läuft das Wasser im Mund zusammen. Das Leben kann so schön sein!

Alain

Gut gelaunt wache ich auf. Ich bin mit Claude verabredet, um ihm nach seinem Mittagsschlaf mit dem Garten zu helfen. Auf der Suche nach Shorts und einem T-Shirt wühle ich mich durch meine Sachen und schlüpfe in ein Paar Turnschuhe. Dann gebe ich meine Tasche wieder bei der Aufbewahrungsstelle der Unterkunft ab, wie ich es mir angewöhnt habe. Ich beschließe, die Zeit bis zu unserer Verabredung mit einer Tour durch die Stadt zu überbrücken. Montage hasse ich. Die Stadt ist dann wie ausgestorben und überlässt mich wieder meiner Einsamkeit. Ich gehe, drehe mich um, bleibe stehen. Dann sehe ich auf die Uhr. Wenn ich mich beeile, treffe ich die Frau aus dem Nachbarhaus vielleicht noch an. Ich beschleunige meine Schritte und beziehe gegenüber dem Gebäude Stellung, aus dem sie herauskommen muss. Da ist sie ja schon! Ich berechne genau den Moment, wann ich die Straße überqueren muss. Vor *Jamoix, Vater und Sohn* sind wir auf gleicher Höhe. Ich trete zwischen zwei Autos hindurch und gehe um sie herum, wobei ich möglichst unauffällig dreinschaue.

»Guten Tag! Diesmal wäre ich fast mit Ihnen zusammengestoßen, kann man sagen …«

Sie errötet, murmelt einen Gruß und senkt den Blick. Ich versuche, sie aufzuhalten.

»Wohnen Sie hier im Viertel?«

»Nein. Ich … gehe zur Arbeit. Ich bin in Eile«, antwortet sie eingeschüchtert.

Sie wirkt nervös, weil ich sie angesprochen habe. Und schon verschwindet sie im Hauseingang, als wäre der Teufel hinter ihr her. Es wird schwierig werden mit ihr, aber ich habe alle Zeit der Welt. Im Arbeitsamt stelle ich mich an und warte auf meinen Termin bei der Sozialarbeiterin. Sie betritt das Büro und ruft mich auf, nachdem sie ihren Computer angeschaltet hat. Ich erhebe mich und setze mich auf einen der beiden Stühle auf der anderen Seite des Tischs, der zwischen uns steht. Wir füllen meine Akte aus, dann erklärt sie mir, dass ich innerhalb von zwei Wochen meine Krankenversichertenkarte erhalte. Ich frage, ob ich Anspruch auf irgendeine Unterstützung erheben kann, während ich noch keine Arbeit habe.

»Erst muss mit Ihrer Sozialversicherung alles geregelt sein, bevor Sie eine aktuelle Arbeitslosenbescheinigung erhalten. Dann können Sie sich wegen der Wohnungssuche an uns wenden und einen Wohngeldzuschuss beantragen. Das dauert mindestens sechs Wochen …«

Sechs Wochen! Jetzt muss ich sechs Wochen durchhalten. Dann zahle ich für zwei Stunden Internet und suche diesmal nach Informationen zur psychischen Verfassung misshandelter Frauen. Um halb eins gehe ich, weil das Arbeitsamt schließt. Ich kaufe eine Flasche Wasser und Zutaten für ein Sandwich und begebe mich zu meinem Platz auf der Bank. Hier warte ich darauf, dass es drei Uhr wird.

Dieser Juni beginnt fantastisch. Ein echter Frühsommer wie früher. Die Sonne ist noch schwach, aber gegen Mittag wärmt es gerade genug auf. Der Wecker meiner Uhr läutet. Es wird Zeit, zu Claude zu gehen. Ich überquere die Straße und stoße das Gartentor auf, das meine Ankunft signalisiert. Dann schließe ich es hinter mir. Auf dem Treppenabsatz drücke ich die Klingel.

»Hereinnnnnn!«, ruft er von drinnen. »Es ist offen!«

Kaum habe ich die Tür geöffnet, da begrüßt er mich schon.

»Guten Tag, Alain! Wie geht es Ihnen heute?«

»Bestens. Herrliches Wetter! Ideal für Gartenarbeit.«

»Na, wenn Sie das sagen. Sie finden die Gartenwerkzeuge im Keller«, erklärt er mir und reicht mir den Schlüssel.

»Auf welcher Seite soll ich denn anfangen?«

»Das bleibt Ihnen überlassen. Mir ist das egal, das wissen Sie ja.«

Ich lächele, kann mir aber den Gedanken nicht verkneifen, dass er wirklich großes Vertrauen in mich setzt. Was wäre, wenn ich böse Absichten hätte? Aber bei näherem Nachdenken fällt mir auf, dass er wie alle Menschen mit einer Behinderung wohl auch Vertrauen haben muss. Ich steige in den Keller hinunter, stöbere ein wenig herum und finde schließlich eine Hacke, eine Harke und eine Schaufel. Ich nehme auch eine Gartenschere mit und entdecke einen kleinen Rasenmäher mit einem Benzinkanister. Das alles bringe ich nach draußen und schreite den hinteren und den vorderen Teil des Gartens ab, um den Aufwand abzuschätzen. Ich werde vorn anfangen. Als ich gerade die Werkzeuge nach vorn trage, setzt Musik ein. Es ist Ravels *Boléro*.

Ich mache mich an der Hecke zu schaffen. Dabei schneide ich die toten Zweige ab und befreie den Saum der Hecke vom Unkraut. Nach einer halben Stunde sind die Rosen an der Reihe. Ich schneide sie, pflege sie und verstaue alle abgestorbenen Blätter und Zweige in einem Sack, der sich rasch füllt. Neben dem Gartentor stelle ich ihn ab. Dann trinke ich einen Schluck Wasser und widme mich dem Rasen, der nach dem Winter an eine Savanne erinnert.

Das Gartentor quietscht, und ich erkenne den Jungen, der immer montags kommt. Er ist überrascht, als er mich bemerkt. Ich hebe grüßend die Hand, woraufhin er mit einem gezwungenen Lächeln antwortet und eilig den Weg hinuntergeht. Noch jemand, der mich auf der Bank gesehen hat. Ich höre Claudes Stimme, die ihn hereinbittet, und fünf Minuten später Jazzklänge. Ich bin gerade mit dem Mähen fertig, als Claude auf dem Treppenabsatz erscheint.

»Sind Sie da, Alain?«

»Ja, gerade bin ich fertig geworden.«

»Ich würde Ihnen gern Corentin vorstellen.«

Ich trage den letzten Sack zu den anderen und gehe hinein. Dabei frage ich mich, warum er mir wohl diesen jungen Mann vorstellen will.

Corentin

Was soll das denn? Was macht denn der Obdachlose hier? Wahrscheinlich hat er um Arbeit gebeten.

»Alain, ich möchte Ihnen meinen Klavierschüler Corentin vorstellen. Er schreibt nächste Woche sein Abitur.«

»Guten Tag, Corentin.«

Der Junge scheint auch nicht zu verstehen, warum mein Lehrer uns miteinander bekannt macht. Auf jeden Fall sieht er gutmütig aus und ohne seinen Bart auch deutlich gepflegter. Ich weiß nicht, ob ich meinen Lehrer darauf hinweisen soll, dass Alain ein Obdachloser ist, der seine Zeit auf der Bank gegenüber totschlägt. Vielleicht weiß er es ja bereits. Schließlich ist es nicht meine Angelegenheit.

»Alain hat netterweise angeboten, sich um den Garten zu kümmern. Du fragst dich zu Recht, ob mir das nicht egal sein kann. Aber ich stelle mir vor, dass er jetzt viel ordentlicher aussieht.«

»Absolut«, sagt Alain. »Ich möchte gern noch schnell gießen, wenn Sie das nicht stört.«

Mein Lehrer sieht megazufrieden aus. Liegt es daran, dass er einen sauberen Garten hat, oder daran, dass er mal Besuch bekommt? Auf jeden Fall lächelt er, wie ich es noch nie gesehen habe. Ich frage mich plötzlich, ob ihm der Unterricht vielleicht noch mehr auf die Nerven geht als mir.

»Nun, Corentin, du kommst ja jetzt nur noch zweimal.

Bist du denn heute in Eile? Ich weiß, dass du noch lernen musst …«

»Nein, nein, kein Problem. Ich kann noch ein bisschen bleiben. Aber ich muss meine Mutter anrufen und ihr Bescheid sagen.«

Kaum habe ich meinen Satz zu Ende gesprochen, da hat er schon sein Handy aus der Tasche gezogen. Dieser Alte ist echt der Hammer, alle seine Geräte sind immer auf dem neuesten Stand der Technik. Er muss das Menü aufgerufen haben, denn eine blecherne Frauenstimme zählt erst die Optionen und dann die Namen seiner Kontakte auf, bis sie beim Namen meiner Mutter ankommt. Zielgenau drückt er eine Taste. Das Handy kennt er genauso gut wie das Klavier.

»Guten Abend, Madame, hier ist Claude, Corentins Klavierlehrer …«

Sie hat ihn bereits jäh unterbrochen, zweifellos in Panik, denn ich höre meinen Lehrer beruhigend antworten.

»Nein, keine Sorge, es ist alles in Ordnung! Aber da er bis zum Ende des Schuljahrs nur noch zweimal Unterricht hat, wollte ich Sie um Ihr Einverständnis fragen, ob Corentin heute ein bisschen länger bleiben kann. Ich wollte ihn zu einem kleinen Privatkonzert einladen. Er wird um neunzehn Uhr zu Hause sein.«

Als er auflegt, wirkt er sehr zufrieden mit sich selbst.

»Du hast die Erlaubnis, also los!«

Die folgende Stunde verbringen wir mit Duke Ellington, Glenn Miller, dann schwenken wir um zu Rhythm and Blues mit Fats Domino, Ray Charles, der selbst blind war und dessen Geschichte er mir erzählt, Etta James und noch andere, an deren Namen ich mich nicht mehr erinnere. Bis es achtzehn Uhr schlägt.

»Könntest du bitte mal nachsehen, wo Alain steckt?«

Ich spähe aus dem Fenster, entdecke ihn aber nirgends.

Aber der Rasen und die Pflanzen sind gegossen, alles ist feucht.

»Wirklich toll, der Garten. Und er wirkt viel größer, wenn die Wiese gemäht ist.«

»Umso besser, umso besser«, antwortet er ein wenig nervös. »Also, wenn er nicht vorn ist, muss er hinten sein. Könntest du noch mal vom Küchenfenster aus nachsehen?«

Vielleicht ist er ja auch gegangen. Aber nein, ich beobachte ihn, wie er das Laub zusammenharkt. Ein ganz schöner Haufen!

»Er ist hinten!«, rufe ich meinem Lehrer aus der Küche zu.

Sofort kommt er mit seinem Stock in die Küche. Er wirkt ziemlich aufgeregt.

»Könntest du bitte den Korb vom Kühlschrank holen? Und drei Gläser einpacken? Sie stehen im Schrank links neben der Spüle. Und dann such dir was zum Trinken im Kühlschrank aus! Es gibt Cola und Saft.«

Ich entscheide mich für eine Cola.

»Könntest du bitte noch die Wasserflasche und den Rosé aus dem Kühlschrank holen? Im Schrank rechts neben dem Ofen gibt es noch Pastis und ein paar Tütchen mit Erdnüssen. In den Korb damit!«

»Erledigt! Alles ist drin.«

»Dann folge mir!«

Er öffnet die Hintertür, und wir steigen die Treppe hinunter. Ich trage den Korb. Cool, diese Laube! Ich stelle alles auf dem Tisch ab und höre, wie er sich an den Obdachlosen wendet.

»Was halten Sie von einer kleinen Stärkung, Alain? Möchten Sie Pastis oder Rosé?«

Der Typ ist nicht mehr ganz jung. Und genauso überrascht wie ich. Peinlich berührt mustert er mich. Garantiert ist ihm bewusst, dass ich ihn als den Mann von der Bank gegenüber erkenne.

»Ich bin noch nicht fertig …«

»Das kann warten, Alain. Kommen Sie, und machen Sie mit uns eine kleine Pause!«

Dann gesellt sich mein Lehrer zu mir, mit vorsichtigen Schritten und mithilfe seines Stocks. Er setzt sich und bittet mich, ihm einen Pastis einzuschenken.

»Bis wohin soll ich eingießen? Ich habe noch nie Pastis gemischt.«

Er dreht den Kopf zur Seite, bis sein linkes Ohr zum Tisch zeigt. Ich gieße vorsichtig.

»Halt! Jetzt noch Wasser, bis das Glas zu drei Vierteln voll ist.«

Nach einer Pause spricht er weiter: »Du fragst dich, wie ich das mache, nicht wahr? Das Gehör, Corentin. Das Gehör und jahrelange Praxis. Ein wenig Übung, und du wirst es merken. Wenn die Flüssigkeit im Glas nach oben steigt, wird der Ton immer höher. So weiß ich, wie voll es ist.«

Wie dem auch sei, um dieses Niveau zu erreichen, braucht man schon einen unglaublich gut trainierten Gehörsinn. Verrückt, was ich alles bei ihm lerne! Beispielsweise Musik im Dunklen zu hören. Er sagt, dass die Musik auf diese Weise den Raum einnehmen kann, den sie braucht, ohne dass man abgelenkt wird. Und dass man so sein Hörvermögen verbessert. Es stimmt wirklich! Mir ist auch aufgefallen, dass ich meine Aufmerksamkeit dann zu hundert Prozent darauf richte, was ich gerade höre.

Trotzdem fänden die Leute uns wahrscheinlich ziemlich schrullig, wenn sie uns sehen könnten. Ich habe es natürlich niemandem erzählt.

Der Obdachlose kommt zu uns und fragt meinen Lehrer, ob er sich die Hände waschen kann. Nach fünf Minuten ist er wieder da. Er wirkt, als sei er hier zu Hause, und scheint den Weg in die Küche genau zu kennen.

»Bedienen Sie sich, Alain! Corentin, ich hätte gern ein paar Erdnüsse.«

Ich stehe auf, öffne das Päckchen und schütte ihm einige Nüsse in die ausgestreckte Hand.

»Magst du Jazz, Corentin?«, fragt mich der Obdachlose.

»Ja, mag ich.«

Ich habe den Eindruck, dass die beiden eine Erläuterung von mir erwarten, aber ich habe nichts weiter zu sagen. Wenn die Erwachsenen wollen, dass ich mehr sage, dann sollen sie nicht so dämliche Fragen stellen. Wirklich wahr! Die Art, wie sie mich ansprechen, auf eine derart übertriebene Weise, so als ob ich keine drei Wörter aneinanderreihen könnte. Also antworte ich auch so, Ja oder Nein.

»Alain, wussten Sie, dass Corentin nach dem Abitur reisen möchte?«

Es nervt mich, dass mein Lehrer diesem Typ private Einzelheiten über mich erzählt.

»Wohin würdest du denn gern reisen?«

»Das weiß ich noch nicht. Vielleicht in ein Land, in dem man Englisch spricht.«

»Vielleicht England?«

»Nein, gern weiter weg. Australien, Neuseeland oder USA … Ich habe mich noch nicht entschieden.«

»Du hast recht. So was muss man machen, wenn man jung ist. Danach hat man Familie, Kinder, Verpflichtungen. Man ist nicht mehr so unabhängig.«

Ich fasse es nicht! Selbst von einem Obdachlosen muss ich mir als Jugendlicher weise Lebensratschläge anhören. Aber ich möchte nicht unhöflich sein, daher wende ich mich mit einem gezwungenen Lächeln an ihn.

»Sind Sie gereist?«

»Ja, kann man sagen.«

Jetzt antwortet er auch schon wie ein Jugendlicher. Auf das

Minimum reduziert. Da bekomme ich direkt Lust, ihm Fragen zu stellen. Ich glaube, allmählich verstehe ich die Erwachsenen. Ein simples Ja oder Nein macht einfach neugierig. Weil es so unbefriedigend ist.

»Und wohin?«

»Ich kenne fast ganz Europa. Einen Teil von Afrika und Amerika, den Süden Australiens auch. Und ich habe ziemlich lange Zeit in Asien verbracht.«

Ich bemerke, dass Claude interessiert zuhört, aber er überlässt mir das Gespräch. Wahrscheinlich möchte er nicht neugierig erscheinen.

»Und was machen Sie, um so viel reisen zu können?«

In dem Moment, in dem ich meine Frage gestellt habe, wird mir bewusst, dass ich ein Schweigen provoziert habe. Claude wartet. Der Obdachlose zögert. Er möchte nicht so viel über sich preisgeben, aber auch nicht unhöflich sein. Vielleicht hat er ja gelogen, was seine Reisen betrifft.

»Ich war im Im- und Export tätig. Immer auf Achse, egal, ob für die Arbeit oder im Urlaub. Eines Tages bin ich nach dem Urlaub nicht mehr nach Hause zurückgekehrt. Da ergab sich die Gelegenheit, ein Geschäft in Südostasien aufzuziehen.«

Was er genau gemacht hat, hat er aber immer noch nicht gesagt. Ich frage mich, ob seine abenteuerliche Unternehmergeschichte wirklich stimmt. Na gut, auf den ersten Blick wirkt er nicht sehr spießig, zugegeben. Auf jeden Fall möchte mein Lehrer wohl gern das Gesprächsthema wechseln.

»Alain, Sie haben anscheinend großartige Arbeit im Garten geleistet. Corentin sagt, dass er völlig verändert aussieht.«

Sie unterhalten sich eine Weile, und ich beschließe, allmählich zu gehen. Sie sind ja echt cool zu mir, aber eine Sache stört mich, wenn ich ehrlich bin. Ich weiß nicht, warum, aber ich habe es echt satt. Ich frage mich, was mit mir los ist. Sobald sich jemand für mich interessiert, bin ich total genervt, statt mich zu freuen … Ich nehme es dem Betreffenden sogar übel. Ich nehme es ihm übel, weil ich gern hätte, dass sich meine Eltern mal für mich interessieren und dass mir meine Freunde Fragen stellen. Sauer bin ich, weil das Interesse meines Lehrers und des Obdachlosen mir vor Augen führt, wie einsam ich bin. Wieder einmal. Schlecht gelaunt komme ich nach Hause, und meine Mutter bemerkt es sofort. Ihr entgeht nichts, keine Chance. Sie ist wie ein Radar.

»Was ziehst du denn für ein Gesicht? War das Konzert nicht schön?«

Na, sie kommt wirklich sofort zur Sache!

»Pfff …«

»Weißt du, Corentin, das ist wirklich nicht nett von dir. Ich zeige dir mein Interesse, und du lässt mich jedes Mal abblitzen. So spricht man nicht mit seiner Mutter.«

Sie ist beleidigt, und ihre Stimme klingt ganz schrill, als sie ankündigt, dass das Essen fertig ist. Mein Vater und ich, wir kennen diese Frequenzen, wenn sie sauer ist. Ihr Frust lässt mich kalt, sie soll mich einfach nur in Ruhe lassen. Ich gehe ins Esszimmer und gebe während der gesamten Mahlzeit kein Wort von mir. Schließlich frage ich, ob ich aufstehen darf, und trage meinen Teller in die Küche. Sie bemerken nicht, dass ich ihnen zuhöre.

»Was hat er denn bloß?«, fragt meine Mutter meinen Vater.

»Das muss am Abitur liegen. Er ist wahrscheinlich gestresst.«

»Der Arme! Das verstehe ich ja, aber er muss sich um seine Noten doch keine Sorgen machen.«

»Na, immerhin ist es der erste große Wendepunkt im Leben.«

»Aber noch längst kein Grund, unausstehlich zu sein. Du solltest mit ihm reden …«

»Ich will es versuchen«, antwortet mein Vater, doch er klingt nicht sonderlich überzeugt.

Ich bin sicher, dass er es nicht versuchen wird. Er weiß, dass er mir höchstens Banalitäten mitteilen könnte und dass ich ihn dafür verachten würde. Und er möchte meiner Verachtung entgehen. Lieber soll ich glauben, dass er mich für stark hält. Er behandelt mich so, wie er es kennt. Nicht aus Herzlosigkeit, sondern weil er nicht aus seiner Haut kann. Ich frage mich, ob ich ihm das nicht noch mehr verüble als meiner Mutter. Sie geht mir auf die Nerven, ist unbeholfen, autoritär und mischt sich in alles ein. Aber mein Vater erregt in seiner Schwäche mein Mitleid, und ich hasse dieses Bild, das ich von ihm habe. Ich glaube, er erfindet Ausreden, um die Realitäten nicht sehen zu müssen. Und dann hackt meine Mutter wieder ständig auf mir herum, weil sie meinen Vater für schwach und ohne jeden Ehrgeiz hält. Und weil sie nicht möchte, dass ich später einmal so werde wie er. Ich habe es satt, darüber nachzudenken. Es ist nicht mein Problem. Ich habe genug mit meinem nicht vorhandenen Leben zu tun. Rasch steige ich die Stufen nach oben in mein Zimmer, werfe den Computer an und suche im Internet nach Informationen über mögliche Reiseziele.

Carole

Heute Morgen hat mich der Mann mit der Tasche angesprochen. Er hat ganz sicher geplant, mich genau vor der Tür abzupassen. Ziemlich merkwürdig, dass dieser Typ so oft meinen Weg kreuzt. Ich lebe seit sechzehn Jahren hier, und auf meinem regelmäßigen Weg von zu Hause zur Arbeit sehe ich oft die gleichen Leute. Ich kann Ihnen versichern, dass mich in all diesen Jahren nie jemand angesprochen – geschweige denn angelächelt – hat. Wenn ich diesen Mann das nächste Mal treffe, werde ich ihn auffordern, mich nicht weiter zu belästigen. Er wird begreifen, dass es vergebliche Mühe ist, mich anzubaggern. Und wenn es wirklich Fabrice ist, der mich beschatten lässt, umso besser. Dann hat er den Beweis, dass ich mich nicht nach anderen Männern umsehe. Er war frisch rasiert, das sei beiläufig erwähnt, und zum ersten Mal hat er seine riesige Tasche nicht mit herumgetragen.

Als ich aus dem Büro komme, rechne ich schon damit, ihm zu begegnen, und werfe einen raschen Blick in alle Richtungen. Doch ich entdecke ihn nirgends. Vielleicht hat er verstanden, wie sinnlos es ist, mich weiterhin zu behelligen. Ich kaufe alles, um Couscous zuzubereiten, weil Fabrice den so gern mag. Kurz bevor ich zu Hause eintreffe, komme ich wie immer an dem kleinen Haus nebenan vorbei. Endlich hat sich jemand um den Garten gekümmert. Dann bleibe ich überrascht stehen. Ein Mann ist am Gießen … der Mann mit der Tasche!

Ich bin sicher, dass er es ist. Er hat mich nicht gesehen. Ich beschleunige meine Schritte. Unglaublich! Er ist unser Nachbar. Mir war gar nicht bewusst, dass er hier lebt. Ist er vielleicht ein neuer Mieter? Schließlich habe ich noch nie jemanden in diesem Haus gesehen. Auch wenn ich von unserem Schlafzimmerfenster aus auf die Laube und den kleinen Garten hinter dem Haus blicke. Er wirkt verwildert, und überall liegt totes Laub. Ich erinnere mich, dass letzten Sommer einmal viele Leute im Garten waren. Sie haben gegrillt. Fabrice hat das zwar gestört, und er hat das Fenster zugemacht, weil ihn der Geruch gestört hat. Aber ich mag den Geruch. Er erinnert mich an bessere Zeiten. Fabrice und ich grillen nie, obwohl wir eine große Terrasse haben.

Es wurde auch höchste Zeit, dass er seinen Garten mal wieder in Ordnung gebracht hat. Er hatte es bitter nötig. Und Fabrice scheint mich glücklicherweise nicht beschatten zu lassen, was mich ein wenig beruhigt.

Alain

Corentin ist gerade gegangen. Ich trinke meinen Aperitif aus und stehe auf, um mit dem Laubsammeln weiterzumachen.

»Haben Sie morgen schon etwas vor?«, fragt mich Claude.

»Nein, warum?«

»Weil ich finde, dass der Garten noch einen Tag warten kann. Vielleicht sollten wir eine Pizza essen. Sagen Sie mir nicht, dass Sie nach der vielen Arbeit keinen Hunger haben!«

Er lässt mich gar nicht erst antworten.

»Ich habe nämlich Hunger. Wir könnten uns eine Pizza teilen …«

Das kann ich ja schlecht ablehnen.

»Gut, ich kann eine holen, wenn Sie möchten. Ich glaube, hier in der Nähe gibt es Pizza zum Mitnehmen.«

»Nicht nötig, ich habe im Gefrierschrank genug davon. Suchen Sie doch einfach zwei aus. Sie sind nicht groß. Sie kennen den Weg.«

Ich räume die Gartengeräte auf, wasche mir die Hände und steige wieder in den Keller hinunter, wo der Gefrierschrank steht. Er ist voll! Ich frage mich wirklich, warum Claude sich nichts selbst zubereiten kann. Traut er sich das nicht mehr zu? Ich nehme eine Peperoni-Salami- und eine Champignon-Schinken-Pizza heraus und steige wieder nach oben in die Küche. Ich heize den Ofen vor, entferne die Verpackung, werfe einen Blick auf die Zubereitungshinweise. Dann gehe ich mit zwei Tellern und Besteck nach draußen.

»So! In einer Viertelstunde sind die Pizzen fertig.«

»Sie denken sicher, dass ich Sie ausnutzen will, so wie ich Sie um jeden Preis in meiner Nähe zu halten versuche. In gewisser Weise stimmt das auch. Aber der wahre Grund ist die Tatsache, dass ich Sie sehr schätze. Obwohl ich natürlich verstehen könnte, wenn Sie in Ihrem Alter lieber etwas anderes unternehmen möchten, als die Abende mit einem alten Mann zu verbringen.«

Mir ist natürlich bewusst, dass er ein ganzes Stück älter ist als ich und beinahe kein Sozialleben hat. Also bin ich für ihn natürlich ein Glücksfall. Trotzdem genieße ich seine Gesellschaft wirklich, sonst nähme ich seine Einladungen nicht an. Denn außer seinem scharfen Verstand und seinem Sinn für Humor hat er ein fröhliches Wesen, ist gebildet und verfügt über mehr Energie als manche junge Leute. Vor allem besitzt er eine wichtige Qualität – er kann zuhören. Na ja, das muss er ja auch, schließlich ist er blind, werden Sie einwenden. Was ich meine, ist vielmehr Folgendes: Er respektiert seine Mitmenschen und interessiert sich ehrlich für sie. Seit über einem Monat, seitdem ich ein Außenseiterdasein führe, bemerke ich diese Form von Aufmerksamkeit, die freundlichen Gesten, und seien sie noch so klein. Das ist neu für mich.

»Nein, Claude, es ist mir ein Vergnügen. Ich bin auch allein. Aber glauben Sie nicht, dass ich geblieben wäre, wenn ich keine Lust dazu hätte.«

Wir haben einen sehr schönen Abend verbracht. Als ich gegangen bin, habe ich noch einen Blick auf das Haus rechts daneben geworfen. Die Jalousie war heruntergelassen. Dann bin ich zur Obdachlosenunterkunft gegangen. Morgen werde ich den Garten hinter dem Haus fertig machen. Claude hat darauf bestanden, dass ich zum Essen bleibe. Er hat argumentiert, dass er mich schließlich nicht bezahlt und wir gemeinsam ein kleines Festmahl veranstalten sollten, um die Tatsache zu feiern, dass wir der von Angela prophezeiten Ratteninvasion zuvorgekommen sind. Er ist wie ein Kind. Ich fühle mich wie ein Kind. Schon bei der Aussicht auf unser Projekt bin ich ganz aufgeregt. Doch, ach, dann holt mich plötzlich die Angst wieder ein. Die Angst davor, was danach sein wird … Wenn der Garten in Ordnung gebracht ist, muss ich dann in meine Einsamkeit zurückkehren?

Claude

Und morgen? Wenn die Arbeit im Garten beendet ist … Welchen Vorwand könnte ich dann erfinden? Ich muss mir etwas einfallen lassen. Ich kann kaum einschlafen, weil Alain meine Gedanken beherrscht. Er hat erzählt, dass er viel gereist ist und ein Unternehmen geleitet hat. Ich frage mich, wo er wohnt, oder besser gesagt, wo er schläft. Hoffentlich nicht auf der Straße. Ich muss ihn ein bisschen unter Druck setzen, damit er sich mir mehr anvertraut. Morgen! Mir fällt gerade ein, dass Angela ja kommen wird. Zwangsläufig wird sie ihn kennenlernen. Wenn sie nicht ohnehin gleich alles hinschmeißt, ihren rüden Bemerkungen nach zu urteilen. Sie ist wirklich nicht einfach. Sie mag ein Herz aus Gold haben, aber ihre Ansichten sind starr, einfach starr … Wie soll ich ihr erklären, dass sich der Obdachlose unter meinem Dach aufhält, ohne dass sie gleich das Schlimmste befürchten muss? Vielleicht ruft sie auch Serge an, den ältesten meiner Neffen. Zuzutrauen wäre es ihr. Ich kann auf einmal nicht mehr schlafen und wälze mich unruhig im Bett hin und her.

Vier Uhr morgens. In meinen Träumen hat sich alles vermischt … Meine Neffen, die um den Grill herumstehen, Alain mit seiner großen Tasche, der ohne Pause auf und ab marschiert, Corentin, der auf Reisen ist, und Angela, die die Polizei verständigt … Irgendetwas war doch da aber noch … Ach ja! Ich habe vergessen, das wichtige Dokument zu unterschreiben, das Patrick, Serges Bruder, mir als E-Mail-Anhang geschickt hat. *Wichtigkeit: Hoch.* Eigentlich dachte ich, mit der Erbschaft sei alles geregelt. Merkwürdig ... Eigentlich kümmert sich Serge um meine Angelegenheiten. Er hat wahrscheinlich keine Zeit gehabt und seinen jüngeren Bruder gebeten, die Sache zu erledigen.

Ich stehe auf und gehe zum Computer, um meine Mails abzuhören. Die blecherne Stimme gibt alles im gleichen Tonfall wieder. Ah, eine Nachricht von Serge! Endlich eine gute Neuigkeit. Er kündigt an, dass die gesamte Familie am letzten Juniwochenende vorbeikommen will. Eine weitere Nachricht von Patrick, der mich bittet, ihm bis spätestens heute das unterschriebene Dokument zurückzuschicken. Ich suche die besagte Mail, die er vor drei Tagen geschickt hat. In der ganzen Aufregung wegen Alain hatte ich sie völlig vergessen. Patrick erklärt mir genau, dass ich in der rechten unteren Ecke abzeichnen soll, bevor ich ihm das gescannte Dokument zurückmaile und das Original per Post schicke. Ich drucke alles aus und taste mit der rechten Hand nach meinem Stiftehalter. In der Eile stoße ich ihn jedoch um. Er fällt zu Boden und zerbricht. Aus dem Alter, in dem man unter Schreibtischen herumturnt, bin ich heraus und muss folglich auf Angela warten.

Ich kehre ins Wohnzimmer zurück, setze mich in meinen Sessel und schalte das Radio ein. Wahrscheinlich bin ich eingenickt, denn ich schrecke hoch, als Angela hereinstürmt. Ganz gegen ihre Gewohnheit hat sie die Tür einfach aufgestoßen, ohne sich Zeit zur Begrüßung zu nehmen.

»So macht der Garten schon einen ganz anderen Eindruck!«, ruft sie bereits vom Flur aus.

»Gefällt er Ihnen?«

»Und wie! Wann war denn der Gärtner da?«

»Gestern, von drei bis sechs Uhr.«

Die Zeit sage ich absichtlich dazu, weil ich weiß, dass Alain die Arbeit im Vergleich zu meinem Gärtner in der Hälfte der Zeit erledigt hat. Und da ich Angela vorbereiten muss, lege ich Wert auf diesen Hinweis.

»Wie gut, dass Sie den Gärtner gewechselt haben! Der Vorgänger hat sich sowieso viel zu viel Zeit gelassen, wenn Sie meine Meinung hören wollen.«

»Warum haben Sie das nicht gesagt?«

»Was verstehe ich denn schon vom Gärtnern? Ich hatte nie ein Haus. Aber ja, beeilt hat er sich nicht, das stimmt schon. Wo haben Sie diesen denn gefunden, ein solches Juwel?«

Diese Reaktion hatte ich erwartet. Jetzt muss ich alles auf eine Karte setzen.

»Auf der Bank gegenüber.«

Obwohl ich sie nicht sehen kann, so höre ich doch ihre Überraschung. Ich weiß, dass sie mich anstarrt, ohne zu verstehen. Beziehungsweise ohne verstehen zu wollen, was sie doch längst verstanden hat.

»Auf der Bank …?«

»Ich habe Ihren Ratschlag befolgt.«

Es kann nicht schaden, ihr etwas Honig um den Bart zu schmieren.

»Sie? Das überrascht mich …«

Angela ist nicht auf den Kopf gefallen. Sie kennt das Leben, und vor allem kennt sie mich in- und auswendig. Ich höre, dass sie sich setzt, was selten ein gutes Zeichen ist. Da steht mir ein harter Kampf bevor.

»Nun ja, ich bin nicht so stur, wie Sie immer denken«, flunkere ich möglichst unauffällig.

»Hören Sie auf, mich für dumm zu verkaufen! Sie sagen, Sie haben ihn auf der Bank gegenüber gefunden. Auf der Bank gegenüber saß letzte Woche noch dieser Obdachlose …«

»Genau, dieser Obdachlose, den Sie meinen, hat sich um meinen Garten gekümmert.«

»Sie haben diesen Penner doch nicht etwa ins Haus gelassen?!«

»Ich habe ihn nicht nur ins Haus gelassen, er hat sich auch über meinen Garten hergemacht, und wir haben zusammen gegessen, stellen Sie sich vor.«

Unseren gemeinsamen Abend hätte ich vielleicht nicht erwähnen sollen. Ich bin sowieso schon zu weit gegangen. Ihre Antwort lässt nicht lange auf sich warten.

»Sind Sie verrückt geworden? Machen Sie sich denn überhaupt nicht bewusst ... Ich rufe Ihren Neffen an, damit er Ihnen derartige Spinnereien austreibt!«, schreit sie wie besessen und springt auf, um das Telefon zu holen.

Ich weise sie in schroffem Ton an, stehen zu bleiben, und sie reagiert sofort. Sie kocht förmlich, das höre ich an ihrer schnellen Atmung und an ihrer Stimme, die einen bestimmten Klang angenommen hat. Sie spricht weniger schnell und wählt ihre Worte mit Bedacht. Sie nimmt es mir sicherlich übel, dass ich sie so zurechtgewiesen habe. Trotzdem kehrt sie zu mir zurück, wie ich sie gebeten habe, und hört sich an, was ich über die vergangenen Tage zu erzählen habe. Dabei wird sie eher von Neugier angetrieben als vom Gefühl, mir Folge leisten zu müssen, da bin ich mir sicher. Sie kommt auch gleich zum Punkt.

»Deswegen haben Sie am Freitag die ganze Zeit gefragt, ob der Obdachlose noch dort sitzt. Sie hatten einen Plan, vermute ich.«

»Ja und nein, also eigentlich war es ein Zufall. Ich bin spazieren gegangen und habe mich auf die Bank gesetzt. So habe ich ihn kennengelernt. Bevor Sie aufschreien, lassen Sie mich sagen, dass dieser Herr Alain heißt. Er ist sehr gebildet und ausgesprochen sympathisch.«

»Na, sieh mal einer an! Ein gebrechlicher, blinder alter Mann macht seine Bekanntschaft. Was sieht er wohl? Er, der sehen kann? Ein willkommenes Opfer natürlich! Ein ziemlich einfältiges Opfer noch dazu.«

Ich ziehe es vor, nicht zu antworten.

»Er hat im Im- und Export gearbeitet, bevor er sein eigenes Geschäft in Asien eröffnet hat.«

»Was er nicht sagt!«

»Ich glaube ihm. Er ist vor Kurzem nach Frankreich zurückgekehrt und hat natürlich noch keine Arbeit gefunden.«

»Natürlich! Jemand, der sein eigenes Unternehmen hatte, verbringt seine Zeit auf einer Bank? Hat er kein Zuhause?«

Das Wenige, das ich über Alain weiß, kann ich kaum ausschmücken, also erfinde ich etwas.

»Er sucht gerade eine Wohnung und eine Arbeit ... Deshalb habe ich ihn auch gefragt, ob er sich um den Garten kümmern könnte, als ich ihn das nächste Mal auf der Bank getroffen habe.«

»Ich bin nicht überrascht, dass Sie den komischen Kauz wiedergetroffen haben. Er verbringt sein Leben auf dieser verdammten Bank. Kommt Ihnen das nicht seltsam vor?«

Auf diese Frage gehe ich nicht ein.

»Ich sage Ihnen, dass er sich hier umsieht, ob es etwas zu holen gibt. Und ich bin der Ansicht, dass wir Ihren Neffen informieren müssen, damit er etwas unternimmt.«

»Angela, ich untersage Ihnen, meine Neffen über die Details meines Lebens zu unterrichten. Sie verhalten sich ja so, als ob ich nicht mehr alle Tassen im Schrank hätte. Ich bin doch noch bei klarem Verstand, oder etwa nicht?«

»Nicht immer, wenn Sie meine Meinung hören wollen. Entschuldigen Sie, aber Sie sind ein leichtes Opfer, ohne dass ich Ihnen Angst einjagen will.«

»Nun, ich bin frei, zu tun und zu lassen, was ich möchte. Und außerdem kommt er gleich, um den Garten hinter dem Haus fertig zu machen.«

Ich höre, wie sie ruckartig aufsteht.

»Ach, er kommt also wieder? Und was ist mit mir? Haben Sie auch mal an mich gedacht? Sie bringen uns mit Ihren Dummheiten noch beide in Gefahr.«

»Hören Sie um Himmels willen auf, solchen Unsinn von sich zu geben! So lernen Sie ihn wenigstens kennen. Schließlich setze ich großes Vertrauen in Ihr Urteilsvermögen. Sie gelangen sicher zu Ihrer eigenen Meinung und stimmen mir am Ende zu.«

Ich merke, dass sie allmählich weich wird.

»Aber Vorsicht! Behandeln Sie ihn nicht wie einen Aussätzigen!«

»Das gefällt mir gar nicht, diese ganzen Trickserein. Aber wie Sie schon sagten – ich kann mir ein eigenes Bild machen. Wann kommt er denn, Ihr Obdachloser?«

»Er heißt Alain und kommt um zehn Uhr.«

»Ach ja? Seien Sie sicher, dass ich ganz genau hinsehen werde!«

Diese Schlacht ist noch lange nicht gewonnen. Als Alain kommt, eilt Angela herbei.

»Alain, darf ich Ihnen Angela vorstellen?«

»Guten Tag, Madame.«

»Guten Tag.«

Und dann fängt sie an, mit ihrem Lappen über die umstehenden Möbel zu wischen, um unser Gespräch besser verfolgen zu können, wie ich vermute. Es stört mich, dass sie uns belauschen möchte, also suche ich einen Vorwand, um sie in Richtung Arbeitszimmer zu schicken.

»Gut, Alain. Ich überlasse Ihnen den Garten. Angela muss mir mit meinem Papierkram im Arbeitszimmer helfen. Angela, nehmen Sie doch bitte Schaufel und Besen mit! Mir ist heute Morgen ein kleines Missgeschick passiert.«

Ich setze mich in den Sessel gegenüber dem Arbeitszimmer, während sie das Malheur auf dem Fußboden beseitigt. Dann öffne ich die drei Briefe und frage Angela, worum es sich handelt. Nichts Interessantes. Die Stromrechnung, die Telefonrechnung und ein Rundbrief der Gemeinde.

»Im Drucker liegt noch ein Blatt, Angela. Könnten Sie mir das bitte vorlesen? Ich soll es unterschreiben.«

»Ich, der Unterzeichnende, Claude und so weiter ... im Falle meines Todes ... vermache mein gesamtes Vermögen meinem Neffen Patrick ... geboren am ... in ... um meine Immobilien zu verkaufen. Diese befinden sich in ... als einzigen Begünstigten aus sämtlichen Verkäufen und so weiter ...«

Das Folgende höre ich nicht mehr, weil ich so benommen bin.

»Sie wollen verkaufen?«, fragt sie mich überrascht.

»Aber nein! Sind Sie sicher, dass Sie sich nicht verlesen haben?«

»Absolut.«

Ich bin vollkommen vor den Kopf gestoßen. In meine Neffen hatte ich bisher blindes Vertrauen – im wahrsten Sinn des Wortes. In Serge mehr noch als in Patrick, aber trotzdem ist das ein unglaublicher Verrat.

»Sie wollen wirklich verkaufen und alles Patrick vermachen?«, bohrt sie weiter.

»Überhaupt nicht! Die menschliche Natur, Angela ... Die Verlockung des Geldes kann einen Neffen, zu dem man unbegrenztes Vertrauen hat, in einen Schurken ohne jede Moral verwandeln ... Ich muss unbedingt zu meinem Notar.«

Ich greife nach dem Telefon, gehe die Liste mit den Kontakten durch, bis die blecherne Stimme beim Namen meines Notars ankommt, und drücke auf die Taste. Nachdem ich einen Termin vereinbart habe, rufe ich mir ein Taxi und gehe wieder ins Wohnzimmer, um *Le Sacre du Printemps* von Strawinsky anzuhören. Ich habe das Bedürfnis nach ein bisschen Leichtigkeit und Ehrlichkeit. Diese Neuigkeit hat mich bis ins Mark erschüttert.

Das Telefon läutet. Es ist Serge.

»Wir haben eine Überraschung für dich, Onkel. Ich weiß nicht, ob du meine Mail schon gelesen hast. Aber wir haben vor, am letzten Wochenende im Juni vorbeizukommen. Ich habe Patrick noch nicht erreicht, aber sicher wird auch er versuchen, mit seiner Frau dabei zu sein. Na, was sagst du?«

Gestern hätte ich einen Luftsprung gemacht, heute hingegen stelle ich mir Fragen. Mein Vertrauen ist zerrüttet. Patrick scheint dringend Geld zu brauchen. So lange muss er schließlich auch nicht mehr warten, bis er erbt … Steckt Serge mit ihm unter einer Decke? Das werde ich ja merken, wenn sie kommen. Ich werde sie auf die Probe stellen. Ich beende das Gespräch und lasse mich schon bald von Angela ablenken, die Alain durch das Fenster beobachtet und jede seiner Bewegungen kommentiert.

»Er möchte einen guten Eindruck machen. Er arbeitet hart. Und das, obwohl er doch die meiste Zeit nichts tut … Na ja, schaden kann es ihm nicht, sich in die Aufgabe zu stürzen. Jetzt ist er mit dem Laub fertig. Ich muss schon sagen, Ihr Kastanienbaum macht aber auch wirklich eine Sauerei … Ah, jetzt nimmt er sich die Beete vor. Er jätet.«

Ich höre ihr nur noch mit halbem Ohr zu, weil ich wieder an meine Neffen denken muss. Nach einer Weile meldet sich Angela wieder.

»Jetzt schneidet er die Glyzinie an der Laube. Und das gar nicht mal so schlecht. Wahrscheinlich weiß er, dass ich ihn beobachte und er deshalb kein Geld von Ihnen verlangen kann, ohne die Arbeit auch zu erledigen.«

»Sie sehen wirklich immer nur das Schlechte!«, werfe ich ihr übel gelaunt entgegen.

»Ich bin misstrauisch, das ist alles. Wenn Sie nicht mal

Ihrer Familie trauen können, wie soll das dann erst bei einem Unbekannten sein …«

»Was denken Sie eigentlich über diese Mail von Patrick?«

»Ich nehme an, dass er nur Ihr Bestes wollte. Aber dass er einfach alles für sich behalten will, das ist wirklich nicht richtig. Und das kann ja nicht er entscheiden. Wenn Sie verkaufen möchten, dann …«

Ich unterbreche sie ungeduldig.

»Aber ich möchte doch gar nicht verkaufen!«

»Es geht mich zwar nichts an, aber Ihre Neffen sind sicherlich besorgt, weil Sie so weit weg und ganz allein sind. Wenn sie wüssten, dass der Obdachlose bei Ihnen ist …«

»Er kümmert sich nur um meinen Garten.«

»Aber jetzt weiß er, dass Sie allein leben und … als würde das nicht genügen … dass Sie blind sind.«

Ich mache mir nicht mehr die Mühe, ihr zu widersprechen. Angela gibt viel auf den äußeren Eindruck. Sie hat Alain auf der Bank gegenüber gesehen, und damit hat sie ihr Urteil gefällt. In ihren Augen ist er einfach verdächtig. Das nehme ich ihr nicht übel, aber es macht die Sache nicht einfacher. Wahrscheinlich rufen meine Neffen sie von Zeit zu Zeit an, und wenn sie dann Fragen stellen, wird sie nicht lügen. Ich muss vorsichtig sein.

Ich steige die Stufen in den Garten hinunter und nähere mich Alain.

»Nun, Alain, wie weit sind Sie? Sind Sie vor Mittag fertig?«

»Ich bin fast so weit, muss nur noch gießen.«

Es ist wichtig, dass er vor Angela geht, damit sie merkt, dass er nicht bleibt.

»Es tut mir leid, Alain. Ich muss unser Essen leider verschieben …«

Um die Absage unseres geplanten Festessens ein wenig abzumildern und damit er nicht denkt, ich will ihn nicht mehr sehen, nachdem er mit dem Garten fertig ist, liefere ich noch eine Erklärung hinterher.

»Kommen Sie doch gegen achtzehn Uhr vorbei ... auf ein Gläschen. Dann können wir auf den Garten anstoßen. Angela hat mir gesagt, dass Sie sehr gründlich gearbeitet haben.«

»Na, wenn sie das sagt!«, erwidert er mit ironischem Unterton. »Dann muss ich das wohl als Kompliment verstehen.« Seine Stimme klingt plötzlich defensiv und tonlos.

Er denkt wahrscheinlich, dass Angela mir von ihm erzählt hat, dem Obdachlosen auf der Bank gegenüber, und ich meine Meinung nun geändert habe.

Alain

Diese Haushälterin hat ihm bestimmt erzählt, dass sie mich auf der Bank gegenüber gesehen hat … Der arme alte Mann ist wahrscheinlich sehr verärgert und weiß nicht, wie er mich wieder loswerden soll. Deshalb hat er mich auf ein Glas Wein eingeladen. Er möchte seine Schulden begleichen und mir danach für immer Lebewohl sagen. Auch wenn er anders gewirkt hat … Ich bin nicht mehr mit ganzem Herzen bei der Arbeit.

Als ich mit dem Gießen fertig bin, räume ich die Werkzeuge auf und stelle die Säcke auf den Gehweg. Schon will ich ohne Abschied verschwinden, da hält mich ein Rest an guter Erziehung zurück. Also nehme ich den Weg zurück zum Haus und klopfe an die Tür. Der Hausdrache öffnet.

»Was gibt's?«

»Ich bin fertig. Sie können jetzt doppelt abschließen.«

Als Verabschiedung ernte ich ein spöttisches kleines Lächeln. Dann eile ich die Treppe nach unten und sehe mich nicht mehr um. Zumindest habe ich die Genugtuung, bei meiner Andeutung so etwas wie Scham in ihrem erschrockenen Blick entdeckt zu haben. Ich höre noch, wie sie Claude ausrichtet, dass ich gegangen bin.

»Ich koooommeeeeee!«, ruft er heiser aus seinem Sessel.

Als er die Stufen herunterkommt, gehe ich auf ihn zu und will ihm sagen, er soll sich zum Teufel scheren … Doch mein

Blick bleibt an seinem Stock hängen, der sich rasend schnell hin und her bewegt. So eilig hat er es, mich noch zu erwischen und sich versichern zu lassen, dass ich ihm verziehen habe. Er tut mir leid. Jetzt ist es an mir, ihm mit Geringschätzung zu begegnen. Schade, dass er mich nicht sehen kann! Was ich von Madame Kratzbürste nicht behaupten kann, die sich keine Sekunde des Schauspiels entgehen lässt. Voller Bosheit beobachte ich, wie Claude bei jedem seiner Trippelschritte vorsichtig auf Bodenunebenheiten achten muss. Ich mache keine Anstalten, ihm entgegenzugehen. Stattdessen lasse ich ihn auf mich zukommen und fühle mich überlegen.

»Alain? Ich begleite Sie!«, ruft er. Dabei kann er nicht mal sicher sein, dass ich überhaupt noch da bin.

Ich strafe ihn weiter mit Verachtung, indem ich mein Schweigen und damit seine Zweifel verlängere, dann gebe ich nach. Ich spiele mit ihm wie ein Angler mit seinem Fang. Er ist so lächerlich, wie er versucht, seine Höflichkeit mir gegenüber aufrechtzuerhalten.

»Das ist nicht nötig.«

Trotzdem gehe ich nicht, sondern bleibe stehen, als sei die Geschichte noch nicht zu Ende. Vielleicht möchte ich einfach erfahren, welche Ausrede oder Lüge er mir präsentieren will, um sein Gesicht nicht zu verlieren und seine heilige Gemütsruhe wiederzuerlangen. Wir wechseln kein Wort, bis er endlich das Gartentor erreicht, wo ich reglos stehe und ihn beobachte. Er lässt mich nicht unberührt, aber ich untersage mir jede Regung.

»Es tut mir leid … Ich hätte so gern mit Ihnen gegessen, aber ich bin mit dem Kopf gerade woanders. Überraschend habe ich einen dringenden Termin bei meinem Notar.«

»Sie haben mir gegenüber keine Verpflichtungen. Richten Sie Ihrer Haushälterin doch aus, dass sie mich hier nicht mehr antreffen wird.«

Ich greife nach dem Gartentor und will es öffnen. In diesem Moment streckt er einen Arm aus und packt mich mit festem Griff.

»Verstehen Sie mich bitte nicht falsch, Alain! Es hat nichts mit Ihnen zu tun. Hören Sie … Bitte kommen Sie doch heute Abend vorbei, dann können wir uns unterhalten.«

»Auf Wiedersehen, Claude! Es war mir ein Vergnügen, Sie kennengelernt zu haben.«

Und damit stürme ich wütend auf die Straße … und vor allem traurig. Der arme Alte! Wie könnte ich ihm denn etwas übel nehmen? Er ist so verletzlich. Er muss einfach Angst bekommen haben, da er nun weiß, dass ich kein gewöhnlicher Arbeitsloser bin, sondern ein Typ, der seine Tage auf einer Parkbank verbringt. Ich beeile mich, in die Obdachlosenunterkunft zu kommen. Ich muss dringend duschen. Mir die ganze unschöne Geschichte abwaschen … Hätte ich gewusst, dass eines Tages eine Haushälterin Einfluss auf den Kurs gewinnt, den mein Leben nimmt … Ich hätte Tränen gelacht. Heute jedoch nicht. Heute tauche ich wieder ein in mein Unglück … Warum hast du mir eine Tür geöffnet, mein Gott, wenn du sie mir im nächsten Moment vor der Nase zuschlägst?

In der Obdachlosenunterkunft angekommen, melde ich mich an, stelle meine Tasche ab und gehe duschen. Dann verstaue ich meine Sachen unter dem Bett und falle in mich zusammen, im eigentlichen wie im übertragenen Sinn. Ich will nur noch schlafen.

Schweißgebadet erwache ich. Es ist sechzehn Uhr. Ich habe noch bis Donnerstag um achtzehn Uhr Zeit, bis ich wieder spülen gehen muss. Ich habe keine Lust mehr. Ich habe keine Lust mehr auf irgendetwas. Mir geht es nicht gut. Ich schäme mich. Ich kann nicht mehr nach draußen gehen. Was erwartet mich schon in meinem Alter? Was habe ich andererseits auch erwartet? Ich habe mich ein bisschen um Claudes Garten gekümmert, das ist alles. Sonst hätte ich auch nichts für ihn tun können, sein Haus ist schließlich makellos. Ich habe ab sofort nichts mehr mit ihm zu tun, damit sollte ich mich abfinden. Es ist meine Schuld. Ich habe die Realität verkannt. Und mit meiner jetzigen Realität möchte ich nichts mehr zu tun haben. Mit einem Ruck stehe ich auf. Meine Tasche lasse ich unter dem Bett. Und dann gehe ich. Ich warte auf die Nacht, um zu tun, was ich zu tun habe. Ich brauche die Dunkelheit, damit ich beenden kann, was ich angefangen habe, also verbringe ich die Wartezeit mit Gehen. Und weil ich dämlich bin, streife ich durch die Straßen, die ich schon kenne. Ich könnte genauso gut neue Wege ausprobieren, auf Entdeckungsreise gehen, aber zu spät. Plötzlich stehe ich Claudes Nachbarin gegenüber. Ich bin nicht überrascht, sie schon. Aber das ist mir heute vollkommen egal. Denn heute pfeife ich auf alles. Ich spreche sie an. Ein Reflex wahrscheinlich.

»Ich habe nicht mehr viel vom Leben zu erwarten. Aber Sie, Sie sind noch jung und hübsch. Also verlassen Sie doch diesen Mistkerl, der Sie schlägt!«

Und ohne ein weiteres Wort setze ich meinen Weg fort, einfach immer weiter.

Ich höre das Klackern von schnellen Schritten.

»Wer sind Sie? Woher wissen Sie, dass er mich … also …?«

Es ist wohl das Unerhörte ihrer Frage, das mich schließlich zum Anhalten bewegt.

»Ich habe alles gesehen.«

»Alles gesehen …?«

»Ja, es war kein schöner Anblick, glauben Sie mir. Hauen Sie ab! Das ist auch schon alles, was ich Ihnen sagen wollte. Deshalb bin ich Ihnen auch gefolgt. Aber keine Sorge, ich belästige Sie nicht mehr.«

Damit nehme ich meinen Weg wieder auf. Doch die Schritte nähern sich von Neuem.

»Ich weiß nicht, wohin ich gehen soll. Deshalb bleibe ich.« Unvermittelt halte ich inne.

»Das ist kein Grund«, sage ich streng. »Erstatten Sie Anzeige, suchen Sie sich Hilfe, nehmen Sie Ihr Leben in die Hand! Und tragen Sie den Kopf aufrecht, um Himmels willen!«

Damit gehe ich. Mir kommt eine Idee, und ich drehe mich noch einmal um. Sie steht nach wie vor unbeweglich an der gleichen Stelle.

»Wenn Sie ein Problem haben, klopfen Sie an die Tür des Nachbarhauses!«, rufe ich ihr zu. »Das Häuschen direkt nebenan. Dort lebt ein älterer Herr. Er ist sehr freundlich«, füge ich noch hinzu, auch wenn es mich Überwindung kostet.

Dann muss ich lachen. Da brocke ich dem Alten ja ganz schön was ein, aber man weiß nie. Vor einer Frau, die geschlagen wird, hat er bestimmt keine Angst, und Angela ... Ach, Angela wird es sich zur Aufgabe machen, ihr zu helfen!

Plötzlich kommt mir ein Gedanke, und ich kehre um. Ich werde die Angelegenheit heute Abend ohnehin beenden, also kann ich mir jetzt auch die Zeit nehmen. Ich folge ihr. Warum? Das weiß ich nicht. Oder doch? Ich greife in meine Tasche und fühle nach dem Umschlag mit den Banknoten. Ich trage meine kleine Goldgrube immer mit mir herum, das ist sicherer. Mein Adrenalin verleiht mir Flügel. Ja, das ist es! Dem Kerl die Fresse polieren und der Sache dann ein Ende machen. Wenn ich ehrlich bin, hoffe ich, dass er mir ein Ende macht. Ich warte, bis ein Nachbar das Haus betritt, und hänge mich an seine Fersen. Ich steige in den ersten Stock. Wenn ich mich nicht täusche, liegt die Wohnung im ersten Stock links. Ich läute und lasse meinen Finger auf der Klingel. Sie öffnet, erkennt mich und versteht überhaupt nichts mehr. Ich habe gerade noch Zeit, mir zu überlegen, was ich tun werde, dann höre ich schon eine Männerstimme.

»Wer ist da?«

Ihre weit aufgerissenen Augen starren mich flehentlich an. Sie kann ihren Schrecken nicht verbergen, einen Schrecken, der so groß ist, dass er auf mich überspringt. Meine Kehle ist wie zugeschnürt. Diese stumme Angst, die sie ausstrahlt, ist derart greifbar, dass mein Verstand wieder einsetzt.

»Madame Legendre?«, frage ich so ruhig wie möglich und erinnere mich, den Namen auf einem der Briefkästen gelesen zu haben. Dann hebe ich die Stimme, damit der grobe Schlägertyp alles hört.

Währenddessen schiebe ich ihr meinen Umschlag zu.

»Das ist alles, was ich habe. Machen Sie sich aus dem Staub!«, murmele ich.

»Die wohnt ein Stockwerk weiter oben!«, verkündet sie, ohne zu begreifen, ohne zu wissen, was der Umschlag enthält. Doch ich sehe noch, wie sie ihn in ihrer Schürzentasche verschwinden lässt, bevor sie mir die Tür vor der Nase schließt.

Niedergeschlagen bleibe ich eine Weile vor der Tür stehen und höre sie antworten.

»Das war jemand für Madame Legendre.«

Ich hatte gedacht, dass sie um diese Uhrzeit allein zu Hause ist. Sonst ist er doch nicht da, es sei denn, er ist vielleicht krank. Ich warte eine halbe Stunde auf dem Treppenabsatz zum nächsten Stockwerk für den Fall, dass ich Schreie höre, aber alles bleibt still.

Als ich wieder aus dem Haus trete, komme ich bei Claude vorbei. Es ist zwanzig nach sechs, und ich setze meinen Weg fort. Fragen Sie mich nicht, aus welchem Grund, aber irgendwann mache ich auf dem Fuß kehrt und gehe in die umgekehrte Richtung.

Genauso gut kann ich ja einen letzten Aperitif zu mir nehmen.

Eine Viertelstunde später stehe ich wieder vor Claudes

Haus. Ganz automatisch öffne ich das Gartentor, schließe es hinter mir und gehe den Kiesweg entlang. Ich läute und höre, wie er mich zum Hereinkommen auffordert. Er wirkt nicht verärgert, eher erleichtert. Ich habe keine Lust, mich zu entschuldigen.

»Ich freue mich wirklich, dass Sie gekommen sind, Alain. Folgen Sie mir doch bitte!«

Er steht auf und greift nach seinem Stock. Wir betreten die Küche, wo er eine Flasche Wasser aus dem Kühlschrank nimmt, bevor er die Tür zum Garten öffnet. Schweigend gehen wir zur Laube. Ganz gewiss hat er schon bemerkt, wie schlecht es mir geht. Ich fühle mich nackt, durchleuchtet, wie von einem Radar beobachtet. Vor ihm kann ich einfach nichts verheimlichen. Welche Ironie! Vor der Person, die nichts sieht, kann ich nichts verbergen. Doch heute Abend ist mir alles gleichgültig. Für Versteckspiele habe ich keine Zeit mehr.

»Ich habe alles vorbereitet«, sagt er, als wir die Laube betreten. Erst jetzt bemerke ich den Korb, der – komplett gepackt – auf dem Tisch thront. »Was kann ich Ihnen anbieten?«

Er hat mich erwartet. Bis zu welchem Punkt dachte er noch, dass ich käme? Ich werfe einen Blick in den Korb.

»Ein Pastis wäre schön.«

Ich reiche ihm auch ein Glas und setze mich.

»Auf Sie!«, rufe ich übertrieben laut.

»Auf unsere Freundschaft!«, antwortet er genau aufs Stichwort, wobei seine Stimme trotzdem ein wenig bekümmert klingt.

Ja, unser kleiner Alter ist an diesem Abend ein wenig bedrückt. Ich lache und leere die Hälfte meines Glases.

»Ich schulde Ihnen eine Erklärung, Alain.«

»Schade, aber solche Banalitäten interessieren mich heute nicht.«

Sofort bereue ich meine aggressive Antwort, aber egal! Er hat mich schließlich hinauskomplimentiert, und so etwas stecke ich nicht so schnell weg …

Er spricht weiter: »Wissen Sie, ich habe gerade heute erfahren, dass einer meiner Neffen – vielleicht auch beide, das weiß ich noch nicht genau –, mich hereinlegen will. Er möchte mich in ein Hospiz stecken, wo ich dahinvegetieren soll. Er hat versucht, mir meine Unterschrift abzuluchsen und mein Haus zu verkaufen. Das Geld wollte er einstreichen. Das war ein echter Schock für mich, und mir war nicht nach einem Festessen zumute.«

»Das tut mir leid.«

Verdammt! Es stimmt, ich habe bei der ganzen Sache nur an mich gedacht, aber wo ist denn da bitte auch der Zusammenhang? Bloß weil man eine schlechte Nachricht erhält, schickt man den anderen doch nicht in die Wüste. Zugegeben, ich bin nicht ganz ehrlich. Es gibt Umstände, die einem wirklich die Laune verderben. Aber man kann sich doch zusammenreißen.

»Ich war etwas unhöflich Ihnen gegenüber, aber ich hatte meine Gründe …«

Und dann erklärt er mir, dass seine Angela mit den Neffen ein enges Verhältnis hat und dass sie eine anständige Frau ist, wenn auch ein wenig festgefahren in ihren Einstellungen. Als sie einen Fremden bei ihm sah, war sie ganz durcheinander. Schließlich würde sie Himmel und Erde in Bewegung setzen, um ihn zu beschützen, da er ja blind ist, alt und allein. Sie glaubt, dass die ganze Welt ihm Schaden zufügen möchte.

»Und deshalb habe ich Sie gebeten, vor ihr zu gehen, damit sie beruhigt ist. Ich hoffe, dass sie jetzt nicht meine Neffen anruft, wegen der Sache mit Ihnen und auch wegen des Verkaufs! Verstehen Sie, ich möchte wirklich nicht, dass sie mich in ein Heim stecken, weil ich angeblich eine Schraube locker habe. Sie hält mich für zu gutmütig und glaubt, dass ich die Menschen nicht richtig beurteilen kann.«

Er hat nichts davon gesagt, dass seine Haushälterin mich auf der Bank gesehen hat. Er schont mich, und diese Heuchelei stört mich. Ich sage nichts. Ich schwanke zwischen dem Wunsch, sofort zu gehen, und ihm die Wahrheit zu sagen. Die Wahrheit.

»Ich bin ein Obdachloser und verbringe seit über einem Monat meine Zeit auf der Parkbank gegenüber«, beginne ich und erhebe mich. »Ihre Angela hat mich jedes Mal gesehen, wenn sie auf dem Weg zu Ihnen war. Vielleicht bringt sie ja ein bisschen Güte und Verständnis auf, habe ich mir gesagt. Vielleicht stand sie auch nicht immer auf der Sonnenseite des Lebens, aber nein! Vorurteile halten sich hartnäckig. Ich war früher nicht anders, aber inzwischen habe ich die Nase voll.«

Bevor ich gehe, möchte ich ihn noch ein bisschen provozieren.

»Übrigens bin ich eines Abends hergekommen und habe unter der Laube geschlafen. Genau hier!«

»Ich weiß«, erwidert er ungerührt. »Das Gartentor war zu hören. Ein einziges Mal. Und das Knacken von Zweigen. Sie verhielten sich nicht gerade behutsam. Ich muss gestehen, dass ich ein wenig Angst hatte. Also kam ich am nächsten Tag her und bemerkte, dass jemand hier gewesen war. Es lag nämlich kein Laub mehr auf dem Tisch und auf einem Teil der Bank.«

Sein Geständnis bewirkt mehr als alle Moralpredigten der Welt. Er überrascht mich vollkommen. Und ich dachte, er sei völlig unwissend.

Er spricht weiter, eher zu sich selbst als zu mir, denn er scheint mit seinen Gedanken ganz weit weg zu sein.

»Meine Eltern bauten diese Laube, um ihrer Liebe Unterkunft zu gewähren, wie sie sagten ... Ich fand das lächerlich und habe nie verstanden, was sie damit ausdrücken wollten.

Aber das ist ja kein Wunder. Schließlich habe ich diese Art von Liebe nie erlebt, zumindest nur sehr kurz. Wenn Sie diesen Ort genießen konnten, dann freut es mich. Bevor Sie gehen, Alain, würde es Ihnen etwas ausmachen, mir noch einen Pastis nachzuschenken?«

Ich reiche ihm ein volles Glas.

»Kommen Sie! Genehmigen Sie sich noch einen letzten mit mir zusammen! Wir haben gemeinsam schöne Momente erlebt, und es wäre doch schade, im Unfrieden auseinanderzugehen. Ich möchte mich entschuldigen, falls ich Sie gekränkt habe. Das war nicht meine Absicht. Es kann mich nicht schockieren, dass Sie auf einer Parkbank leben. Aus dem einfachen Grund, dass ich es die ganze Zeit schon wusste.«

Vielleicht ist es die Leere, die mich erwartet, doch ich setze mich wieder und schenke mir nach. Ich trinke einen Schluck, dann mehrere. Ich werde wütend auf mich selbst, doch er unterbricht meine Gedanken.

»Wissen Sie, Alain, ich bin seit vierundsiebzig Jahren blind. Ich lebe in Dunkelheit, selbstständig, aber abhängig vom Wohlwollen der anderen in allen Bereichen des Lebens. Ich weiß, wie sich Verzweiflung anfühlt … Im Gegensatz zu Ihnen bin ich daran gewöhnt. Ich habe oft an Suizid gedacht, doch selbst dafür müsste ich einen anderen Menschen um Hilfe bitten. Also habe ich mich mit meinem Schicksal abgefunden und beschlossen, das Beste daraus zu machen. Meistens ist das nicht einfach, abgesehen von schönen Momenten. Ein Picknick mit Ihnen gehört dazu.«

Mit zugeschnürter Kehle setze ich zu einer Antwort an.

»Ich kann mich nicht mit meinem Schicksal abfinden … und es gibt nichts, was mich morgen erwartet, außer einem erbärmlichen Leben.«

»Weil Sie keine Arbeit mehr haben und kein Haus, denken Sie, dass es an der Zeit ist, Schluss zu machen?«

Wieder einmal überrascht er mich. Ich will protestieren, aber warum lügen?

Dann fährt er fort: »Antworten Sie mir ganz ehrlich! Würden Sie Ihr Leben gegen meins eintauschen, hier und heute?«

Plötzlich schäme ich mich. Glücklicherweise bohrt er nicht weiter. Mein Schweigen kommt einem Eingeständnis gleich.

»Waren Sie denn vorher so glücklich, dass Sie sicher sind, den Weg nie mehr weitergehen zu können?«

»Ich war vielleicht nicht jeden Tag glücklich, wer ist das schon? Aber ich hatte ein Ziel, Projekte, eine Familie, ein Geschäft ... Die Vorstellung, an der Seite eines anderen Menschen älter zu werden und den Enkeln zuzusehen, wie sie um mich herumtoben, dabei zu sein, wenn sie die Welt entdecken ... Mit ihnen das Fahrradfahren lernen, Sternschnuppen beobachten, ihnen ein Eis kaufen, ihnen eine Geschichte erzählen ...« Ich halte inne. »Heute habe ich nichts! Keine Familie mehr, kein Haus, kein Geld. Keinen Grund mehr zu leben. Man behandelt mich wie einen Aussätzigen, und die Blicke der anderen machen mir deutlich, was mir fehlt und was ich nie mehr haben werde. Sie ... Sie müssen diese Blicke nicht ertragen ...« Er besitzt den Anstand und lacht. »Selbst vor der Nacht fürchte ich mich. Deshalb bin ich zu Ihnen gekommen, weil Ihr Haus beruhigend auf mich gewirkt hat.«

Schweigen senkt sich über uns. Mir wird klar, dass er all das, wovon ich geträumt habe, nie erlebt hat. Aber dafür kann ich ja nichts.

»Sie haben erzählt, dass Sie gereist sind.«

Er versucht, mich zum Reden zu bewegen, um mich länger in seiner Nähe zu behalten. Warum auch nicht, nach allem? Ich habe alle Zeit der Welt.

»Ich habe in Europa gelebt, im Mittleren Osten, in Südamerika, aber hauptsächlich in Asien. Überall bin ich ein wenig herumgereist, auch während des Urlaubs. Ich war mit meiner Frau gemeinsam unterwegs, sie hat das gemocht.«

Alle diese Orte, an denen ich gelebt habe, tauchen vor meinem inneren Auge wieder auf. Die Straße meines Restaurants *La Perle d'Orient*, mein Haus, meine Frau, das Lachen und die Meinungsverschiedenheiten ... bis zur letzten Auseinandersetzung.

»Meine Frau hatte zwei kleine Kinder, als ich sie kennenlernte. Ich habe spät geheiratet. Ich war ein hartgesottener Junggeselle. Das wäre ich besser geblieben. Dann wäre ich heute nicht in dieser Lage ... Sie stammte aus Thailand und war achtzehn Jahre jünger als ich. Allein das hätte mich noch einmal zum Nachdenken bringen sollen. Ich weiß, alle haben mich gewarnt. Wir lebten sieben Jahre lang zusammen. Sie war nicht wirklich hübsch, aber feminin und zierlich, fröhlich und offen. Sie kümmerte sich um den Haushalt und machte mich glücklich. Ihre Kinder waren entzückend. Ich konnte einiges an Geld zur Seite legen. Wir kauften ein traumhaftes Haus, direkt am Meer ... paradiesisch. Ich stellte mir vor, wie ich dort alt werden würde. Das Restaurant lief gut, und wir lebten sehr komfortabel. Auf die vorsichtigen Ratschläge der anderen Ausländer hörte ich nicht, die verschämt hinter vorgehaltener Hand flüsterten: *Nimm dich in Acht! Diese Frauen heiraten nur des Passes wegen. Und wenn sie dich ausgenommen haben, lassen sie dich fallen.* Und genau so kam es dann. Sie räumte das Bankkonto leer, bevor ich wusste, wie mir geschah. Gerade genug für einen Rückflug und zusätzlich zweitausend Euro ließ sie drauf. Eines Abends, als die Kinder gerade in den Ferien bei den Großeltern waren, kam ich nach Hause und sah meine Koffer im Eingang. Sie stand daneben und hielt ein Blatt Papier in der Hand. Sie wollte die Scheidung und dass ich auf der Stelle auszog. Das Haus war auf ihren Namen eingetragen. Das war wegen der Steuern einfacher. Sie hatte den günstigsten Moment abgewartet, das Biest! Wir hatten gerade unser Restaurant verkauft, um in einen kleinen Hotelkomplex zu investieren. Sie hatte das Projekt hinter meinem Rücken durchgezogen. Natürlich in ihrem Namen. Juristisch hatte ich keine Chance, also kehrte ich nach Frankreich zurück und lebe nun auf der Straße. Mein ganzes Leben fiel innerhalb von wenigen Stunden in sich zusammen, alles, was ich geplant und aufgebaut hatte … Paff! Es hat sich in Luft aufgelöst. Alles hat sie mir gestohlen, mein Leben, mein Geld, meinen Mut, meine Zuversicht, meine Hoffnungen. Sogar meine Träume. Alles!«

Dann verstumme ich, ganz benommen vom Ausmaß der Leere, die tief in meinem Innern entstanden ist. Ein Abgrund tut sich auf, in den ich seit einem Monat hinabstürze. Ich falle, ich ertrinke, ich bekomme keine Luft mehr … Es ist ein Absturz in die Hölle, der kein Ende nimmt, und der Schmerz kommt immer wieder, so wie sich die Leber des an den Fels geketteten Prometheus stets erneuert.

»Ich muss Ihnen etwas gestehen – ich dachte daran, sie zu töten. Tausend verschiedene Methoden habe ich mir überlegt, wie ich sie aus dem Weg räumen könnte. Aber mal ehrlich, die Aussicht auf Gefängnis fand ich nicht sonderlich verlockend, besonders in diesen Ländern. Ich merkte, dass ich nicht so mutig bin, wie ich dachte …«

Claude hält mir sein Glas hin.

»Heute ist ein guter Abend, um sich zu betrinken, Alain. Es wird Ihnen guttun.«

Ich widerspreche nicht. Es stimmt, ich brauche das. Ich bin ihm dankbar, dass er mich nicht mit Phrasen abspeist wie: *Sie sind doch noch jung, Sie können noch mal ganz neu anfangen, vertrauen Sie darauf, man kann immer …* Es liegt daran, dass er selbst keine Illusionen hat. Daher erzählt er mir auch nicht solch dummes Zeug. Er hat nicht ganz unrecht. Nein, ich würde mein Leben auch zum jetzigen Zeitpunkt nicht gegen seins eintauschen. Es ist hart, aber wahr. Zumindest kann ich meinem Leben ohne fremde Hilfe ein Ende setzen.

»So bin ich übrigens bei Ihnen gegenüber gelandet. Ich schlafe und esse gelegentlich in einer Obdachlosenunterkunft. Tagsüber wandere ich durch die Straßen, um nicht verrückt zu werden. Aber warum soll ich am Wochenende Geschirr spülen, nur um in einigen Monaten Anspruch auf ein Rattenloch von Wohnung zu haben? Nein danke. Ich bin ein Obdachloser, ein Obdachloser!«

Die letzten Worte brülle ich fast. Gleichzeitig fühle ich mich albern, weil ich mich so ereifere. Ich habe einfach die Schnauze voll.

»Sie wollen also heute Abend Schluss machen?«

Seine Frage bringt mich aus dem Konzept. So formuliert, verliert mein Plan seinen Sinn und wirkt irgendwie banal.

»Ich hatte ein gutes Leben. Es ist genug.«

»Dann nehmen Sie mich mit!«

Verständnislos starre ich ihn an.

»Wie meinen Sie das – *mitnehmen*?«

»Wenn Sie sich das Leben nehmen wollen, helfen Sie mir, auch mein Leben zu beenden.«

»Haben Sie den Verstand verloren?«

»Warum? Ich bin achtzig Jahre alt und lebe allein. Auch ich habe keine Hoffnung mehr. Anders als Sie hatte ich noch nie Hoffnung. Genau wie meine Neffen warte ich auf mein Ende. Ach, was sage ich da … Sie können es noch viel weniger erwarten als ich, dass ich endlich aus dem Weg bin«, fügt er höhnisch hinzu.

»Kommt überhaupt nicht infrage. Ich möchte doch nicht Ihren Tod auf dem Gewissen haben!«

»Aber Sie hätten mich doch nicht auf dem Gewissen, wenn ich Sie selbst darum bitte. Seien Sie doch nicht so herzlos!

Sie sind der erste echte Freund, den ich seit der Schule habe. Wie werden Sie vorgehen?«

»Ich werfe mich vor den Bus.«

»Na gut, dann nehmen Sie mich einfach an die Hand. Oder Sie stoßen mich als Ersten. Wie Ihnen das lieber ist.«

Ich habe nur zwei Pastis getrunken, er auch. Vielleicht ist er trotzdem betrunken.

»Sie dürfen diese Entscheidung nicht treffen, wenn Sie nicht nüchtern sind.«

»Erstens bin ich nüchtern. Und zweitens: Woher wissen Sie, ob ich nicht schon selbst daran gedacht habe?«

»Schluss damit! Ich begehe allein Suizid, und damit basta.«

»Sie sind egoistisch.«

»Denken Sie sich etwas anderes aus! Ich weiß auch nicht, vielleicht Medikamente und Alkohol.«

»Ich bräuchte ein Rezept ...«

»Überqueren Sie die Straße, ohne auf den Verkehr zu achten!«

»Das ist leichtsinnig. Wenn es nicht klappt, bin ich vielleicht gelähmt. Ehrlich gesagt gefällt mir diese Methode ganz und gar nicht. Jetzt weiß ich es! Ich stürze mich von der Brüstung der großen Brücke. Ich kann nicht schwimmen, das ist optimal.«

Der Alte ist komplett verrückt geworden. Verdammt, das habe ich gründlich verbockt! Wieso musste ich ausgerechnet in dieses Wespennest stechen?

»Wissen Sie, was ich tun werde, Claude? Ich werde Angela anrufen, damit sie sofort kommt und auf Sie aufpasst. Geben Sie mir bitte Ihr Telefon!«

»Auf keinen Fall!«

Claude und ich zucken zusammen.

»Haben Sie das gehört?«, flüstere ich in Alarmbereitschaft.

»Ja, eine Frau hat geschrien. Pst!«

Ein weiterer Schrei, diesmal lauter. Ich renne aus der Laube hinaus. Ich kann ihn noch sehen, diesen Rohling. Er ist vollkommen entfesselt und drischt auf die junge Frau ein.

»Es ist der Nachbar, Claude, er prügelt seine Frau … mit einem Gürtel. Lieber Gott, was ist das für ein Schläger! Ich poliere ihm die Fresse, bevor ich mich ins Jenseits befördere, das verspreche ich Ihnen.«

Claude nimmt sein Telefon aus der Tasche und drückt auf die Zwei.

»Polizeinotruf? Kommen Sie schnell, ein Mann verprügelt seine Frau auf brutale Weise! Die Adresse?«, fragt er mich.

»Nummer dreiundzwanzig. Erster Stock links.«

»Rue Alfred de Musset dreiundzwanzig. Erster Stock links. Kommen Sie schnell!«

Während wir auf die Polizei warten, beschreibe ich Claude, was ich sehe. Der Mann steht am Fenster und blickt nach draußen. Dann sieht er mich, woraufhin er die Jalousie hinunterlässt. Langsam senkt sie sich über das Elend nebenan, nur wenige Schritte von unserem entfernt.

»Die arme Frau! Was für eine verkommene Welt …«

Ich setze mich wieder unter die Laube.

»Wir sollten etwas essen, damit wir einen klaren Kopf bekommen, wenn wir nachher mit der Polizei reden müssen«, sorgt sich Claude.

Ich öffne die Packung mit den Erdnüssen, und innerhalb kürzester Zeit haben wir den Inhalt verschlungen. Dann gehe ich zum Gartentor, um auf die Polizei zu warten, die wenig später kommt und in zweiter Reihe vor dem Nachbarhaus parkt. Ich nähere mich dem Auto, bleibe aber in sicherer Entfernung. Nicht dass der Polizist den Pastis riecht, wenn ich ihn frage, ob sie eingreifen konnten. Genau in diesem Moment höre ich eine Stimme über das Funkgerät des Polizisten.

»Der Mann sagt, es handelt sich um einen Irrtum, seine

Frau schläft … Wir waren drinnen. Sie lag unter der Decke. Wahrscheinlich wieder ein Scherzanruf.«

»Aber nein, überhaupt nicht!«, rufe ich. »Ich habe ihn gesehen und mein Freund dort hinten auch. Also, eigentlich hat er das Ganze nur gehört, er ist nämlich blind.«

»Hören Sie, mein Kollege sagt, es war alles ruhig.«

»Ich sage Ihnen doch, dass er sie geschlagen hat, und zwar nicht zum ersten Mal!«

»Wir können nichts unternehmen, wenn sie nicht Anzeige erstattet. Haben Sie uns angerufen?«

»Ja.«

»Es bringt nichts, uns anzurufen. Die Dame muss selbst kommen und gegen ihn aussagen. Wir brauchen Beweise, verstehen Sie?«

O ja, ich verstehe. Ich verstehe, dass unsere Gesellschaft den Bach runtergeht, weil wir uns auf die Vorschriften konzentrieren, statt zu helfen.

»Ich notiere mir Ihren Namen und Ihre Adresse, falls wir Sie irgendwann als Zeugen brauchen. Nun, dann gehen Sie am besten wieder nach Hause.«

Entmutigt kehre ich zurück. Dann weicht die Enttäuschung tiefer Beunruhigung. Was wird er ihr nach diesem Vorfall mit der Polizei antun? Er hat mich gesehen, und er ist imstande, Claude zu bedrohen. Mist! Ich nähere mich dem Gartentor, wo Claude schon unruhig wartet.

»Und?«

»Und nichts! Sie muss Klage einreichen und Beweise vorzeigen«, erkläre ich ihm, während ich das Gartentor zustoße. »Er hat mich gesehen.«

»Wer?«

»Der Schläger. Er hat mich durchs Fenster hier draußen gesehen. Ich hoffe, dass er vor lauter Hass nicht irgendwann bei Ihnen vor der Tür steht. Es muss wirklich nicht sein, dass Sie

Ärger mit ihm bekommen. Ich bleibe einfach bis morgen hier«, schlage ich unvermittelt vor. »Wenn es Sie nicht stört, Claude, verbringe ich die Nacht unter der Laube. Und falls er kommt, bin ich da, um ihn abzufangen. Morgen gehen wir zusammen zur Polizei und machen eine freiwillige Zeugenaussage. Danach rufe ich Ihre Neffen an, damit sie Sie vorübergehend anderswo unterbringen. Und dann sind Sie mich los.«

Ich weiß nicht, warum ich das alles tue. Na, stimmt doch! Ich hatte geplant, Schluss zu machen. Und jetzt bin ich gezwungen, mein Ende auf später zu verschieben. Solange die Frau in Gefahr ist und der Alte vielleicht Ärger kriegt mit diesem wahnsinnigen Höhlenmenschen.

Claude

Draußen lasse ich Alain wirklich nicht schlafen. Schließlich habe ich zwei Gästezimmer, die sowieso immer leer stehen. Es kostet einige Mühe, ihn zu überzeugen, aber am Ende willigt er ein. Wir gehen ins Haus und stellen sicher, dass alles abgeschlossen ist. Im Badezimmer ziehe ich meinen Schlafanzug an. Kaum habe ich die Zähne geputzt, da ertönt mehrmals die Türklingel. Ich suche eilig nach meinem Stock und gehe in Richtung Haustür.

»Ich komme schon! Ich komme schon!«, rufe ich.

Als ich die Tür erreiche, stürzt Alain die Treppe herunter. »Machen Sie noch nicht auf!«, raunt er und beugt sich dicht an mein Ohr.

»Wer ist da?«

»Ein Nachbar! Ich habe ein verdammtes Problem ...«, brüllt er.

Ich versuche, Zeit zu gewinnen.

»Ein Nachbar? Aber was ist denn los?«

»Machen Sie auf, aber lassen Sie die Kette vor!«, murmelt Alain.

Ich öffne die Tür einen Spaltbreit. Gott sei Dank ist Alain in der Nähe, so fühle ich mich sicherer.

»Was ist denn passiert?«

»Haben Sie die Polizei gerufen?«

Der Mann sieht bestimmt, dass ich schon alt bin. Allerdings

habe ich kein Licht gemacht. Daher merkt er vielleicht nicht, dass ich zusätzlich noch blind bin.

»Wir haben Schreie gehört …«

Ich habe keine Zeit, mehr zu sagen, weil Alain mich sachte zur Seite schiebt.

»Was ist denn das Problem?«, fragt er mit ruhiger Stimme.

»Das Problem? Das Problem ist, dass die Bullen bei mir waren, weil Sie oder Ihr bescheuerter Vater sie gerufen hat. Sie haben denen irgendwelche Lügen erzählt. Das brauchen Sie gar nicht zu leugnen, ich habe Sie vom Fenster aus beobachtet.«

»Ich habe die Polizei gerufen, weil ich Schreie gehört habe …« Ich unterbreche mich rechtzeitig. Nicht dass seine Frau das später ausbaden muss.

»Kümmern Sie sich in Zukunft um Ihre eigenen Angelegenheiten! Ich lasse mich nicht gern blöd anmachen!«, droht er und schlägt mit der Faust gegen die Tür.

Ohne eine Antwort abzuwarten, zieht er sich mit eiligen Schritten zurück. Ich höre ihren nervösen Rhythmus auf dem Kiesweg, den er energisch entlanggeht. Alain und ich stehen unschlüssig im Flur.

»Was machen wir jetzt?«

»Nichts. Wir warten bis morgen.«

Alain schließt das Gartentor, und ich sperre hinter ihm die Haustür ab. Dann sucht jeder von uns wieder sein Zimmer auf. Ich bin sicher, dass Alain in dieser Nacht nicht besser schläft als ich. Vielleicht finden Sie mich zynisch, aber ich lächele, denn zumindest ist es ihm mittlerweile nicht mehr so eilig, diese Welt hinter sich zu lassen. In der Morgendämmerung stehe ich auf, dusche, ziehe mich an und gehe in die Küche. Ich mache mir einen Kaffee und höre im Wohnzimmer Radio, während ich auf Alain warte.

Ich höre das Wasser der Dusche und drücke auf den Schalter meiner Uhr: sechs Uhr siebenunddreißig. Die Dusche wird abgestellt. Ich höre Schritte. Dann öffnet sich seine Tür. Leise kommt er die Treppe herunter.

»Guten Morgen!«

»Guten Morgen. Auch so gut geschlafen?«, fragt er spöttisch.

»Wie ein Albatros im Flug ... Kaffee?«

Er verschwindet in die Küche, setzt die Maschine in Gang und kommt dann mit seinen schnellen, energischen Schritten zurück, deren Klang mir schon so vertraut ist. Während er schweigend trinkt, verstärkt der Duft des Kaffees das schöne Gefühl, an diesem Morgen nicht allein aufgewacht zu sein. Trotz der ernsten Umstände genieße ich den kurzen Moment. Diesen zauberhaften Morgen, den ich meiner Einsamkeit entrissen habe. Man muss mit kleinen Freuden zufrieden sein, das ist meine Devise. Alain holt mich aus meinen nach Kaffee duftenden Träumereien zurück in die Gegenwart.

»Ich habe über diese Geschichte mit der Polizei nachgedacht ...«, beginnt er. »Es gibt da einen kleinen Haken. Wenn die Polizisten erfahren, dass ich ein Obdachloser bin, hat meine Zeugenaussage weniger Gewicht.«

»Und wenn ich erkläre, dass ich die Schreie gehört habe? Schließlich kam der Anruf von meinem Telefon.«

»Das ändert nichts. Sie können ja nichts gesehen haben. In jedem Fall war der Polizist deutlich. Solange die Frau keine Anzeige erstattet, können die Beamten nichts unternehmen.«

Wir schweigen.

»Wir müssen in Erfahrung bringen, was aus der Frau wird. Sicherlich lässt dieses Monster die Jalousie ab sofort unten«, gibt Alain mit ängstlicher Stimme zu bedenken.

»Ich könnte bei ihr klopfen«, sage ich, ohne nachzudenken.

Dann fühle ich mich sofort schuldig. Ich habe das eher aus Egoismus denn aus Mitgefühl für die Unbekannte aus dem ersten Stock des Nachbarhauses gesagt. Ich habe es gesagt, um Alain so lange wie möglich bei mir zu behalten. Damit wir ein gemeinsames Projekt haben, sei es auch noch so klein, das ihn an mich bindet.

»Unter welchem Vorwand? Sie misstraut allem und jedem, sie hat Angst. Und was wollen Sie ihr denn sagen? Dass ein riesiger Zufall Sie ausgerechnet in den ersten Stock genau zu ihr geführt hat?«, spottet er.

»Nun … Wir brauchen jemanden, dem sie nicht misstraut. Eine Frau oder einen Jugendlichen … Corentin!«

»Corentin!«

»Ich rufe ihn an.«

»Er steckt mitten in den Abiturvorbereitungen, und da wollen Sie ihn mit einer Schauergeschichte aus Ihrer Nachbarschaft behelligen?«

»Wir haben keine Wahl. Angela? Es würde kompliziert, ihr alles zu erklären. Außerdem will sie jeden Ärger von mir fernhalten. Noch dazu kommt sie erst übermorgen wieder. Das ist zu spät.«

»Was ist mit der Dame von der Gemeinde?«

»Annabelle … Sie kommt erst morgen Mittag wieder vorbei. Außerdem würde sie sich vielleicht verplappern. Sie ist nicht gerade die Diskretion in Person. Nur Corentin könnte uns helfen.«

Alain stürzt sich auf meinen Computer, um die Telefonnummer von *Jamoix, Vater und Sohn* herauszusuchen. Sobald die Kanzlei geöffnet hat, rufe ich an und bitte unter einem Vorwand, mit der Sekretärin zu sprechen. Ein Mann antwortet mir, dass sie krank ist.

»Sie muss in einem schlimmen Zustand sein, wenn sie zu Hause bleibt. Zumindest haben wir so den ganzen Tag Zeit, um etwas zu unternehmen. Und jetzt wird es Zeit, Corentin anzurufen«, erklärt Alain.

»Hallo, Corentin? Hier ist Claude.«

Er ist überrascht. Besonders als ich ihn bitte, wenn möglich vorbeizukommen, es sei wichtig.

»Was wollen wir ihm eigentlich sagen?«

»Die Wahrheit. Wenn er so intelligent ist, wie Sie behaupten, dann versteht er es.«

Alain geht sich noch einen Kaffee machen. Gut, dass Mittwoch ist. Ich erwarte niemanden, und wir haben unsere Ruhe. Plötzlich schreckt uns das Läuten des Telefons auf. Es ist Patrick. Ihn hatte ich völlig vergessen.

»Stell dir vor, ich bin gegen Mittag in der Gegend. Wegen der Angelegenheit ... Ich dachte, wir könnten vielleicht zusammen zu Mittag essen«, kommt er ohne Umschweife zur Sache.

Zweifellos glaubt er, mir mit seinem Besuch eine Riesenfreude zu machen. Nun, zum einen ist der Stand der Dinge nicht mehr so, wie er einmal war, aber zum anderen ist heute auch einfach nicht der Tag für so etwas! Ich verschlucke mich und huste, um Zeit zu gewinnen.

»Hallo? Hallo, Onkel?«

»Hör mal, ich rufe dich zurück, ich kann dich nicht gut hören.«

Überstürzt lege ich auf.

»Es ist mein Neffe Patrick«, erzähle ich Alain verstört. »Er möchte mittags vorbeikommen, damit ich unterschreibe.«

»Sagen Sie ihm, dass Sie nicht da sind.«

»Und wo soll ich denn bitte ganz allein hinspaziert sein? Sie sind ja gut!«

»Hören Sie, Corentin kommt um zehn Uhr. Wir sprechen mit ihm. Wir organisieren etwas, und Sie können in Ruhe mit Ihrem Neffen zu Mittag essen.«

»Ich will ihn nicht sehen.«

»Dann sagen Sie ihm das doch!«

Er hat recht. Ich rufe ihn an.

»Patrick? Hier ist Claude. Also, du brauchst nicht zu kommen … Ich habe dein Dokument gelesen und werde nicht unterschreiben. Ach, übrigens, du musst dich nicht mehr bemühen und mich besuchen. Ich wünsche dir, dass du glücklich wirst.«

Damit lege ich auf, verblüfft über mein eigenes Handeln.

»Alles in Ordnung, Claude?«, fragt Alain.

»Ja, merkwürdig, aber ich fühle mich besser. Traurig, aber besser.«

Vor nicht einmal einer Woche wäre ich von Patricks Anruf begeistert gewesen. Alain und ich hören Radio, um uns abzulenken. Meine Uhr läutet zehn Uhr, dann Viertel nach zehn. Keine Spur von Corentin. Ich werde noch bis halb elf warten, bevor ich ihn anrufe. Dann endlich das Quietschen des Gartentors.

»Er ist es«, bestätigt Alain, der sich am Fenster postiert hat.

Die Tür geht auf und wieder zu, und gleichzeitig ertönt an mich gerichtet ein *Guten Tag* durch den Flur. Corentin betritt das Wohnzimmer, und ich spüre sofort, dass ihn Alains Anwesenheit aus dem Konzept bringt. Bevor er weiter auf mich zukommt, legt er nämlich eine winzige Pause ein. Dann reicht er mir die Hand wie jedes Mal. Ich nutze die Gelegenheit, bitte ihn, Platz zu nehmen, und erzähle ihm alles, ohne Zeit zu verlieren. Von der Frau, die misshandelt wird, von der Polizei, von Alain.

»Du siehst, es ist eine heikle Situation«, schließe ich. Ich fühle mich schlecht, weil ich diese scheußliche Geschichte erzählen musste, ihm, der in der Blüte seiner Jugend steht und eigentlich von der Liebe träumen sollte … Das sage ich ihm auch.

»Wir brauchen dich«, füge ich hinzu.

»Mich?«

»Ja, diese Frau traut niemandem, also haben wir an dich gedacht.«

»Warum?«

»Nun ja, wir dachten uns, dass sie einem jungen Menschen vielleicht eher vertraut als einem Mann meines Alters«, erklärt Alain. »Und Claude kann einfach nicht zu ihr gehen. Es wäre wichtig, dass sie dir die Tür öffnet. Ich kümmere mich um den Rest.«

»Wir wollen, dass sie herkommt und wir mit ihr reden können ...«, ergänze ich, falls Alains Erklärungen zu verwirrend sind. Vor allem aber, falls Corentin ihn auch auf der Parkbank gesehen hat.

Corentin

»Puh! Was für eine Geschichte! Also, Sie wollen, dass ich bei ihr läute, damit sie öffnet. Und dann steht plötzlich der Typ von der … äh … Alain an der Tür und bittet sie, mit ihm herzukommen. Ich möchte Sie ja nicht kränken, aber das Szenario ist totaler Unsinn.«

»Warum?«

»Wie wollen Sie es denn anstellen, dass sie mitkommt? Und was, wenn der Mann zu Hause ist?«

»Er ist zur Arbeit gegangen. Ich habe das Haus heute Morgen beobachtet.«

»Also, was soll ich der Frau erzählen, damit sie aufmacht und ihr verschwollenes Gesicht einem Unbekannten zeigt?«

»Wir müssen unbedingt etwas finden«, erwidert mein Lehrer.

Zum ersten Mal erlebe ich ihn angespannt, den Alten! Ist ja auch eine verrückte Geschichte. Erst ist der Obdachlose hier, dann will er auch noch eine Frau herholen, die von ihrem Mann verprügelt wird. Will er eine Aufnahmestelle für soziale Problemfälle gründen oder was?

»Meiner Mutter müsste ich nur erzählen, dass ich mir ein Bein gebrochen habe und gerade bei einem Nachbarn bin, der mich nicht ins Krankenhaus fahren kann. So was in der Art …«

Der Obdachlose mustert mich neugierig.

»Das klingt gar nicht schlecht. Du hast recht, sie sollte zu einer Hilfeleistung gezwungen werden.«

»Aber wenn sie wirklich schlimm zugerichtet ist, will sie bestimmt nicht aufmachen. Sie wird uns raten, an einer anderen Tür zu klingeln. Zumindest würde ich das in ihrer Lage so machen.«

Die beiden denken nach. Ich muss lachen. Okay, das Ganze ist nicht lustig, aber ein bisschen schräg kommt es mir schon vor, eine Frau aus ihrer Wohnung zu locken, um mit ihr zu reden.

»Feuer!«, ruft der Alte plötzlich.

»Was für ein Feuer?«, fragt der Obdachlose verständnislos. »Welches Feuer denn?«, wiederholt er und starrt den Alten an, der selig lächelt, als hätte er eine Erleuchtung gehabt.

»Wir warnen sie einfach, dass es im Haus brennt!«

Verdammt! Jetzt hat er völlig den Verstand verloren.

»Gib dir Mühe, glaubhaft zu wirken, Corentin!«

»Das ist es!«, bekräftigt der Obdachlose. »Das könnte klappen.«

Außer dass mir die Geschichte nicht so ganz behagt. Ich helfe dem Alten ja gern, eine Frau zu retten, aber über Einzelheiten macht er sich nicht so richtig Gedanken.

»Ja, aber wenn die anderen Nachbarn mich hören …«, wage ich einen Vorstoß, um zu verdeutlichen, dass der Plan zum Scheitern verurteilt ist.

»Egal, das Risiko müssen wir eingehen. Im schlimmsten Fall macht es das Ganze noch glaubwürdiger«, platzt der Obdachlose heraus.

»Nein, das darf auf keinen Fall passieren. Was sollen wir denn der Feuerwehr sagen, wenn sie kommt?«

»Wenn die Frau bei dem Schläger bleibt, prügelt er sie irgendwann zu Tode. Ist dir das lieber?«, fragt mich der Obdachlose und mustert mich herausfordernd.

Er scheint ein richtiger Schwarzmaler zu sein. Ich bin hin- und hergerissen zwischen Lähmung angesichts des Ausmaßes dieser Aufgabe und aufgeregtem Übermut, weil ich Teil einer Verschwörung bin.

Der Obdachlose bittet meinen Lehrer um den Kellerschlüssel, damit er für den Fall der Fälle eine Kordel holen kann. Der Wahn der beiden nimmt wirklich immer bedrohlichere Ausmaße an. Das ist doch Freiheitsberaubung!

»Aber … Wollen Sie sie etwa fesseln?!«

»Nur damit sie uns zuhört, Corentin. Wir wollen ihr nichts antun«, beschwichtigt mich mein Lehrer, als sei das alles völlig normal.

Er scheint meinen Zweifel zu spüren und spricht weiter: »Hör zu! Sobald sie hier ist, gehst du nach Hause und vergisst alles, in Ordnung?«

Na, der ist ja witzig! Als ob ich auf Kommando mal eben alles vergessen könnte!

»Das ändert aber nichts daran, dass sie uns gesehen hat und dann weiß, wo Sie wohnen. Sobald sie Ihr Haus verlässt, wird sie schnurstracks Anzeige erstatten.«

»Das glaube ich kaum. Sie erstattet ja nicht mal gegen ihren Mann Anzeige«, höhnt der Obdachlose. »Also, bist du dabei oder nicht?«

Das wird ohne Zweifel die größte Dummheit meines Lebens. Aber ich sage mir, wenn ich schon mal hier bin, kann ich genauso gut einschreiten. Nicht dass die beiden Spinner am Ende noch zu weit gehen.

»In Ordnung«, stimme ich deshalb zu. »Aber keine Kordel, das ist zu unheimlich. Die Frau flippt sonst total aus. Da wird sie erst verprügelt, und dann wollen Sie sie zu ihrem eigenen Besten auch noch fesseln! Ich gehe rüber, aber unter dieser einen Bedingung.«

Zusammen mit Alain verlasse ich das Haus, und wir huschen hinüber zum Nachbargebäude. Unendlich lange warten wir, bis endlich eine Oma herauskommt. Sie mustert uns misstrauisch, weil der Obdachlose sich nicht gerade zurückhaltend verhält. Kaum hat die alte Frau einen Fuß vor die Tür gesetzt, da drängt er schon nach drinnen. Wir stürzen zur Treppe und rennen wie die Verrückten in den ersten Stock.

»Los!«, fordert mich Alain auf und presst sich gegen die Wand. Wenn ich nicht so viel Schiss hätte, würde ich laut loslachen. Es ist einfach zu komisch, wie der Obdachlose einen auf James Bond macht! Ich atme tief durch und stelle mir vor, dass es brennt. Dann zähle ich bis drei und trommele wie ein Irrer gegen die Tür. Ich schließe die Augen, das ist besser für die Konzentration. Ich hämmere immer fester, gleichzeitig klingele ich Sturm. Es fühlt sich an wie eine Ewigkeit, bevor ich Schritte höre.

»Es brennt! Schnell! Kommen Sie raus!«

Und während ich weiter meinen irrwitzigen Sketch aufführe, flüstert mir Alain zu, dass sie an ihren Schlüssel denken soll. Wo er recht hat, hat er recht. Nicht dass sie später nicht mehr in ihre Wohnung kommt.

Ich muss wohl überzeugend gewesen sein, denn sie entriegelt die Tür und reißt sie weit auf, von Panik erfasst. Mir bietet sich ein schrecklicher Anblick. Sie sieht aus wie eine lebende Tote, direkt aus *The Walking Dead* entsprungen. Ihr Gesicht ist schlimm zugerichtet, außerdem hat sie Angst. Ich komme nicht mal dazu, wegen unseres Tricks ein schlechtes Gewissen zu haben. Seit sie mir gegenübersteht, bin ich wie gelähmt und muss gar kein Schauspiel mehr aufführen, so sehr bringt mich ihr aufgequollenes Gesicht aus der Fassung. Mike Tyson nach dem Kampf. Mechanisch wiederhole ich meine Aufforderung, aber leise diesmal: »Beeilen Sie sich! Wir müssen raus hier, es brennt!«

Dann tue ich so, als ginge es mir schlecht. Das bewahrt

mich davor, lautstark alle Nachbarn zusammentrommeln zu müssen.

»Es brennt? Wo denn?«

»Weiter oben … schnell … Wir haben die anderen schon gewarnt. Sie sind schon alle draußen.« Ich übertreibe ein bisschen, nicht dass sie noch auf den Gedanken kommt, die Nachbarn zu warnen. »Lassen Sie alles stehen und liegen, und nehmen Sie einfach Ihre Tasche und Ihren Schlüssel mit!«

Sie schnappt sich ihre Tasche von einer Kommode im Flur, zieht den Schlüssel ab, und wir eilen die Treppe nach unten, der Obdachlose dicht hinter uns. Sie dreht sich nicht mal um. Wir kommen draußen an, und natürlich sind wir die Einzigen auf dem Gehsteig.

»Wo sind denn die anderen?«

Noch so eine Unstimmigkeit! Glücklicherweise scheine ich heute einen einfallsreichen Tag zu haben, sodass mir prompt die nächste Lüge über die Lippen kommt.

»Beim Nachbarn. Sie warten auf die Feuerwehr.«

Sie scheint keine weiteren Fragen mehr zu haben, denn sie folgt mir schicksalergeben. Wir stoßen das Gartentor auf und gehen eilig zur Haustür, die ich weit öffne. Und dann die große Überraschung: Sie entdeckt einen kleinen alten Mann, der ganz allein in seinem Sessel sitzt.

»Guten Tag, meine Dame«, begrüßt mein Lehrer sie. »Setzen Sie sich doch!«

»Aber … Wo sind die anderen? Was geht hier vor?«

In diesem Moment dreht sie sich um und entdeckt den Obdachlosen. Ich weiß nicht, warum, aber seine Anwesenheit scheint sie in noch größere Panik zu versetzen.

»Sie!«

Sie stürzt zur Tür, aber der Obdachlose zieht den Hausschlüssel aus der Tasche und hält ihn ihr vor die Nase.

Die Arme tut mir leid. Sie hat schreckliche Angst.

»Keine Sorge, Madame. Wir wollen Ihnen nichts tun. Wir möchten nur mit Ihnen reden«, versuche ich sie zu beruhigen.

Sie sieht mich verständnislos an, aber ich weiß, dass sie sauer auf mich ist.

»Setzen Sie sich in meine Nähe!«, fordert mein Lehrer die Frau auf, der ihr meiner Meinung nach durchaus ein bisschen deutlicher erklären könnte, dass sie keine Angst haben muss. »Möchten Sie Tee oder Kaffee?«, fragt er, ohne sich dabei albern vorzukommen.

»Ich möchte gar nichts – außer einer Erklärung!«, kreischt sie. »Nein, sparen Sie sich die Mühe, ich möchte einfach nur weg hier!«

Mein Lehrer weiß nicht, wie ihm geschieht. Was glaubt er denn? Dass sie sich ganz ruhig setzt und wartet, bis sie bedient wird wie in einem Café? Außerdem macht er es noch schlimmer, ohne es zu merken. Er erzählt ihr, dass sie es waren, die die Polizei gerufen haben, und dass beide bereit sind, als Zeugen auszusagen.

»Kümmern Sie sich gefälligst um Ihre eigenen Angelegenheiten!«, schreit sie und wendet sich wieder zum Gehen. »Sie verursachen mir doch nur noch mehr Ärger!«

»Denken Sie nicht, dass Sie davon schon selbst genug haben?«, fragt sie der Obdachlose.

»Sie! Seien Sie bloß still! Sie verfolgen mich doch seit Tagen … Also lassen Sie mich gehen, oder ich erstatte Anzeige!«

»Machen Sie das, erstatten Sie Anzeige! Wollen Sie der Polizei dann erzählen, dass ich Sie in diesen Zustand versetzt habe?«, fragt er und deutet auf ihr Gesicht. »Sie lassen sich wohl lieber verprügeln. Ist es Ihnen auch egal, wenn Ihr Tier von einem Mann Sie irgendwann totschlägt, weil ihm die Hand ein bisschen zu heftig ausrutscht?«

»Das geht nur mich etwas an. Und wenn ich sterben könnte, wäre mir das nur recht, stellen Sie sich vor!«

»Sie wollen also zu diesem Psychopathen zurück, ja?«

»Ganz genau, ich möchte nach Hause.«

»Wir wollen nur mit Ihnen reden, Madame«, unterbricht sie mein Lehrer.

»Lassen Sie mich endlich gehen!«, ruft sie.

Ach du Scheiße! Sie wirkt wie eine Verrückte. Plötzlich öffnet sie ihre Tasche und zieht einen Umschlag heraus, den sie dem Obdachlosen entgegenstreckt.

»Nehmen Sie den wieder, und lassen Sie mich in Ruhe!«

Dann sieht sie mich an und schreit mir ihren Zorn ins Gesicht.

»Und du erst! Du solltest dich schämen, so zu lügen und anderen eine derartige Angst einzujagen!«

Ich schleudere ihr meine Antwort an den Kopf: »Wenn Sie doch so dringend sterben wollen, warum sind Sie mir dann gefolgt? Hm? Sie hätten doch auch einfach in Ihrer Wohnung bleiben können, bis Sie bei lebendigem Leib verbrannt wären.«

Darauf erwidert sie nichts mehr. Eine angespannte Stille breitet sich zwischen uns aus. Sie sieht mich traurig an und lässt sich wie tödlich getroffen auf das Sofa sinken.

»Ich weiß überhaupt nicht mehr, was ich eigentlich will ...«

Mein Lehrer reagiert als Erster: »Wir brauchen den Cognac, Alain. Im Schrank neben dem Pastis. Beruhigen Sie sich bitte, meine Liebe! Wir wollen lediglich mit Ihnen reden. Danach können Sie wieder durch diese Tür gehen und uns vergessen.«

»Nein, das kann ich nicht! Sie schaden mir, ohne es zu merken. Was soll ich schon unternehmen? Ich habe kein Geld, und außerdem findet er mich überall, und das wäre zu gefährlich.«

»Sie sind nicht mehr allein. Wir sind alle drei auf Ihrer Seite. Corentin?«

»Ja, Monsieur?«

»Wenn du möchtest, kannst du nach Hause gehen … Danke!«

»Ich habe meiner Mutter gesagt, dass ich den ganzen Tag bei einem Freund lerne. Also kann ich noch bleiben.«

Der Obdachlose kommt mit vier Gläsern aus der Küche. Das ist nett von ihm. Er behandelt mich wie einen Erwachsenen, zumindest das. Er schenkt uns ein, und ehrlich gesagt kann ich jetzt gut einen Drink gebrauchen. Ich bin auch ziemlich durch den Wind. Puh! Das Zeug brennt ganz schön in der Kehle …

Diese verrückte Geschichte hatte ich wirklich nicht erwartet. Wüsste meine Mutter nur einen Bruchteil von der Show, die ich seit heute Morgen gemeinsam mit meinem Lehrer und seinem obdachlosen Kumpel abziehe, bräuchte sie wahrscheinlich ein Beruhigungsmittel.

»Wie heißen Sie?«, fragt mein Lehrer die Frau.

»Carole.«

»Ich bin Claude. Ich gebe diesem jungen Mann hier Klavierunterricht. Er heißt Corentin. Und Alain ist ein Freund.«

Ach ja? Ist der Obdachlose also wirklich ein Freund? Ein Freund, der seine Zeit auf der gegenüberliegenden Parkbank verbringt? Er lügt wie gedruckt, der Alte!

Carole

Sie bringen mich zum Lachen. Nein, vielmehr möchte ich weinen, und da passiert es auch schon. Tränen schießen mir in die Augen, und die drei merkwürdigen Männer blicken mich an ... Na ja, der alte Mann natürlich nicht. Er sieht ja nichts. Ich habe gar nicht gewusst, dass hier ein Blinder wohnt. Und sein Freund, dieser Alain? Ich verstehe das alles nicht, und ich kann auch nicht mehr ... Alain ist rausgegangen, um eine Packung Taschentücher zu holen, die er mir jetzt reicht. Ich nehme mehrere und schnäuze mich geräuschvoll.

»Hören Sie, lassen Sie mich bitte in Ruhe! Ich bin einfach nur müde.«

»Davon gehe ich aus, Carole. Wollen Sie sich in einem der Zimmer oben ausruhen? Hier sind Sie in Sicherheit.«

»Nein!«, rufe ich und springe auf. »Ich will weg hier! Sie wissen überhaupt nicht, in welche Gefahr Sie mich gebracht haben, als Sie die Polizei gerufen haben. Vorher hat er mich nie so geschlagen. Niemals ins Gesicht. Sehen Sie sich das doch an! Sehen Sie sich mein Gesicht an!« Ich wende mich an Alain. »Ich kann mindestens eine Woche nicht in die Arbeit. Und wie soll ich in diesem Zustand zum Arzt, um mir ein Attest zu holen? Haben Sie nicht schon genug Schaden angerichtet?«

»Das tut mir leid, wir haben nicht nachgedacht«, entschuldigt sich Alain.

Ich unterbreche ihn: »Genau das ist das Problem. Sie denken nicht nach. Sie mischen sich ein, ohne an die Konsequenzen zu denken. Und jetzt lassen Sie mich bitte freundlicherweise in meine Wohnung zurück. Sonst merkt mein Mann, dass ich verschwunden bin.«

»Er ist doch zur Arbeit gegangen.«

»Ach, Sie spionieren uns also auch noch aus!«

»Wir haben uns Sorgen gemacht ...«

»Ich gehe jetzt.«

Doch als ich die Stimme des alten Mannes höre, halte ich inne, und sein Kumpel versperrt mir den Weg.

»Das kommt nicht infrage! Erst hören Sie mir zu.«

Ich drehe mich zu ihm um.

»Sie haben anscheinend nichts verstanden. Ich habe Angst! Begreifen Sie das? Ich habe Angst, und Sie bringen mich in Gefahr.«

»Genau darum geht es«, erwidert er und erhebt sich aus seinem Sessel.

Er ist groß, was mir gar nicht bewusst war. Eine stattliche Erscheinung, wie ein richtiger Patriarch.

»Sie setzen sich erst mal wieder, beruhigen sich und hören mir zu. Vorher lasse ich Sie nicht gehen. Wenn Sie möchten, können Sie die Polizei rufen. Das Telefon steht hier.«

Im Augenblick sehe ich keine andere Möglichkeit, dass man mich in Ruhe lässt. Also nehme ich Platz.

»Sagen Sie, was Sie mir zu sagen haben, damit wir hier endlich fertig sind!«, stoße ich wütend hervor.

»Carole«, antwortet er liebenswürdig.

Er spricht meinen Namen so sanft aus ... Es ist lange her, dass jemand freundlich zu mir war. So lange, dass ich den Sturzbach an Tränen nicht aufhalten kann, der aus meinen dick geschwollenen Augen hervorbricht.

»Wie lange geht das schon?«

Er fragt nicht: *Wie lange schlägt er Sie schon?* Aber ich habe seine Frage verstanden und antworte wie ein gehorsames Kind: »Seit acht Jahren.«

»Und seit wie vielen Jahren sind Sie verheiratet?«

»Seit sechzehn Jahren.«

Er schweigt.

»Und glauben Sie, dass er aufhören wird?«

Ich antworte nicht, obwohl ich die Antwort kenne. *Nein, jetzt nicht mehr. Am Anfang habe ich das noch geglaubt, aber tief in meinem Innern weiß ich, dass er nie damit aufhören wird ...*

»Und Sie haben vor, mit ihm verheiratet zu bleiben, bis ...?«

Er beendet den Satz nicht, sodass ich nicht weiß, was er sagen will. *Bis er Sie aus Versehen umbringt?* Oder: *Bis der Tod, der natürliche Tod, euch scheidet?* Welcher Tod? Der meines Mannes oder mein eigener Tod?

»Stellen Sie sich die nächsten dreißig Jahre Ihres Lebens so vor?«

»Ich denke nicht. Ich denke gar nichts. Ich kann nicht mehr denken. Ich lebe von einem Tag zum nächsten. Ich bin gelähmt. Ich habe keine Familie, keine Freunde, ich bin von ihm abhängig.«

»Sie haben ein eigenes Einkommen, Sie können doch fliehen. Oder etwa nicht?«

»Glauben Sie etwa, dass ich daran noch nicht gedacht habe? Mein Gehalt wird auf sein Konto überwiesen, und ich habe keine Vollmacht. Er gibt mir das Geld, das ich brauche. Und wenn ich meinen Chef bitte, mir mein Gehalt auf ein eigenes Konto zu überweisen, dann sorgt mein Mann dafür, dass so schnell wie möglich alles wieder rückgängig gemacht wird. Und wenn ich ausziehe? Dann passt er mich vor meiner Arbeitsstelle ab. Ich muss Ihnen nicht erläutern, was das bedeutet, oder? Die Scheidung einreichen? Er würde alle Hebel in Bewegung setzen, um mich zu finden, und würde ausrasten vor Zorn … Na? Wissen Sie eine Lösung? Wo bleibt Ihr Patentrezept? Jetzt sind Sie mit Ihrer Weisheit am Ende, nicht wahr?«

Alle drei schweigen. Sie dachten wohl, dass man so einen Mann ohne Weiteres verlassen kann. Nein, das ist nicht der Fall. Vor allem dann nicht, wenn man ganz allein ist und niemand helfen kann. Wenn das Geld für die Flucht fehlt.

»Sind Sie sich bewusst, dass Sie das Leben einer Gefangenen führen?«

Dieses Wort habe ich mir nie bewusst gemacht, und es schockiert mich.

»Was sagen Sie da? Ich bin verheiratet.«

»Aber Ihnen ist bewusst, dass das keine normale Paarbeziehung ist, in der Sie leben, nicht wahr?«

»Ich weiß nicht, was normal ist.«

Alain hat den Mund noch kein einziges Mal aufgemacht. Er wirkt niedergeschlagen und starrt gedankenverloren vor sich hin. Der Junge mustert den alten Mann intensiv und wirft mir immer wieder vorsichtige Blicke zu. Aber nur dann, wenn ich es scheinbar nicht bemerke.

»Ich stelle Ihnen vier Fragen, Carole. Danach lasse ich Sie gehen. Antworten Sie mir bitte offen und ehrlich. Lieben Sie Ihren Mann noch?«

»Ich hasse ihn. Manchmal möchte ich ihn sogar umbringen. Ich male mir immer wieder aus, wie die Polizei kommt und mir mitteilt, dass er einen Unfall oder einen Herzinfarkt hatte.«

»Haben Sie Familie oder Freunde, bei denen Sie Zuflucht suchen können?«

»Ich bin doch nicht verrückt!«

»Hätten Sie die Kraft, die Gegend zu verlassen und in eine andere Stadt zu ziehen?«

»Das würde ich ja gern«, murmele ich. Dann sehe ich ihn verächtlich an. »Sie reden wirklich Unsinn!«

»Letzte Frage: Haben Sie Angst vor mir oder vor meinem Freund?«

»Ich verstehe nicht ganz …«

»Vertrauen Sie uns?«

Da muss ich laut lachen. Es ist ein nervöses Lachen, das ich nicht unterdrücken kann. Sie sagen nichts, sondern sind ganz ernst, und ich fühle mich noch schlechter, tief in meinem Innern. Ich spüre, dass ich den Halt verliere.

»Ob ich Fremden vertraue, die mir eine Lügengeschichte erzählen, um mich zu sich zu locken und mir Fragen über mein Privatleben zu stellen? Unbekannte, die mein Leben in eine noch schlimmere Hölle verwandeln, als es vorher schon war? Nein, ich vertraue Ihnen nicht.«

»Ach so. Ich verstehe, aber eigentlich meinte ich, ob Sie sich von uns bedroht fühlen. Körperlich bedroht.«

Sie sind zwar echt sonderbar, das kann ich nicht leugnen. Aber Angst vor ihnen habe ich nicht.

»Nein, ich fühle mich nicht bedroht.«

Dann legt sich abermals Schweigen über uns. Alle diese Fragen waren doch völlig überflüssig. Ich fühle mich nur noch unglücklicher als zuvor. Und nun, da die Nachbarn die dunkle Seite meines Lebens kennen, schäme ich mich. Vorher wussten nur zwei Menschen Bescheid, Fabrice und ich. Nun habe ich den Eindruck, dass es mir quer über die Stirn geschrieben steht und dass mein Geheimnis an die Oberfläche gezerrt wurde. Der blinde Alte wendet sich wieder an mich.

»Haben Sie einen Personalausweis?«

Nicht nur ich finde diese Frage unpassend.

»Ausgeschlossen! Ich gehe nicht zur Polizei! Sind Sie verrückt oder was? Fabrice würde komplett ausrasten, wenn ich das tue …«

»Beruhigen Sie sich! Ich meine doch gar nicht, dass Sie zur Polizei gehen sollen. Ich möchte nur wissen, ob Sie einen Personalausweis bei sich tragen dürfen.«

»Es bleibt ihm nichts anderes übrig. Schließlich bin ich für alle Besorgungen zuständig. Ich muss zur Post, um bestellte Sachen abzuholen, und so weiter.«

»Dann ist ja alles in Ordnung«, antwortet er erfreut.

Am liebsten würde ich ihn ohrfeigen, denn durch seine Freude und sein Lächeln fühle ich mich verhöhnt.

»So ist es, alles in Ordnung, Sie sagen es ... Sind Sie mit Ihrer Befragung fertig?«

»Ja, ich bin fertig. Nur noch eine Sache ...«

Ich unterbreche ihn, indem ich plötzlich aufspringe. Ich muss sofort auf die Toilette. Ich spüre, dass ich mich übergeben muss. Ich laufe rasch zu der Tür, auf die der Junge deutet. Dann übergebe ich mich, wieder und immer wieder. Ich weiß nicht, ob das normal ist. Es ist wegen dieser Männer. Sie wollen mein Bestes, behaupten sie jedenfalls, aber sie machen mich rasend. Wieso glauben sie zu wissen, was für mich am besten ist? Am liebsten würde ich duschen, um den Geruch des Erbrochenen abzuwaschen, und schlafen. Kaum bin ich ins Wohnzimmer zurückgekehrt, da fängt der Alte auch schon wieder an. Ich fühle mich zu schwach, um zu protestieren.

»Sie wären anscheinend bereit, Ihren Mann zu verlassen, falls sich ein Zufluchtsort und Menschen fänden, die Sie beschützen. Nun, in diesem Haus gibt es zwei freie Zimmer, und wir sind zumindest zu zweit, um Sie zu beschützen.«

»Das geht nicht.«

»Lassen Sie mich ausreden! Was das Geld betrifft, so müssen Sie sich keine Sorgen machen. Sie könnten aufhören zu arbeiten, bis Sie anderswo ein neues Leben aufgebaut haben. Hier hätten Sie Essen, und ich habe eine gute Rente, die ich nicht verbrauche. Ich könnte Ihnen für die Übergangszeit auch einige Pflegeprodukte besorgen. Und Sie könnten sich hier verstecken, bis alles geklärt ist. Es werden einige Behördengänge nötig sein, aber das hat keine Eile. Im Moment ist es wichtig, dass Sie einen Unterschlupf finden.«

»Sie schlagen mir ernsthaft vor, dass ich mich fünfzig Meter von meinem Mann entfernt verstecken soll? Sie sind ja sehr freundlich, aber völlig neben der Spur. Wenn Fabrice zurückkommt und entdeckt, dass ich nicht zu Hause bin, kommt er sofort zu Ihnen.«

»Das stimmt ...«

Überrascht drehe ich den Kopf. Oh, da hat dieser Alain doch noch zwei Worte von sich gegeben! Die ersten sinnvollen Worte, seit ich dieses Irrenhaus betreten habe.

»Denken Sie darüber nach!«, beharrt der Alte. »Ich gebe Ihnen meine Telefonnummer mit. Notieren Sie sie irgendwo, wo er sie nicht findet. Sie können immer herkommen, zu jeder Tages- und Nachtzeit, haben Sie das verstanden?«

»Ich weiß nicht recht ...«

»Wir fahren nächste Woche für zehn Tage in Urlaub. Im Auto ist noch ein Platz frei. Um Geld müssen Sie sich nicht kümmern.«

»Vergessen Sie mich, ja?«

»Sie haben eine Woche Zeit, um es sich zu überlegen. Geben Sie mir Ihre Telefonnummer! Ich rufe Sie jeden Tag gegen Mittag an.«

Ich kritzele ihm meine Nummer auf einen Zettel, um Ruhe zu haben. Dann stehe ich auf, und endlich öffnet man mir die Tür nach draußen. Ich verlasse das Haus, zusammen mit meiner Angst, die mir seit so vielen Jahren nicht von der Seite weicht.

Corentin

Jetzt ist der Alte voll durchgedreht! Ich hatte recht, er möchte alle Sozialfälle der Gegend bei sich beherbergen. Aber was habe ich mit dieser Truppe von Irren zu schaffen? Ich bin mir nicht mehr sicher, ob der Alte ein guter Umgang für mich ist. Als die Frau sich in der Toilette eingesperrt hatte, forderte er den Obdachlosen auf, in ihrer Tasche nach ihrem Personalausweis zu suchen. Vergeblich wollte er mich überzeugen. *Das ist kein Diebstahl, Corentin, wir schützen sie nur …* Also bitte, das ist Diebstahl und nichts anderes. Und was ist, wenn sie ihren Ausweis in der Zwischenzeit braucht und ihn als verloren meldet? Wenn das mal nicht nach hinten losgeht …

»Ihr Typ wird sie noch viel mehr verprügeln, wenn er glaubt, dass sie ihren Ausweis vor ihm versteckt«, warnte ich die beiden.

»Das Risiko müssen wir eingehen.«

»Es ist wohl eher sie, die hier ein Risiko eingeht, oder?«, erwiderte ich.

Inzwischen ist es fast Mittag geworden. Der Alte lebt richtig auf. Für ihn ist das natürlich super. Erst war er ganz allein, und jetzt hat er einen Freund, wie er sagt, und vielleicht bald noch eine Frau. Klar, dass er Leute um sich scharen will, die irgendwie am Ende sind. So sichert er sich ihre Gesellschaft. Klappt doch im Grunde gut. Na ja, jetzt übertreibe ich vielleicht ein bisschen …

»Warum haben Sie ihr von einem Urlaub erzählt? Und Sie haben *Wir* gesagt. Wer ist das? *Wir*?«, fragt der Obdachlose, der wohl auch langsam zweifelt, ob der Alte noch alle Tassen im Schrank hat.

»Was halten Sie davon, wenn wir unter der Laube etwas essen, während ich Ihnen meinen Plan erläutere?«

Der Vorschlag gefällt mir, weil ich echt Kohldampf habe. Außerdem muss ich unbedingt erfahren, was er außer seinem Einfall mit dem Feuer noch zu bieten hat.

»Sie finden alles im Kühlschrank, der Couscous- und der Kartoffelsalat sind schon fertig. Außerdem Aufschnitt. Und wenn Sie etwas anderes wollen – der Gefrierschrank ist voll. Also bedienen Sie sich!«

Wir stehen auf und begeben uns in die Küche. Der Alte geht auf die Toilette. Das nutze ich, um dem Obdachlosen eine Frage zu stellen.

»Ist das nicht alles ein bisschen illegal, was wir hier seit heute Morgen machen?«

»Streng genommen ist es nicht legal, aber die Umstände sind auch ziemlich außergewöhnlich, nicht wahr?«

»Finden Sie nicht, dass er ein wenig … nun, dass er vielleicht einen kleinen Sprung in der Schüssel hat?«

Jetzt lacht der Obdachlose lauthals auf.

»Ja, davon gehe ich aus …«

Dann wird er wieder ernst.

»Wenn du lieber gehen willst, Corentin, um mit der Angelegenheit nichts mehr zu tun zu haben, kein Problem. Du hast uns sowieso schon sehr geholfen.«

Da unterschätzt er mich aber. Glaubt er etwa, ich hätte Angst? Ich habe keine Angst, ich finde es nur nicht ganz korrekt. Aber ich werde nicht gehen. Da esse ich doch lieber mit zwei Geisteskranken als mit den beiden Mumien, die mich zu Hause erwarten.

Da kommt der Alte mit seinem Stock wieder. An der Picknickkorb-Front sind wir bereits ein eingespieltes Team, der Obdachlose und ich: Gläser hier, Besteck und Teller dort drüben, Wasser dahinten … Wir sind Experten. Und schon können wir uns auf den Weg zur Laube machen.

Es ist wirklich ein Witz, was für ein absurdes Trio wir bilden. Sie könnten auch mein Vater und Großvater sein. Ich stelle mir meine Kumpel vor – wenn sie sehen könnten, dass ich den Tag mit zwei Alten verbringe. Die würden mich ganz schön mobben … Na ja, sie bekommen es ja nicht mit. Der Garten sieht inzwischen super aus. Das sage ich meinem Lehrer auch gleich.

»Das ist Alains Verdienst«, antwortet er fröhlich.

Wir nehmen Platz und packen alles aus. Ich bereite Sandwiches zu, während der obdachlose Gartenexperte die Pastisgläser wieder auffüllt. Der Alte scheint seinen Pastis regelrecht zu brauchen. Kann gut sein, dass sein Gehirn durch den vielen Alkohol allmählich Schaden nimmt. Und plötzlich wendet er sich mit verschwörerischer Miene an mich.

»Dein Geburtstag ist doch am achtundzwanzigsten Juni, stimmt's?«

»Ja, nächste Woche. «

»Und du bist immer noch entschlossen, zu verreisen?«

»Bisher habe ich noch kein festes Ziel, aber ja. Vorher muss ich allerdings alles für den Herbst vorbereitet haben.«

»Verstehe. Aber was hältst du davon, wenn wir anlässlich deines Geburtstags eine kleine Reise unternehmen?«

»Eine kleine Reise?«

Er antwortet nicht, sondern richtet stattdessen eine Frage an den Obdachlosen.

»Alain, und Sie könnten doch Ihr Vorhaben … ähm … von der Bildfläche zu verschwinden, auch noch ein wenig verschieben, oder?«

Ich verstehe nicht, wovon er spricht, aber ich merke, dass Alain von dieser Anspielung nicht begeistert ist. Vielleicht weil ich dabei bin und weil er es genau wie ich nicht mag, mit anderen über Vertrauliches zu reden.

»Was hecken Sie denn da aus?«, erwidert er, wobei sein Tonfall alles andere als freundlich ist.

»Wissen Sie, der Gedanke kam mir, als wir mit Carole sprachen. Die arme Frau muss nämlich mal aus der Stadt und aus ihrer Erstarrung rauskommen. Dann kann sie ihre Gedanken wieder sortieren und klar denken. Wäre ich nicht blind, könnte ich Sie beide kaum um einen Gefallen bitten. Nachdem ich jedoch beschlossen habe, sie von hier wegzubringen, brauche ich einen Chauffeur. Und da Corentin noch keinen Führerschein hat, kommen nur Sie infrage, Alain.«

»Sie wissen genau, dass ich andere Pläne habe«, antwortet er mürrisch. »Gestern Abend bin ich nur geblieben, um Sie vor diesem Schläger zu beschützen. Aber den Rest meines Lebens spiele ich nicht den Babysitter, ist das klar?«

»Aber es handelt sich doch nur um wenige Tage, höchstens … Kommen Sie! Sie sind auch nicht ganz unschuldig an der Situation. Sie haben mir schließlich von der Frau erzählt.«

»Hätte ich gewusst …«

»Nur wenige Tage, dann können Sie sich aus dem Staub machen«, unterbricht er den Obdachlosen mit einem ironischen Augenzwinkern.

»Ich denke darüber nach.«

»Sehr schön! Und du, Corentin?«

»Ich? Was ist mit mir?«

»Was hältst du von einer kleinen Reise nach dem Abitur? Du bist doch dann fertig und musst nur noch auf das Datum der mündlichen Prüfung warten … Aber es würde mich wundern, wenn du die brauchen solltest.«

Alain unterbricht ihn und macht sich lustig.

»Sie glauben wirklich, dass ein Jugendlicher Lust hat, sich eine Woche mit drei Schwachsinnigen um die Ohren zu schlagen, anstatt die Zeit mit gleichaltrigen Freunden zu verbringen? Ehrlich gesagt bin ich nicht sicher, ob Sie noch ganz bei Trost sind, Claude. Sie halten das also für einen ausgeklügelten Plan – eine misshandelte Frau, die die ganze Zeit weint und vor Angst eingeht, ein blinder alter Manipulationsexperte und ein Obdachloser, der auch schon sechzig Jahre auf dem Buckel hat …«

»Und ein Jugendlicher, der seine Eltern satthat, der nicht weiß, was er später mal machen möchte, und der keinen einzigen Freund hat.«

Der Obdachlose starrt mich entgeistert an. Der Eindruck, den ich auf die beiden mache, amüsiert mich. Mein Lehrer freut sich wie ein kleines Kind, er kichert sogar vor sich hin.

»Ich würde sagen, wir vier bringen alles mit, um uns eine schöne Zeit zu machen«, stößt er zwischen zwei Glucksern hervor.

»Das überzeugt mich nicht ernsthaft«, erwidert der Obdachlose missbilligend. »Auf mich wirken wir wie vier Verzweifelte, die sich auf die Suche nach Erleuchtung machen.«

»Das kann auch nicht schaden.«

»Und an welches Ziel dachten Sie? An Lourdes? Nicht mit mir. Da müssen Sie sich einen anderen Chauffeur suchen. Warum nicht Carole? Eigentlich brauchen Sie mich nämlich gar nicht. Sie wollen mich nur von meinem Vorhaben abbringen.«

»Und wenn sie nach Hause zurück möchte? Ich könnte sie nicht aufhalten, und Corentin ist zu gut erzogen, um sie gegen ihren Willen festzuhalten.«

»Ach, aber ich bin schlecht genug erzogen, um das durchzuziehen, ja?«

»Legen Sie mir nichts in den Mund, was ich nicht gesagt habe! Ich schlage Ihnen Folgendes vor: Wir mieten ein Auto und fahren zu viert Richtung Spanien. Ich kenne einen Ort kurz hinter der Grenze. Wir sind eine Woche unterwegs, danach geht jeder wieder seiner Wege. Corentin, das wäre mein Geburtstagsgeschenk … wenn du das möchtest. Wir müssten rechtzeitig mit deiner Mutter reden.«

»Und was haben Sie von der ganzen Sache?«, fragt der Obdachlose missbilligend.

»Dass ich endlich eine Reise unternehme. Ich bitte Sie nur um eine Woche.«

Damit hat er Alain immerhin zum Schweigen gebracht. Die beiden sind ja wirklich nicht bösartig, aber einfach vollkommen durchgeknallt. Um ehrlich zu sein, gefällt mir der Plan. Außerdem treibt er meine Mutter vermutlich in den Wahnsinn. Eine Woche weit weg von meinen Eltern, welch ein Traum!

»Ich bin dabei!«, rufe ich.

Alain mustert mich eine Weile mit einem erstaunten und amüsierten Funkeln in den Augen.

»Du bist also genauso übergeschnappt wie wir. Na gut, dann fahren wir eben zu dritt, auch wenn das Ganze ohne das Klageweib natürlich keinen Sinn hat. Ich möchte kein Spielverderber sein, aber ganz ehrlich – sie wird niemals mitkommen!«

»Wir haben acht Tage Zeit, um sie umzustimmen, Alain. Würde es Ihnen etwas ausmachen, die kommende Woche hier zu wohnen? Sie könnten mir immer Bescheid sagen, wenn ihr Mann zur Arbeit geht. Dann kann ich sie anrufen.«

»Sie haben wirklich an alles gedacht. Na gut. Schließlich kann ich meine letzte Woche genauso gut in einem echten Bett verbringen, bevor ich mein Vorhaben umsetze«, fügt er noch hinzu. »Nicht wahr, Claude?«

Um Himmels willen, um welches Vorhaben handelt es sich dabei bloß? Selbst dem Alten ist das Lächeln vergangen.

»Wann geht es los?«, erkundige ich mich, um alles Notwendige zu erledigen.

»Am neunundzwanzigsten in der Frühe, am Tag nach deinem Geburtstag.«

»Eigentlich bin ich dann ja volljährig und brauche die Erlaubnis meiner Eltern überhaupt nicht mehr.«

»Wir wollen aber auch nicht, dass sich die Polizei an unsere Fersen heftet, Corentin«, wirft Alain ein.

Ich verlasse die beiden.

»Sagen Sie Bescheid, wenn Sie Hilfe brauchen mit dem Klageweib …«, rufe ich ihnen noch aus der Ferne zu.

In dem Moment, als ich die Worte ausspreche, überkommt mich schon das schlechte Gewissen. Ich habe den starken Mann markiert, aber in Wirklichkeit fühle ich mich elend, weil ich die Frau belogen habe, um sie zum Mitkommen zu bewegen. Morgen werde ich bei ihr vorbeigehen und mich entschuldigen. Und mich erkundigen, wie es ihr geht. Tief im Innern weiß ich, dass das nur ein Vorwand ist, um sie wiederzusehen. Allein. Sie ist bestimmt doppelt so alt wie ich, und sie ist megahübsch … Auf einmal stelle ich mir vor, wie sie mir die Tür öffnet, mich anlächelt, mich ohne ein Wort in die Arme schließt und ihren Körper an mich schmiegt.

Alain

»Ach ja, so ist das also? Sie zwingen mich, eine gute Tat zu vollbringen, bevor ich mich vom Acker machen darf, ja? Glauben Sie, dass Sie mich mit Ihren Tricks beeinflussen können?«

»Ich glaube überhaupt nichts. Ich finde einfach, dass Ihr Vorhaben durchaus noch zwei Wochen Zeit hat.«

»Zwei Wochen?«

»Ja, natürlich, wir fahren schließlich erst in einer Woche los.«

Es stimmt, ich bin nicht in Eile, aber es geht ums Prinzip.

»Und was ist mit meiner Arbeit? Glauben Sie etwa, dass jeder einfach alles stehen und liegen lässt, um Ihre Launen zu befriedigen?«

»Sie wollten sich gestern noch vor einen Bus werfen. Da haben Sie auch nicht an Ihren Chef oder an Ihren guten Namen gedacht.«

Er hat recht, ich pfeife auf alles. Nicht auf diese Frau, aber ich glaube inzwischen, dass bei ihr alle Hoffnung vergebens ist.

»Ich werde Carole anrufen.«

»Haben Sie ihr heute nicht schon genug zugesetzt?«

»Man muss das Eisen schmieden, solange es heiß ist. Ich teile ihr die Einzelheiten unserer Reise mit. Dann hat sie etwas Konkretes, woran sie sich festhalten kann.«

»Das entscheiden am Ende Sie. Ich packe dann alles wieder zusammen.«

»Danke, Alain. Ich trage den Korb.«

»Das will ich doch stark annehmen. Es gibt keinen Grund, warum Sie nicht auch Ihren Anteil tragen sollten. Ich gehe dann in die Unterkunft, um meine Sachen zu holen. Falls sie noch da sind.«

Ich weiß nicht, ob meine Tasche überhaupt noch unter dem Bett liegt und ob noch alles drin ist.

Claude

»Hallo, Carole! Hier ist Claude.«

»Lassen Sie mich in Ruhe!«

»Ich wollte Ihnen nur kurz Genaueres zu unserer Reise mitteilen …«

»Ich komme nicht mit!«

»Wir fahren am neunundzwanzigsten in der Frühe los und bleiben eine Woche. Es ist nicht sehr weit, nahe der spanischen Grenze. Ich hoffe, dass der arme Corentin dadurch auf andere Gedanken kommt …«

»Corentin?«

»Ja, der junge Mann, der bei mir war. Er hat keinen einzigen Freund in seinem Alter. Das ist nicht gut. Er bläst nur Trübsal, und es wird einfach nicht besser.«

Ich übertreibe maßlos. Gut, zugegeben, ich flunkere, dass sich die Balken biegen, aber es funktioniert. Ich bin sicher, dass sie anbeißen wird. Dank meiner *weißen* Lüge, wie meine Großmutter Lügen nannte, die einem guten Zweck dienten. Und bei näherer Betrachtung lüge ich ja auch nicht wirklich. Ich orientiere mich daran, was wahr sein könnte. Ich ziehe Schlüsse, greife vor und deute bestimmte Zeichen. Im schlimmsten Fall könnte man mir vorwerfen, dass ich die Realität schlecht interpretiere. Das ist, soweit ich weiß, nicht strafbar.

»Ich habe wirklich Angst, dass er sich möglicherweise etwas antun könnte. Diese Reise ist meiner Ansicht nach die einzige Möglichkeit, um ihn von einer Dummheit abzuhalten, verstehen Sie?«

»Sich etwas antun? Aber warum denn?«

»Ich weiß es nicht. Die Sorgen der Jugend, wissen Sie ... Man bekommt einfach nichts aus ihnen heraus in diesem Alter. Wahrscheinlich würde er sich einer Frau eher anvertrauen. Nun ja, das betrifft Sie natürlich nicht. Schließlich haben Sie selbst genug Probleme. Bis morgen, Carole!«

»Ich möchte nicht ...«

Ich lege schnell auf. Nun, wie sieht die Bilanz aus? Ein selbstmordgefährdeter Obdachloser und ein Jugendlicher, der sich uns förmlich aufdrängt – er scheint wirklich allein zu sein, der Arme! Außerdem eine Frau in ernsthafter Gefahr, die sich stur weigert, den ersten Schritt zu tun, um ihrer Hölle zu entrinnen. Und ich, der ich mich in alles einmische und meine Mitmenschen ein wenig benutze, um dorthin zu gelangen, wo ich hin möchte. Ich beschließe, mich im Internet über Autoverleihfirmen zu informieren, doch da läutet das Telefon. Es ist mein Neffe Serge.

»Guten Tag, Serge, wie geht es dir?«

»Guten Tag, Onkel ... Mir geht es gut. Stell dir vor, Patrick hat mich gerade angerufen. Er hat mir von einem schrecklichen Missverständnis erzählt und von einem Dokument, das gar nicht für dich bestimmt war. Ich weiß nichts Genaueres, irgendeine komplizierte Geschichte, bei der deine Daten mit denen eines Kollegen vertauscht wurden ...«

Ich unterbreche ihn.

»Wenn ich dich richtig verstehe, dann willst du mir von dem schrecklichen Missverständnis erzählen, dass er mich bedrängt hat, ein Dokument zu unterschreiben, in dem er mich völlig enteignet hätte. Dich übrigens auch.«

»Es muss sich um einen Irrtum handeln. Wir sollten am

Samstag darüber reden. Du weißt doch noch, dass wir kommen, oder?«

»Es tut mir leid, Serge. Wenn es dir nichts ausmacht, verschiebe ich das lieber. Ich bin zurzeit sehr müde. Ich rufe dich an, wenn es mir wieder besser geht. Mach's gut, und grüß deine Lieben!«

Vielleicht war ich ein bisschen kurz angebunden, aber das macht nichts. Schließlich muss er die Angelegenheit direkt mit seinem Bruder klären. Und nun zurück zu meinen Plänen. Ich war dabei, einen Autoverleih zu suchen. Warum nicht ein Cabrio, damit der Wind mir ins Gesicht weht? Nachdem ich verschiedene Seiten aufgerufen habe, entscheide ich mich für einen vernünftigen Scénic. Dann überschlage ich die täglichen Ausgaben für vier Personen in einer Woche. Und ich denke an mein Geld, das seit Jahren auf einem Konto ruht und nur der Bank nutzt. Höchste Zeit, es auszugeben.

Carole

Ich würde gern mit ihnen verreisen, aber das ist unmöglich. Es würde bedeuten, dass ich nie mehr nach Hause zurückkehren könnte, dass ich mein gesamtes Leben und meine Arbeit aufgeben und vor einem Ehemann fliehen müsste, der mich suchen würde, bis er mich gefunden hätte. Ich würde so gern einfach Urlaub machen. Ich spreche gar nicht von Flucht, nein, einfach nur von einem Tapetenwechsel. Ach, wäre das schön, aber ich bin unfähig, so etwas in die Tat umzusetzen. Also gehe ich in die Küche, um das Essen vorzubereiten, wie jeden Tag. Ich nähre das Monster und gebe ihm dadurch noch mehr Macht. Mein Gott! Eigentlich möchte ich auch lieber sterben, so wie Corentin. Aber er ist doch noch jung und ziemlich niedlich, und er hat das ganze Leben vor sich. Warum will er sterben? Ich hätte überhaupt nicht die Kraft, ihm zu helfen. Außerdem habe ich keine Ziele mehr. Also gehe ich ins Bad und betrachte den Medikamentenschrank. Wir haben zwar nicht viel, doch ich schlucke alles, was ich finde, und lege mich wieder hin. Dann warte ich darauf, dass ich endlich versinke.

Nach einer Weile treibe ich, ich habe Durst, ich trinke Wasser und noch mehr Wasser, ich übergebe mich, mir ist übel, ich höre die Türklingel. Ich weiß nichts mehr, nicht mehr, wo ich bin, ich habe das Gefühl für Zeit verloren, ich habe alles verloren. Aber das Klingeln hält an, es stört mich. Ich höre es aus der Ferne, es ist beharrlich und hindert mich am Ausruhen. Ich muss dafür sorgen, dass es aufhört. Ich will aufstehen, doch meine Beine bestehen aus Watte. Ich stütze mich an der Wand ab, lehne mich dagegen und bewege mich auf das unerträgliche Klingeln zu. Ich betätige die Türklinke. Die Tür öffnet sich, und das Klingeln hört sofort auf. Corentin? Was will er hier? Warum sieht er mich mit diesem gequälten Blick an? Ich lache, weil ich ständig wiederhole, was meine Mutter immer sagte, um mich zum Lachen zu bringen. Ah ja! Eigentlich wollte ich schlafen. Jetzt hat das Klingeln aufgehört, und ich kann mich wieder hinlegen. Ich werde diesem jungen Mann sagen, dass er mich stört, dass ich lieber allein bin und schlafen möchte. Ich bin seit so vielen Jahren an das Gehorchen gewöhnt, dass ich es nicht schaffe, ihm die Tür vor der Nase zuzuschlagen. Ich breche zusammen.

Ich höre, wie jemand aus der Ferne meinen Vornamen ruft. Ich höre, dass er schnell spricht, dann eilige Schritte. Bitte nicht mein Mann, bitte nicht, lieber Gott! Lasst mich sterben! Ich spüre, wie ich hochgehoben werde, und höre, wie man mich ohne Unterlass ruft. So wurde ich noch nie gerufen, glaube ich, und ich habe den Eindruck, dass ich lächele. Aber plötzlich wird mir mit Gewalt der Mund geöffnet, Finger drängen sich in meine Kehle. Ich übergebe mich und übergebe mich immer wieder, und ich spüre eine kalte Dusche, außerdem gibt mir jemand Ohrfeigen. Ich muss lachen. Eine Ohrfeige, das ist ja mal was!

»Carole! Carole!« Es ist nicht Corentins Stimme, sondern die eines Mannes. »Wachen Sie auf! Bleiben Sie bei uns!«

Versteht er denn nicht? Ich möchte nicht bleiben. Dann beruhigt sich alles. Ich fühle mich schlecht, aber ich bin nicht tot, denn ich erkenne den Freund des blinden alten Mannes, der sich mit angstvoll aufgerissenen Augen über mich beugt. Das nehme ich ihm übel.

»Sie haben nicht das Recht dazu«, murmele ich. »Lassen Sie mich in Ruhe!«

»Ein andermal vielleicht, meine Schöne. Und jetzt unter die Dusche mit Ihnen!«

Ich spüre, wie er mich auszieht und einseift wie ein kleines Kind, und ich weine. Schweigend trocknet er mich ab und legt mich aufs Bett. Er öffnet die Schränke und wendet sich an eine andere Person.

»Schnell, Corentin, such einen Koffer! Wirf die Anziehsachen rein!«

»Jetzt ist es vorbei«, sagt er zu mir.

Was ist vorbei? Ich wollte doch, dass alles vorbei ist. Aber nicht so.

»Lassen Sie mich!«, nuschele ich, so gut ich kann.

Es gelingt mir nicht, deutlich zu sprechen. Zumindest versteht er mich nicht. Ich höre das Geräusch der Schubladen. Sie wühlen anscheinend in meinen Sachen. Dann werde ich wieder hochgehoben.

»Sie müssen gehen, Carole!«, herrscht er mich an. Aber warum brüllt er denn so? »Aufstehen, Carole!«

»… will nicht …«

»Corentin, gib mir die Tasche und nimm sie von der anderen Seite!«

»Und wenn uns jemand sieht?«

»Wir gehen über die Treppe, du hast recht.«

Meine Beine sind leblos. Ich schaffe es kaum, einen Fuß vor den anderen zu setzen. Es fühlt sich eher so an, als träte ich in der Luft. Wahrscheinlich bleibe ich gelähmt, das wird es sein! Ich habe es wieder mal vergeigt.

»Wirf einen Blick auf die Straße, Corentin, ob du jemanden siehst!«

Ich verstehe nicht, warum sie so hetzen. Sie wollen wohl nicht entdeckt werden. Ich werde untergehakt und rücksichtslos weitergeschoben wie ein Sack Schmutzwäsche. Ja, Schmutzwäsche! Ich lache laut auf. Es scheint sie zu stören, dass ich lache. Immer wieder versuchen sie mich zum Schweigen zu bringen, aber ich möchte kein *Pssst!* mehr hören. Mein ganzes Leben bestand bisher aus *Pssst!*. Man hat mich angewiesen, zu schweigen, zu lächeln, zu gehorchen, mich nicht zu beklagen, höflich zu sein. *Pssst! Pssst! Pssst!* Dann höre ich den Klang von Kies und eine weitere Stimme, angenehm, weich und tief. Ich erkenne sie wieder und begreife, dass ich entführt werde.

»Bringen Sie sie nach oben! Ich habe den Arzt gerufen. Er wird in fünf Minuten hier sein.«

Man legt mich hin, dann höre ich, wie sich eine Tür schließt. Eine weitere Tür, die sich schließt.

Alain

Eine Heidenangst hat sie mir eingejagt! Als ich die Treppe wieder hinunterkomme, erwarten mich Claude und Corentin im Wohnzimmer. Es klingelt. Das muss der Arzt sein. Ich gehe zur Tür, um ihm zu öffnen, und reiche ihm die Schachteln der Medikamente, die ich bei Carole gefunden habe. Ich weiß, dass sie nicht tödlich sind. Claude muss ihm schon gesagt haben, worum es sich gehandelt hat, denn der Arzt steigt schweigend nach oben. Einen Augenblick später kommt er wieder herunter.

»Es besteht keine Gefahr, im Grunde ist es wie ein starker Rausch. Gut, dass es nur Aspirin und Schmerzmittel waren. Sie wird bis morgen schlafen. Sicher ist allen Anwesenden bekannt, dass wir den Fall eigentlich melden müssten. Sie sollte in einer psychiatrischen Klinik überwacht werden.«

»Ich weiß, Louis, aber so ist es besser für sie. Wer weiß, was ihr Mann mit ihr anstellen würde. Hier ist es sicherer als im Krankenhaus, glaub mir!«

»Aber nur, weil du es bist. Sie darf auf keinen Fall allein sein, wenn sie aufwacht. Und werft alle Medikamente im Haus draußen in die Mülltonne! Gut, ich lasse euch jetzt allein.«

Wir sind erschüttert, vor allem Corentin.

»Sind alle einverstanden, dass wir sie auch gegen ihren Willen mitnehmen?«

»Ja, das ist wohl besser. Aber beten Sie lieber, dass ein Wunder geschieht. Sie glauben ja schließlich noch an Gott. Ihre kleine Reise wird ihr Leben nämlich nicht verändern. Vor allem weil die Sache nun entschieden ist und ihr Mann garantiert ausrastet, wenn er ihr Verschwinden bemerkt. Wir haben das totale Chaos hinterlassen. Es riecht nach Erbrochenem, die Schränke stehen offen. Ihm wird auffallen, dass eine Reisetasche und ihre Zahnbürste fehlen. Er wird sehr schnell eins und eins zusammenzählen. Wir müssen uns auf seinen Besuch einstellen.«

»Wir machen ihm einfach nicht auf«, schlägt Corentin vor.

»Er ist in der Lage, das ganze Viertel gegen uns aufzuhetzen oder die Polizei zu rufen, wenn wir ihm nicht öffnen.«

»Es würde mich wundern, wenn er die Polizei ruft«, erwidert Claude.

»Im Gegenteil. So wie seine Wohnung aussieht, könnte er immer noch behaupten, dass ein Einbrecher seine Frau verprügelt hat, wenn die Polizei kommt. Und uns kann er zusätzlich zum Einbruch auch noch eine gewalttätige Entführung in die Schuhe schieben.«

»Niemand muss erfahren, dass sie hier ist«, entscheidet Claude. »Wir sollten unsere Abfahrt vorziehen. Das Auto steht schon bereit. Der Mann vom Autoverleih hat mich heute früh angerufen und mir gesagt, dass wir den Wagen bis achtzehn Uhr schon holen könnten. Alain, könnten Sie sich darum kümmern? Am besten gehen Sie von hinten auf die Straße. Wir fahren heute Nacht los. Caroles Mann weiß nicht, dass das Haus einen zweiten Eingang hat.«

Ich stehe auf.

»Corentin, kannst du nach oben gehen und bei Carole bleiben, bis ich wiederkomme? Damit sie weiß, wo sie ist, wenn sie aufwacht. Schließ hinter mir ab und mach niemandem auf!«

Eine Stunde später parke ich das Auto. Ich habe Glück gehabt und beim Hintereingang zum Garten einen Parkplatz gefunden. Zu Fuß gehe ich zum Vordereingang und stoße das Gartentor auf. Claude und Corentin kommen ins Wohnzimmer.

»Wir sollten damit rechnen, dass Caroles Mann auftaucht. Wahrscheinlich wäre es sicherer, wenn wir ihre Tasche schon im Kofferraum verstauen. Vielleicht bringen Sie sie am besten hier ins Wohnzimmer. Ziehen Sie das Bett ab, und stecken Sie das Bettzeug in die Wäsche. Wenn er dann kommt, ist nur ein Gästezimmer in Benutzung, aber er hält Sie ja sowieso für meinen Sohn.«

Ich muss lachen, als ich Corentins Gesichtsausdruck sehe, der Claude und seinem Generalstabsplan voller Erstaunen zuhört. Ich zwinkere ihm verschwörerisch zu.

»Dein Lehrer lügt, wenn er nur den Mund aufmacht.«

Er lächelt mir zu.

»Schließen Sie den Garten hinten ab! Wenn wir das Gartentor vorn hören, haben wir fünf Minuten, um hinten zum Auto zu kommen.«

»Ich hole meine Tasche«, sagt Corentin. »Meiner Mutter habe ich gesagt, dass wir heute Abend losfahren.«

»Heute Abend?«

Peinlich berührt setzt er zu einer Antwort an.

»Ich wollte meinen Geburtstag auch mit Ihnen feiern ...«

»Gut, dann müssen wir das Bett nicht abziehen. Stell deine Tasche einfach in Caroles Zimmer!«

»Sollen wir dann behaupten, dass ich Ihr Enkel oder Ihr Großneffe bin?«

»Pass auf, dass dir das Lügen nicht auch zur Gewohnheit wird wie deinem Herrn Lehrer, Corentin!«, warne ich ihn und zause ihm das Haar.

Er lacht und ist schon aus der Tür. Ich stehe auf und sperre hinter ihm ab. Schon erstaunlich, dieser Junge. So, dann bringe ich mal Caroles Tasche zum Auto. Ich frage Claude, wo der Schlüssel zum Gartentürchen ist.

»Unter dem großen Stein neben der Tür.«

»Das ist ja mal ein Versteck!«

Claude

Da sind wir wirklich in einen netten Schlamassel geraten, aber letzten Endes ist es besser so. Ich hatte ganz schön Angst. Nicht wegen der Reise, die ist mir eigentlich völlig egal, sondern dass sie stirbt. Es wäre großartig, wenn wir eine Lösung fänden. Das hätten wir alle wirklich verdient. Ja, wir stecken in Schwierigkeiten, weil wir Carole gegen ihren Willen mitnehmen wollen. Wie wird sie reagieren, wenn die Mittel nicht länger wirken? Mein Gott! Sie hat recht – durch uns ist sie in diese Hölle geraten.

Wie langsam die Zeit vergeht! Ich kann es nicht erwarten, dass Alain zurückkommt. Denn was soll ich tun, wenn der Schlägertyp jetzt kommt? Er hatte recht damit, dass wir erst heute Abend fahren sollten. Es hätte verdächtig gewirkt, wenn der Mann geklopft hätte und wir schon weg gewesen wären. Dann wäre er sicher zur Polizei gegangen und hätte eine Entführung gemeldet. Ich höre, dass Alain wiederkommt. Er betritt das Treppenhaus.

»Ich bringe sie nach unten und lege sie aufs Sofa.«

Ich höre ihn mit schweren Schritten langsam die Treppe hinuntersteigen, dann legt er Carole auf das Sofa neben meinem Sessel. Schweigend wie Schutzengel wachen wir über sie. Es ist fünfzehn Uhr. Ich schalte das Radio an, um mich vom Warten abzulenken.

Das Gartentor quietscht zweimal. Wir springen beide

auf. Alain tritt ans Fenster und wirft einen Blick nach draußen.

»Es ist Corentin.«

»Oh, bin ich froh, dass er kommt! Falls der Kerl auftaucht.«

»Ach ja? Finden Sie, das ist ein passendes Schauspiel für einen Jugendlichen?«

»Vielleicht beruhigt sich der Gorilla ein bisschen, wenn er hier auch einen Jugendlichen antrifft«, erwidere ich, gereizt von Alains ironischen und belehrenden Äußerungen.

»Er ist nicht der Typ, der sich beruhigt. Ich öffne mal die Tür.«

Corentin kommt herein, und Alain sperrt die Tür wieder ab.

»Stell deine Tasche ins Zimmer, Corentin! Am besten verstreust du ein paar Sachen. Dann sieht es so aus, als würdest du ständig hier wohnen.«

Alain

Das Warten beginnt, und die Stimmung ist angespannt. Der arme Junge! Das ist doch keine Art und Weise, seinen Geburtstag zu feiern. Es wird Zeit, dass wir auch ein wenig an ihn denken. Ihm haben wir Caroles Rettung zu verdanken. Sie wäre zwar nicht gestorben, aber fast. Wäre ihr Mann nach Hause gekommen und hätte sie in ihrem Erbrochenen entdeckt, das Essen nicht fertig …

»Na los, stoßen wir auf deinen Geburtstag an, oder?«

»Zufälligerweise habe ich Champagner kalt gestellt«, verkündet Claude.

Ich stehe auf und hole aus der Küche drei Sektgläser und die Flasche, die ich ihm reiche, damit er sie selbst öffnen kann.

»Achtzehn Jahre – auf dich!«

Er ringt sich zu einem breiten Grinsen durch. Die Jugend ist schon eine verrückte Zeit! Wir sind doch alle nur eine Truppe von Durchgeknallten. Einen kurzen Moment lang durchleben wir eine gute Zeit, wir sind glücklich, stehen im Mittelpunkt. Doch warum endet im Lauf des Lebens alles immer so kläglich?

»Auf deine achtzehn Lebensjahre, mein lieber Corentin, und auf das Ende deiner Klavierstunden!«, verkündet Claude und nimmt das Sektglas entgegen, das Corentin ihm reicht.

»Auf deine Volljährigkeit und auf deine große Reise!«, füge ich noch hinzu. Damit meinte ich eigentlich sein Projekt im

Herbst, aber gleichzeitig bemerken wir, wie missverständlich ich mich ausgedrückt habe, und brechen in Gelächter aus. Die nächste Reise steht schließlich unmittelbar bevor. Eine Woche mit dem Auto in Richtung Spanien. Mehr wissen wir noch nicht. Für den Augenblick genügt das. Wir wollen nur diese Frau aus der Reichweite ihres Mannes befreien. Das ist im Moment unsere einzige Gemeinsamkeit und alles, was zählt. Dieses Ziel vereint uns. Da brauchen wir uns nichts vorzumachen, nichts sonst, ein Zufall, ohne den wir heute Abend nicht gemeinsam hier säßen. Ein Ziel, das sich genauso schnell wieder in nichts auflösen wird, wie es aufgetaucht ist. Vielleicht sogar schon morgen, wenn sie aufwacht und heult, dass sie nach Hause zurückwill.

Claude ist aufgeregt wie ein kleines Kind. Corentin strahlt Glück aus. Merkwürdig, wenn man uns von außen betrachtet. Claude sitzt in seinem Sessel und lächelt. Corentin lächelt ebenfalls. Es ist das allererste Mal, dass ich den Burschen so zufrieden erlebe. Er sitzt am Rand des Sofas, neben Caroles Füßen. Und sie? Sie schläft. Wenn sie aufwacht, weiß sie sicher nicht, wo sie sich befindet. Es wird verdammt schwer, ihr dann alles zu erklären. Und ich mache mich sowieso schon zum Narren.

Gestern Abend wollte ich mich vor einen Bus werfen. Und ich sollte Claude mit in den Tod nehmen. Carole wollte heute Mittag sterben. Und wenige Stunden später trinken wir Champagner mit einem Jungen, der nichts Besseres zu tun hat, als seinen achtzehnten Geburtstag mit zwei Verrückten und einem alten Mann zu feiern. Ich trinke nicht viel. Schließlich ist mir bewusst, dass der brutale Typ jederzeit auftauchen kann und ich Carole dann rasch zum Auto tragen muss. Corentin erzählt uns gerade von seinem Morgen mit den Eltern, als wir plötzlich aufschrecken – das Gartentor hat gequietscht! Ich laufe zum Fenster.

»Er ist es!«

»Verschwinden Sie mit ihr hinten raus! Corentin holt Sie, sobald er wieder weg ist«, flüstert Claude aufgeregt.

Während ich Carole unter den Knien und den Achseln hochhebe, öffnet mir Corentin in aller Eile die rückwärtige Tür.

»Warte, bis Alain hinten auf der Straße ist, bevor du ihm aufmachst!«, höre ich Claude gerade noch sagen.

Ich habe nur ein Ziel – so schnell wie möglich zum Auto zu kommen und Carole dort zu verstecken. Nachdem ich sie auf die Rückbank gebettet habe, schließe ich das Gartentürchen ab. Gut, dass wir alles einigermaßen geplant haben. Ich warte. Sollte der Kerl sich nähern, kann ich jederzeit losfahren. Das Fenster habe ich einen Spaltbreit geöffnet, damit ich höre, wenn Corentin mich ruft oder wenn etwas schiefläuft. Man weiß ja nie. Nicht dass er Claude oder den Jungen zu hart anfasst. Und dann fallen mir die drei Gläser auf dem Tisch ein. Ich muss nach drinnen. Zwangsläufig wird er denken, dass Carole mit ihnen getrunken hat.

Corentin

Ich hatte genug Zeit, um mir einen Eindruck von dem Kerl zu machen: ein echter Schrank. Wenn ihm was nicht passt, können der Alte oder ich kaum etwas gegen ihn ausrichten. Er läutet ohne Unterlass an der Tür. Wahrscheinlich lehnt er sich gegen die Klingel. Wir haben schnell ein kleines Schauspiel inszeniert. Ich werde die Spülung ziehen und so tun, als käme ich gerade von der Toilette, während mein Lehrer sich die Kehle aus dem Hals schreit.

»Einen Augenblick! Einen kleinen Augenblick!«

Das ist übel. Wir sind doch nicht hiergeblieben, damit die Probleme jetzt erst recht beginnen. Gut, dass der Alte so clever ist und daran gedacht hat, die Frau zu verstecken. Wenn nicht, wäre die Kacke jetzt am Dampfen.

Ich öffne die Tür.

»Was ist …«

Ich habe meinen Satz noch nicht beendet, da schiebt mich der Kerl beiseite und drängt sich ins Haus.

»Wer ist es, Corentin?«, fragt mein Lehrer beunruhigt. Er ist ein meisterhafter Schauspieler.

Er kann den Schläger nicht sehen, sonst würde er wahrscheinlich nicht mehr so schlau tun. Der Typ macht mir wirklich Angst. Ich habe keine Zeit, meinem Lehrer zu antworten, weil der Eindringling ins Wohnzimmer stürmt und losbrüllt: »Wo ist sie?«

»Wer sind Sie? Was wollen Sie?«, fragt ihn der Alte im Gegenzug.

»He, Alter, wollen Sie nicht ...«

Er unterbricht sich, weil ihm in diesem Moment wahrscheinlich auffällt, dass sein Gegenüber blind ist.

»Ich bin der Mann, den Sie seit gestern nerven. Ach, sieh mal einer an! Drei Gläser! Was gibt es denn zu feiern?«

Er stürzt über die Treppe nach oben, öffnet sämtliche Türen, alle Schränke, sieht sogar im Bad nach, ob er dort Gegenstände seiner Frau findet. Er ist außer sich.

»Wo versteckt sie sich, hä?«, ruft er uns von der Treppe aus zu. »Ich weiß, dass sie hier ist!«

Er packt mich am Arm und verdreht ihn. Allmählich bekomme ich es mit der Angst zu tun, und die Situation wird brenzlig. Ich hoffe, dass mein Klavierlehrer noch einen Plan B parat hat.

»Also, Opa, jetzt sag mir mal ganz schnell, wo meine Frau steckt! Sonst muss ich dem Kleinen hier wehtun.«

»Aber es sind nur mein Sohn und der Kleine hier. Wir feiern seinen Geburtstag, das sehen Sie doch.«

»Und wo ist Ihr Sohn?«

»Das ist wirklich nicht Ihre Angelegenheit. Verschwinden Sie, oder ich rufe die Polizei!«, sagt er und zieht sein Handy aus der Tasche.

»Glauben Sie, damit können Sie mich beeindrucken, Opa? Na los, rufen Sie die Polizei! Damit tun Sie mir einen Gefallen. Ich wette, dass die hier überall Fingerabdrücke meiner Frau findet. Das kann dann gleich für meine Anzeige wegen Entführung verwendet werden.«

Verdammt! Er hat nicht ganz unrecht. Genau das tun wir hier ja schließlich. Dann wenden wir gleichzeitig alle die Köpfe, weil die Hintertür geöffnet wird. Sofort lässt der Wüterich mich los und rennt in die Küche. Mein Lehrer und ich sind beunruhigt. Warum ist der Obdachlose zurückgekommen? Das war nicht vereinbart. Was ist mit dem Klageweib passiert? Wir hören, wie die Tür wieder geschlossen wird.

»Ich habe den zweiten Champagner gefunden!«, ruft der Obdachlose mit freudiger Stimme.

Gar nicht blöd, der Mann! Ihm sind wohl die drei Gläser auf dem Tisch eingefallen, und er ist wieder reingekommen. Als ich einen Blick in die Küche werfe, kriege ich einen Schock. Der Typ ist nicht wiederzuerkennen. Vor Hass und Geringschätzung haben sich seine Züge vollkommen verzerrt.

»Sie versteckt sich also im Keller, ja? Die Schlüssel!«, brüllt das Tier.

»Was wollen Sie denn da? Sie haben kein Recht …«

»Begleite doch bitte den Herrn, Alain!«, unterbricht ihn mein Lehrer. »Dann kann er sich selbst überzeugen.«

»Der Opa hier ist schneller von Begriff als du. Los, ab in den Keller!«

Der Obdachlose behält die Ruhe. Er lässt sich Zeit und stellt erst noch die Flasche kalt, bevor er das Ungeheuer zum Keller führt. Ich warte am Küchenfenster, dass sie zurückkommen. Ihr Gespräch dringt durch das geöffnete Fenster zu mir herein.

»Und was ist mit dieser Tür, die auf die Straße führt?

»Die ist verschlossen.«

»Den Schlüssel!«

»Es gibt schon lange keinen Schlüssel mehr. Wenn Sie wissen wollen, was sich hinter der Tür verbirgt, müssen Sie über die Straße kommen wie jeder andere auch!«, ruft ihm der Obdachlose zu, während er ihn herausfordernd von der Treppe aus mustert, die er gerade hochgestiegen ist.

Der Obdachlose schwitzt bestimmt. Mein Lehrer hat sich neben mich in die Küche gestellt.

»Was macht er?«

»Er geht zu der Tür, die auf die Straße führt.«

»Mein Gott!«

»Er will sie öffnen. Jetzt hebt er die Steine hoch.«

»Er sucht wohl den Schlüssel. Und Alain?«

»Er steht auf der Treppe und beobachtet ihn. Nun klettert der Typ auf den Baum, auf den großen neben der Mauer. Er versucht, über die Mauer zu spähen. Wahrscheinlich denkt er, dass Carole dorthin geflüchtet ist oder sich hinter der Mauer versteckt. Ich weiß es nicht.«

»Mist! Und das Auto mit Carole steht direkt davor.«

»Er kann nur einen kurzen Blick darauf werfen und nicht bis ins Innere des Autos sehen. Außerdem habe ich sie mit einer Decke zugedeckt«, beruhigt uns der Obdachlose, der neben uns getreten ist. »Da, der Australopithecus steigt wieder vom Baum herunter.«

»Kommen Sie, Alain, kehren wir ins Wohnzimmer zurück! Das wirkt natürlicher.«

Der Typ durchquert das Haus und bebt vor Zorn. Hass sprüht aus seinem Blick. Bevor er geht, schleudert er uns noch Drohungen entgegen.

»Mit euch bin ich noch nicht fertig, das könnt ihr mir glauben. Ich werde euch beobachten, bis ihr einen Fehler macht, Freunde. Und dann werdet ihr bedauern, dass ihr mir und meiner Frau je begegnet seid.«

Er öffnet die Tür und stürmt nach draußen.

»Es wird kein nächstes Mal geben. Sie setzen hier keinen Fuß mehr herein, weil wir nämlich die Polizei rufen. Dann steht meine Aussage gegen Ihre!«, ruft ihm der Obdachlose vom Treppenabsatz aus hinterher.

Der Typ streckt den Mittelfinger nach oben, ohne sich umzudrehen. Der Obdachlose schließt schnell wieder ab und läuft durchs Wohnzimmer, um durch die Hintertür abermals nach draußen zu gelangen.

»Schnell! Wir müssen Carole aus dem Auto holen, falls er doch noch in die Seitenstraße geht.«

Ich renne hinter ihm her zum Auto. Und dann gleich wieder zurück. Er durchquert im Laufschritt und mit Carole auf den Armen den Garten. Ich bin der Portier und schließe hinter ihm ab. Und jetzt schnell ins Haus zurück, bevor der Schläger in seiner Wohnung ankommt und nach draußen blickt. Wir legen die schlafende Carole wieder aufs Sofa, dann bittet mich Claude, das offen stehende Gartentor zu schließen. Ganz ehrlich muss das endlich aufhören. Ich habe nämlich keine Lust, ständig sämtliche Türen auf- und zuzusperren. Genug für heute.

Die Nacht verspricht lang zu werden. Alain geht nach hinten in den Garten und wirft einen Blick auf das Nachbarhaus.

»Die Jalousie ist oben. Und ich erkenne ganz deutlich einen Umriss. Der Typ liegt auf der Lauer, so viel steht fest. Da sind wir ja gerade noch mal davongekommen. Haben Sie eigentlich an Annabelle und Angela gedacht?«, fragt er Claude.

»Ich habe sie angerufen und gewarnt, dass ich meine Kur spontan vorverlegt habe und dass ich mit dem Taxi abgeholt werde. Ich habe auch bei der Gemeinde angerufen, um das Essen abzubestellen, bis ich zurück bin.«

Ich betrachte uns. Eine fast normale Familie. Niemand spricht, aber es ist nicht das gleiche Schweigen wie bei mir zu Hause. Hier ist es nicht unangenehm, es gibt keine Mauern aus Unausgesprochenem und aus Sätzen, die eigentlich etwas anderes bedeuten als das Gesagte.

»Wo ist denn das Nest, wo wir hinfahren?«, fragt der Obdachlose meinen Lehrer.

»In der Nähe von San Sebastián. Corentin! Du musst noch üben, also hol doch bitte die Champagnerflasche, die Alain kalt gestellt hat. Nach der ganzen Aufregung haben wir uns eine zweite Runde verdient.«

Als ich aus der Küche zurückkomme, regt sich Carole.

»Ich gebe ihr noch ein Beruhigungsmittel«, beschließt Alain. »Der Arzt hat gesagt, dass sie vierundzwanzig Stunden schlafen soll. Und ehrlich gesagt habe ich keine Lust, sie im Moment an der Backe zu haben. Nicht dass sie noch die ganze Nachbarschaft zusammenschreit, weil sie die Krise kriegt.«

Er steht auf, verschwindet in der Küche und kommt mit einem Glas Wasser zurück, in das er ein paar Tropfen aus einem Fläschchen gießt, das er aus der Tasche gezogen hat. Er geht auf sie zu, hebt vorsichtig ihren Kopf an und setzt ihr das Glas an die Lippen.

»Carole? Sie sind in Sicherheit und müssen keine Angst mehr haben. Schlafen Sie! Wir kümmern uns um alles. Aber Sie müssen einen Schluck trinken.«

Sie gehorcht, lässt sich alles gefallen und trinkt das halbe Glas leer.

»Wir sollten ganz in der Frühe aufbrechen, gegen vier Uhr. Da ist fast noch Nacht. Aber dann riskieren wir, dass der Gorilla uns entdeckt, falls er die ganze Nacht Wache hält. Oder wir warten, bis er zur Arbeit gegangen ist.«

»Kann er uns denn von seinem Zimmer aus sehen?«, fragt der Alte.

»Die Straße ist beleuchtet. Da sieht er unsere Schatten und kann sich zusammenreimen, was los ist. Selbst wenn er wahrscheinlich um diese Zeit schläft ... Man weiß ja nie. Vielleicht muss er aufs Klo oder hat Schlafstörungen. Ich wette, er lässt die Jalousie heute Nacht oben.«

»Sicherheitshalber sollten wir erst aufbrechen, wenn er zur Arbeit gegangen ist«, schlägt der Alte vor. »Wir können das Risiko nicht eingehen, dass er uns heute Nacht beobachtet. Dann wüsste er, dass Carole bei uns ist, und es sähe wirklich nach einer Entführung aus.«

»Und wenn er sich entscheidet, morgen nicht zur Arbeit zu gehen?« frage ich.

»Wir haben keine Wahl«, murmelt Alain.

»Haben Sie Ihre Tasche gepackt?«, fragt der Alte beunruhigt. »Morgen früh räumen Sie Ihr Bettzeug am besten in den Flurschrank, woher Sie es auch geholt haben. Wenn Angela oder meine Neffen im Haus sind, während ich weg bin, stellen sie hoffentlich nicht so viele Fragen. Zumal Angela an den Rand eines Herzinfarkts geraten wird, sobald sie den Australopithecus kennenlernt, der Sie für meinen Sohn und Corentin für meinen Enkel hält.«

Mein Lehrer erstaunt mich immer wieder. Er denkt einfach an alles. Der Wecker am nächsten Morgen klingelt um sieben Uhr. Sonst möchte ich immer noch einen Augenblick länger unter der warmen Decke bleiben, aber heute bin ich viel zu aufgeregt. Ich ziehe das Bettzeug ab und verstaue die Bettwäsche im Schrank. Ich dusche und bringe meine Tasche nach unten. Mein Lehrer ist schon fertig und sitzt an seinem Platz. Der Obdachlose hat sein Gepäck und das des Alten vor der Küchentür abgestellt.

»Ausweis?«

Ich greife in meine Tasche. Alles gut.

»Ich beobachte, wann der Gorilla aufbricht«, teilt uns Alain mit.

Die Frau schläft immer noch. Das Klageweib hat sich in ein Dornröschen verwandelt. Das ist auch besser so, denn würde sie jetzt aufwachen, wäre die Hölle los.

Der Obdachlose kommt wieder ins Zimmer.

»Wir haben ein Problem. Der Typ hat so getan, als führe er zur Arbeit, und ist dann unauffällig zu Fuß zurückgekommen. Ich habe ihn auf dem kleinen Platz gegenüber gesehen. Er hat sich hinter dem Baum versteckt. Corentin, kannst du ihn bitte vom oberen Badezimmer aus im Auge behalten?«

Ich renne die Treppe hinauf und nehme dabei immer mehrere Stufen auf einmal.

»Alles in Ordnung! Ich habe ihn im Blick.«

»Gut. Warne uns, wenn er etwas unternimmt!«, ruft mir der Obdachlose zu.

Alain

Wir haben keine Minute zu verlieren. Er kann jeden Moment nach Hause kommen und uns durchs Fenster beobachten. Als Erstes werde ich das Gepäck zum Auto bringen.

Ich schnappe mir die Taschen und laufe so schnell wie möglich durch den Garten. Dann sperre ich das Gartentürchen auf, das auf die Straße führt. Ich stelle sie in den Kofferraum und renne dann noch mal so schnell zum Haus zurück.

»Schaffen Sie es ganz allein zum Auto, Claude?«

»Ja, kümmern Sie sich um Carole!«

»Steht er immer noch hinter dem Baum, Corentin?«

»Jaaaa!«

Ich hebe Carole hoch und durchquere zum wiederholten Mal den Garten. Claude ist dicht hinter mir. Ich öffne die hintere Autotür und bette Carole auf die Rückbank. Dann umhülle ich sie komplett mit der Decke und schiebe ihre Beine leicht zusammen, damit Corentin noch Platz hat.

»Setzen Sie sich vorn hin, Claude!«

Der arme Alte. Er bemüht sich wirklich um Beeilung und reicht mir seinen Schlüsselbund.

»Sehen Sie nach, ob im Haus alles in Ordnung ist!«, fordert er mich auf. »Und bitte vergessen Sie das Gas nicht.«

»Keine Sorge! Bleiben Sie im Auto, was immer passiert.«

Er nickt, aber ich sehe ihm an, dass er gestresst ist. Im Laufschritt kehre ich zum Haus zurück.

»Corentin?«

»Er hat seinen Posten verlassen. Er steht jetzt gegenüber und späht herüber.«

Ich gehe nach oben und prüfe alle Schalter und Wasserhähne.

»Los, gehen wir, Corentin! Beeil dich!«

Wir steigen die Treppe nach unten.

»Stell dich ans Wohnzimmerfenster! Dann sehe ich noch schnell unten nach.«

Claude hat entschieden, die Fensterläden offen zu lassen, um kein Aufsehen zu erregen. Angela wird sich um alles kümmern. Ich stecke den Computer aus und überprüfe das Gas. Alles in Ordnung.

»Ist er immer noch da?«

»Ja. Aber irgendetwas scheint ihn zu beschäftigen. Mir ist nicht ganz klar, was er vorhat. Jetzt wendet er sich nach links.«

»Verdammt! Vielleicht will er in der Seitenstraße nachsehen. Schnell! Lauf zum Auto, Corentin! Ich schließe ab.«

Corentin sprintet davon, ohne sich umzublicken. Ich verriegele die Tür doppelt, sehe im Keller nach und durchquere hoffentlich zum letzten Mal den Garten. Dann sperre ich das Gartentürchen ab und springe ins Auto. Noch bevor ich die Tür zugezogen habe, starte ich den Motor. Mein Puls beschleunigt sich, denn plötzlich entdecke ich im Rückspiegel den Umriss des Schlägers um die Ecke biegen. Er bewegt sich in unsere Richtung. Wir sind eng zwischen zwei anderen Autos eingeparkt, und ich muss ziemlich manövrieren, um aus der Parklücke hinauszukommen. Der Typ muss etwas ahnen, denn seine Schritte werden eindeutig schneller, und er beobachtet unser Auto. Ich schlage ein, fahre nach hinten, schlage in die andere Richtung ein. Nun ist er ungefähr zweihundert Meter von uns entfernt. Ich glaube nicht, dass er uns erkennt, aber wenn ich mich nicht beeile, hat er uns bald entdeckt. Und dann kann er uns anzeigen und das Nummernschild notieren.

»Corentin, duck dich! Claude, rutschen Sie möglichst tief im Sitz nach unten! Der Australopithecus ist nicht mehr weit weg. Wenn er nur den geringsten Verdacht hegt, reicht es, wenn er einen von uns erkennt.«

Schnell! Ein letztes Mal einschlagen, jetzt darf nur der Motor nicht absterben. Wieder lege ich den ersten Gang ein, drehe das Lenkrad bis zum Anschlag und beschleunige vorsichtig. Dabei möchte ich das Gaspedal am liebsten voll durchtreten, um endlich davonzurasen und mit einem Höllenlärm den Kotflügel der verdammten Karre wegzureißen, die mich blockiert. Jetzt bloß nicht in Panik geraten! Es fehlen nur noch wenige Zentimeter. Noch einmal rangieren. So ein Idiot! Ich hätte gestern Abend schon Vorsichtsmaßnahmen ergreifen sollen. Wieder vorwärts und noch einmal andersherum, dann wieder nach vorn, ich drehe das Lenkrad. Jetzt sollten wir vorbeikommen. Es muss einfach reichen! Der Australopithecus befindet sich weniger als hundert Meter entfernt, und ich sehe, dass er auf uns zulaufen will. Ich beschleunige leicht, und das Auto schafft es endlich aus der Lücke, befreit von seinem Joch aus Metall. Nun schalte ich in den zweiten Gang und fahre ganz sachte los, um den Kerl nicht noch misstrauischer zu machen. Irgendwie scheint er den faulen Trick zu durchschauen. Solche Leute besitzen einen sechsten Sinn, denn als ich in den dritten Gang schalte, legt auch er einen Gang zu und will uns anscheinend an der Kreuzung am Ende der Straße einholen. Ich habe sogar den Eindruck, dass er mich im Rückspiegel herausfordernd mustert. Vermutlich ahnt er, dass wir es sind und dass sich seine Frau in diesem Auto befindet. Wahrscheinlich ist ihm auch gerade sein Fehler klar geworden, sich am Abend zuvor das Nummernschild nicht notiert zu haben. Zu spät! Er starrt uns hinterher. Ob er den Mittelfinger sieht, den ich ihm im Geist entgegenstrecke? Am Ende der Straße biege ich nach links ab.

Wir fahren schweigend, während Carole unter ihrer Decke weiter vor sich hin dämmert. Corentin sitzt auf der Rückbank und hat Caroles Füße auf den Knien liegen. Er hat den Kopf nach hinten gelehnt und die Augen geschlossen. Der Arme muss ganz schön Angst gehabt haben. Claude ist ganz ernst. Ihm wird wohl gerade das ganze Ausmaß der Situation bewusst. Und ich? Mich beunruhigt die Einsicht, dass sich unsere beschauliche kleine Reise in eine Flucht verwandelt hat und dass ich plötzlich Fahrer und Aufseher für einen blinden Alten, eine entführte Frau und einen aufmüpfigen Jugendlichen geworden bin.

Wir passieren das Ortsschild der Stadt. »Weg sind wir. Wir kommen, Poitiers!«, posaune ich, um meine Nervosität zu überspielen.

Dritter Teil

Claude

Gegen Mittag haben wir Poitiers hinter uns gelassen. Der Vormittag verlief in allgemeinem Schweigen. Carole hat mehrere Male die Augen geöffnet, nur um dann gleich wieder einzuschlafen. Wir haben entschieden, ihr kein Beruhigungsmittel mehr zu geben. So hatte ich mir die Reise nicht vorgestellt. Alain ist wortkarg. Corentin erduldet unsere schlechte Laune wortlos, und ich warte, dass Carole aufwacht. Die Stimmung ist gedrückt. Ich schlage eine Pause vor.

»Wir könnten etwas zu Mittag essen, oder?«

Dann fahre ich mit leiser Stimme fort: »Wir müssen mit Carole reden.«

»Ja. Nun, da Sie diesen brillanten Vorschlag gemacht haben, lasse ich Ihnen gern den Vortritt«, erwidert Alain trocken.

Corentin rüttelt Carole von Zeit zu Zeit leicht an der Schulter und spricht sie an, um sie aufzuwecken. Doch jedes Mal hat es den Anschein, als sei sie noch nicht so weit. Die Medikamente wirken wohl noch. Umso besser, denn im Moment ist keiner von uns wirklich in der Lage, ihr die Situation zu erklären. Wir sind müde und haben Hunger.

»Ein Gasthaus in zwei Kilometern!«, verkündet Corentin schließlich.

Bald darauf höre ich den Blinker, den Alain eingeschaltet hat, und das Auto biegt in eine ziemlich unebene kleine Straße ein. Mit einem diskreten Räuspern macht uns Corentin darauf aufmerksam, dass Carole nun doch aus ihrem Dornröschenschlaf erwacht ist, aber sie hat noch kein Wort gesagt. Ich hatte einen Schwall von Fragen, Schreien und Wehklagen erwartet. Das ist sehr beunruhigend. Das Schweigen ist schlimmer als alles andere. Es ist eine beharrliche, schwere Stille. Das Auto wird langsamer, und Alain beschreibt mir, was er sieht: eine schattige, mit Blumen bepflanzte Terrasse. Er findet sogar, das Rasthaus wirke sympathisch. Dabei klingt er schon ein bisschen besser gelaunt. Wenn die Umgebung die Stimmung heben kann, wäre das ja schon die halbe Miete.

Es tut gut, endlich auszusteigen. Alain hakt mich unter, und ich vermute, dass Corentin Carole hilft. Bestimmt geben wir zwei sonderbare Paare ab. Wir nehmen Platz, und Corentin liest mir die Speisekarte vor, die vor allem regionale Spezialitäten aufführt. Ich wähle etwas aus und warte, bis alle bestellt haben. Dann frage ich, ob mich jemand zur Toilette begleitet. Alain bietet sich an. Sobald ich im Innern des Gasthauses stehe, verrate ich ihm, dass ich eigentlich meinen Freund, den Arzt, anrufen will.

Mein Telefongespräch dauert keine drei Minuten. Obwohl ich mir doch konkrete Ratschläge erhofft hatte, empfiehlt Louis mir nur: *Sei freundlich, diplomatisch, und lass sie keine Sekunde lang aus den Augen!* Ich wiederhole diese Tipps für Alain, der nur Zynismus dafür übrig hat.

»Es kommt mir so vor, als ob wir mit einem Blumentopf reisen würden. Ich wüsste nicht, wie man da undiplomatisch sein sollte. Schließlich hat sie den Mund noch gar nicht aufgemacht. Und wir im Übrigen ja auch nicht. Nicht gerade lustig, unsere Reise, nicht wahr, Claude? Es tut mir leid, dass es anders läuft, als Sie sich das vorgestellt haben.«

Als wir an den Tisch zurückkommen, hören wir Corentins erregte Stimme, der anscheinend in ein Gespräch mit Carole vertieft ist. Obwohl Gespräch vielleicht nicht das richtige Wort ist. Vielmehr ist es ein Monolog, dessen letzte Sätze ich noch aufschnappe.

» … in Richtung Südwesten. Wir werden einige Tage gemeinsam verbringen, bis Sie sich wieder erholt haben. Machen Sie sich keine Sorgen, ich bin immer bei Ihnen.«

Wir setzen uns, doch sie sagt kein Wort. Ich spüre, dass ich die Aufgabe habe, das Eis zu brechen.

»Wie fühlen Sie sich, Carole?«

Sie antwortet nicht.

»Es wird Ihnen guttun, etwas zu essen. Wir haben seit heute Morgen kaum Zeit verloren. Ich weiß nicht, ob Corentin es Ihnen gesagt hat, aber wir sind schon an Poitiers vorbei und fahren in Richtung Bordeaux.« Ich wende mich an Alain: »Wo kommen wir vorbei, Alain? Vielleicht möchte Carole unterwegs ja irgendetwas besichtigen.«

Alain

Am liebsten würde ich beide erwürgen. Sie, weil sie mir allmählich wirklich auf die Nerven geht mit dem Gehabe einer beleidigten Prinzessin. Und den Alten, weil ich keine Lust zum Reden habe und er mich mit seiner ewigen Fragerei rasend macht. Ich wollte diese Frau aus ihrer furchtbaren Ehe befreien, doch inzwischen bedaure ich es fast, Claude auf sie aufmerksam gemacht zu haben. Ihr demonstratives Schweigen ist schlimmer als jede Szene, die sie machen könnte. Sie verdirbt vollkommen die Stimmung. Wir drei haben ein Risiko für sie auf uns genommen, und nun sollen wir Schuldgefühle haben oder was? Trotzdem fühlen wir uns natürlich verantwortlich. Verantwortlich für diese stumme Fracht, die uns ihr Leiden zum Vorwurf macht.

»Wie wäre es mit Saintes?«, brumme ich. »Dort könnten wir übernachten.«

»Oder gleich weiter nach Royan? Es sind nur sechsundvierzig Kilometer, und dort wären wir zumindest am Meer. Was denken Sie, Carole?«

Da haben wir es – er behandelt sie wie eine Königin. Dabei ist es nicht sie, die fährt, soviel ich weiß. Er kann ja noch nicht mal ihr Gesicht sehen. Schade, denn dann wüsste er, dass sie überhaupt nicht den Kopf hebt, sondern mit leerem Blick auf ihren Teller starrt und ihn vollkommen links liegen lässt. Erbärmlich!

»Bemühen Sie sich nicht, Claude! Wenn sie nicht sprechen möchte, dann sollten wir sie nicht zwingen … die Ärmste!«

Mein Tonfall klingt dabei leicht zynisch, und ich kann nicht anders, als noch einen draufzulegen: »Jetzt fahren wir in Ihr Kaff, Claude. Dann aber kehren wir so schnell wie möglich um, und jeder kümmert sich wieder um seine Angelegenheiten. Ich nehme sie persönlich an der Hand und bringe sie zu ihrem Ehemann zurück. Sie wirkt ja total geknickt, dass sie diesen Affen nicht mehr erdulden darf.«

Plötzlich herrscht großes Schweigen am Tisch. Alle halten mich bestimmt für einen Fiesling. Doch ich bin mir keiner Schuld bewusst. Sie straft den Alten weiter mit Nichtachtung, und ich betrachte sie. Sie besitzt die Aura einer Märtyrerin, die über dem Pöbel steht. *Ich leide, es ist wirklich furchtbar, aber ich behalte meine Würde und verliere kein Wort …* Doch besser, sie schweigt, als uns in den Ohren zu liegen. Bei ihrem Mann würde sie sicher kein so ein langes Gesicht machen, denn dem würde bestimmt schnell die Hand ausrutschen. Das ist jetzt aber wirklich gemein. Dennoch – was habe ich eigentlich mit dieser Frau zu schaffen? Nichts. Außer dass sie sich in meiner Nähe aufhält und es daher schwierig ist, sie nicht wahrzunehmen.

Das Essen kommt, und wir können uns glücklicherweise darauf konzentrieren. Alle außer Carole. Sie hat einen Salat bestellt, den sie beinahe noch nicht angerührt hat. Und immer noch stiert sie mit gesenktem Kopf vor sich hin. Ich darf sie nicht länger ansehen, denn sonst ohrfeige ich sie am Ende noch. Bei dieser Vorstellung muss ich laut lachen. Alle starren mich an.

»Was?«

Sie sagen nichts. Sie verstehen nicht, worüber ich mich amüsiere, also setze ich eine Miene auf, als hätte mir das Finanzamt eine Wirtschaftsprüfung angekündigt.

Corentin

Mich persönlich stört Caroles Benehmen nicht, vielleicht weil ich mich bei meinen Eltern genauso verhalte. Ich verstehe sie. Sie ist verloren. So verloren, dass sie keinen Gedanken mehr an die Zukunft verschwenden möchte und dass ihr auch die Gegenwart vollkommen gleichgültig ist. Das kapieren der Obdachlose und mein Lehrer nicht. Sie nimmt ihnen übel, dass sie sie in eine ausweglose Situation gebracht haben. Sie möchte einfach nur noch schlafen, um dieser Sackgasse zu entkommen.

Als wir mit dem Essen fertig sind, stehe ich auf und gehe zur Toilette. Beim Zurückkommen begleitet Alain meinen Lehrer gerade zum Bezahlen. Ich höre noch, wie Alain auf den Alten einredet.

»So können wir nicht weitermachen, Claude, das hat überhaupt keinen Sinn. Es kann unter Umständen sogar gefährlich für sie werden.«

»Vielleicht bringen wir sie zu einem Arzt«, schlägt Claude vor. Alain nickt.

»Wir müssen sie aber fragen, was sie möchte. Wir können sie zu nichts zwingen«, fügt er noch hinzu.

Der Alte tut mir plötzlich leid, er scheint völlig resigniert zu haben.

»Ihren Personalausweis müssen wir ihr auch zurückgeben. Das soll Corentin erledigen. Er kann ihn unauffällig in ihre Tasche stecken.«

Sie fragen die Bedienung nach der Adresse des nächsten Arztes, den wir ohne Termin aufsuchen könnten. Gut zehn Kilometer weiter hält Alain vor einem Haus. Fünf Minuten später sitzen wir zu viert in einem Wartezimmer. Tolle Reise! Ich bin genervt. Das hatte ich mir anders vorgestellt.

Sie haben mich bei Carole gelassen, während sie mit dem Arzt reden. Zwar ist er nicht mehr ganz jung, wirkt aber ziemlich cool. Er kommt auf Carole zu und gibt ihr ein Zeichen. Sie steht auf, will aber, dass ich mit ins Behandlungszimmer komme. Peinlich berührt nehme ich Platz und starre auf die Spitzen meiner Turnschuhe. Von einer inneren Kraft getrieben, hebe ich doch den Blick und sehe ihren zarten und verletzlichen Körper, als sie sich auszieht. Ich kann einen Schrei gerade noch zurückhalten. Der Anblick der zahlreichen durch die Schläge mit dem Gürtel hervorgerufenen Wunden ist entsetzlich. Mir wird bewusst, dass der Arzt bei diesem schmerzhaften Bild gefasst bleibt. Er hat wohl schon Ähnliches gesehen. Ich nicht. Schnell starre ich wieder zu Boden. Er horcht sie ab und stellt ihr mehrere Fragen, ohne jedoch selbst etwas zu kommentieren. Während sie sich wieder anzieht, verschreibt er ihr eine Salbe. Dann gibt er mir zu verstehen, dass seine Untersuchung beendet ist. Wir gehen wieder nach draußen, er begleitet uns und bittet Alain und meinen Lehrer zu sich.

Alain

»Ich werde einen Befund erstellen«, erklärt uns der Arzt, kaum haben wir das Zimmer betreten. »Diese Frau wurde geschlagen, und zwar nicht zum ersten Mal. Sie hat auch viele ältere Narben am Körper.«

Er protokolliert alles in seinen Unterlagen und versichert uns, dass er bei Bedarf als Zeuge aussagen wird.

Als wir die Praxis verlassen haben, machen wir uns auf die Suche nach einer Apotheke. Ich parke direkt davor in zweiter Reihe und steige aus, um die Salbe zu kaufen. Ich steige wieder ein und reiche Carole die Schachtel. Aber statt loszufahren, sehe ich zu Claude hinüber.

»Das ist jetzt, glaube ich, der richtige Moment«, sage ich laut und deutlich, damit er sich auch angesprochen fühlt.

Der Alte dreht sich zu Carole nach hinten um.

»Carole? Was möchten Sie jetzt – weiterfahren oder umkehren?«

Sie sagt nichts, sondern wirkt nur verloren.

»Es ist Ihre Entscheidung, Carole. Wenn Sie zurückfahren wollen, sind Sie heute Abend wieder zu Hause«, bohrt er nach.

Ich beobachte sie im Rückspiegel. Ihr Blick ist voller Angst. Sie wendet sich an Corentin.

»Sollen wir weiterfahren oder umkehren, Corentin?«

Corentin

Ich antworte nicht sofort. Sie muss ihre Entscheidung allein treffen, wie auch immer sie ausfällt.

»Carole, das müssen Sie entscheiden. Sollen wir weiterfahren oder umkehren?«, wiederhole ich ganz ruhig die Frage.

Ich sehe, dass Alain von meiner Gegenfrage überrascht ist und sie gutheißt. Seit wir unterwegs sind, ist er nicht mehr *der Obdachlose* für mich. Vielleicht weil ein Obdachloser in meinem Unterbewusstsein nicht Auto fahren kann? Wie dämlich!

Wir warten, aber keiner von uns macht sich Sorgen um die Antwort. Wir haben keine Eile mehr und sind uns vor allem einig, dass wir Carole zu nichts zwingen. Sie hat die Augen geschlossen, und einige Minuten vergehen …

»Wir fahren weiter«, murmelt sie.

»Haben Sie gehört, Alain? Wir fahren weiter!«, ruft mein Lehrer begeistert aus.

»Ich habe es gehört«, brummt Alain.

»Heute Abend sind wir in Saintes, ganz nahe am Meer«, fügt er dann etwas lauter hinzu.

»Ganz nahe am Meer?«, wiederholt Carole ungläubig.

Nun sehe ich die Tränen, die ihr die Wangen hinunterlaufen.

Carole

Das Meer. So lange war ich schon nicht mehr am Meer! Das letzte Mal vor dem Tod meines Vaters, als ich noch nicht mal erwachsen war. Danach hatten meine Mutter und ich nie genügend Geld, um in Urlaub zu fahren. Außerdem hatte sie keinen Führerschein. Mit Fabrice läuft der Urlaub immer nach seinen Vorstellungen ab, und er möchte keine neuen Orte kennenlernen. Also fahren wir immer zu seinen Eltern nach Limoges. Dort ist er mit seinen alten Freunden unterwegs, und ich bleibe allein bei seinen Eltern, wo ich den Tag vor dem Fernseher verbringe. Das geht seit elf Jahren so. Er muss Geld sparen und braucht alle zwei Jahre ein neues Auto. Er kauft es von meinem und seinem Gehalt. Abgesehen davon zahlt er durchaus alle Rechnungen. Auch den Kredit für die Wohnung, die auf seinen Namen eingetragen ist.

Warum habe ich mein Gehalt nie auf ein eigenes Konto bekommen? Weil mir das Teilen anfangs ganz normal vorkam. Aber wir haben nicht wirklich geteilt, sondern er hat die Entscheidungen getroffen, und danach nahm alles seinen Lauf.

Ich weine still vor mich hin, ohne einen Grund dafür nennen zu können. Die Tränen fließen einfach, und ich kann mich nicht dagegen wehren. Gut, dass mich nur Corentin sehen kann, bei ihm stört mich das nicht. Ich möchte nicht an die Zukunft denken, das ist alles, was ich weiß. Ich will, dass meine Angst mich in Ruhe lässt, nur einige Tage lang. Das ist bestimmt die Wirkung der Medikamente, aber irgendwie spüre ich, dass man sich um mich kümmert. Ich muss nichts weiter tun, als mich nicht zu rühren und die Landschaft an mir vorüberziehen zu lassen. Und heute Abend werde ich zum ersten Mal seit langer Zeit keine Angst vor der hereinbrechenden Nacht haben. Mehr interessiert mich im Augenblick nicht.

Ich war nicht nett zu dem Alten und seinem Freund, denn sie haben mich schließlich aus meinem Zuhause herausgerissen. Das verzeihe ich ihnen nicht, weil ich weiß, dass ich es allein nie geschafft hätte. Sie haben mir meine Schwäche vor Augen geführt, und wer mag das schon? Sie müssen mich für die totale Versagerin halten, undankbar noch dazu. Obwohl ich ihnen doch wirklich dankbar bin für die Atempause, die sie mir bescheren.

Ich betrachte den Nacken von Alain, den ich nicht wirklich sympathisch finde. Dann sehe ich im Rückspiegel seine Augen, die er starr auf die Straße vor sich gerichtet hat. Ich habe ihn enttäuscht, das spüre ich. Er hat gedacht, dass ich irgendeine Reaktion zeigen würde. Was macht er wohl im Leben, abgesehen von Spaziergängen mit seiner großen Tasche? Und Corentin? Er hat mir erzählt, dass er neun Monate lang Klavierstunden bei Claude hatte. Aber was findet ein Jugendlicher an diesen zwei Typen, die so viel älter sind als er?

Seit sie mich gefragt haben, ob ich weiterfahren oder umkehren möchte, fühle ich mich besser. Ich habe das Gefühl, dass ich existiere, dass ich eine Meinung habe, die ich ausdrücken kann und die gehört wird. Indem sie mich gefragt haben und meiner Entscheidung gefolgt sind, haben sie mir ein wenig Respekt mir selbst gegenüber zurückgegeben.

»Ich muss mich bei Ihnen entschuldigen … und bedanken. Sie haben mir das Leben gerettet und sich um mich gekümmert. Keiner hat sich je so um mich gekümmert. Danke! Und vor allem danke, dass Sie mir die Wahl gelassen haben.«

Jetzt schweigen sie. Wahrscheinlich habe ich sie schockiert, nachdem ich mehr als zwei Worte hintereinander gesagt habe. Corentin lächelt mich an.

»Also, lassen Sie uns die Reise endlich genießen!«, antwortet mir Claude.

»So gut man eine Autofahrt bei Regen genießen kann.«

Diesmal hat Alain gesprochen. Er wirkt immer noch mürrisch. Jetzt ist er es, der die Stimmung verdirbt.

Alain

In Saintes oder in Royan werde ich sie ihrem Schicksal überlassen. Dann muss eben Carole ans Steuer, ich jedenfalls fahre zurück. Ich kehre um? Was für ein Unsinn! Welchen Grund zum Zurückfahren sollte ich haben? Ich kann genauso gut einfach dort bleiben, wo wir anhalten. Sie gehen mir alle auf die Nerven, nur der Junge nicht. Ich habe ihnen nichts mehr zu sagen und auch gar keine Lust dazu. Noch dazu frage ich mich wirklich, warum Claude überhaupt verreisen will. Er sieht doch überhaupt nichts. Und sie? Sie wird wahrscheinlich zu ihrem Mann zurückkehren, der ihr eine ordentliche Abreibung verpassen wird, und das war's dann. Ende der Geschichte. Das Entschuldigen und Bedanken kann sie sich sparen. Ich dachte, dass sie anders ist, aber nein, sie ist auch nur eine hysterische Ziege. Dort vorn! Ein Tramper.

»Da will einer mitgenommen werden. Würde es Sie stören, Claude? Nachdem es doch so regnet.«

»Warum nicht? Wie sieht er denn aus?«

»Ganz normal. Er wirkt nicht gefährlich, falls Sie Angst haben.«

Ich bremse neben dem Anhalter, Corentin rutscht in die Mitte, und er öffnet die Tür.

»Ich möchte nach Saintes«, sagt er.

»Wir auch«, antworte ich. »Im Kofferraum ist leider kein Platz mehr. Sie müssen Ihre Tasche auf den Schoß nehmen.«

Der Mann steigt ein. Sein Alter überrascht mich. Er ist bestimmt Ende vierzig. Der Qualität seiner Sachen nach zu urteilen, ist er nicht arm.

»Wir sind sowieso bald da. Höchstens eine Viertelstunde noch. Hatten Sie eine Panne?«

»Nein, nein! Ich bin unterwegs nach Santiago de Compostela.«

»Sie pilgern?«, fragt Claude.

»Auf meine eigene Art. Die Pilger müssen ja zu Fuß gehen, aber ich bin kein echter Pilger. Ich gehe den Weg nicht nach den strengen Regeln, sondern fahre ab und zu per Anhalter. Es ist einfach nur ein Ziel und ein Vorwand, mal den Kopf abzuschalten.«

Ich lächele, nicht wegen seiner Worte, sondern weil er uns sicher für eine Familie hält.

»Ist die Frage indiskret, was Sie dort unten vorhaben?«

»Im Grunde genommen möchte ich mein Leben ändern. Also dachte ich, eine Pilgerreise hilft mir bestimmt, meinen Weg zu finden.«

Dann lächelt er und äußert sich genauer: »Ich könnte sagen, dass ich gerade eine Krise durchwandere.«

Statt zu lachen, wie er es wohl erwartet hatte, bleiben wir ernst. Zwangsläufig. Außer Claude, der auf dieser Reise noch etwas erleben möchte, bevor er uns verlässt.

Ich wechsele das Thema. Obwohl ich doch extra angehalten habe, damit ein Fremder die Stimmung ein wenig verbessert. Das ist ja ganz schön in die Hose gegangen! Offenbar ziehen wir alle Verrückten an. Gut, dass wir Saintes erreichen!

»Haben Sie ein bestimmtes Ziel?«, frage ich den falschen Pilger.

»Sie können mich hier einfach rauslassen, das wäre perfekt. Ich werde mich schon zurechtfinden. Vielen Dank noch mal!«

Also halte ich an. Er steigt aus, und ich wende mich an Claude: »Was machen wir jetzt?«

»Wir könnten ein Hotel in Royan oder in der Umgebung suchen und vor dem Abendessen eine kleine Runde am Meer drehen.«

Ich fahre wieder los, und eine halbe Stunde später kommen wir in Saint-Georges-de-Didonnes an. Ich beschließe, ein bisschen durch die Stadt zu fahren, und halte vor dem ersten Bed and Breakfast an, das ich entdecke. Es ist ein anheimelndes Haus aus den Siebzigerjahren inmitten eines Pinienwäldchens. Corentin läuft schnell hinein, um zu fragen, ob es noch freie Zimmer gibt. »Zwei Zimmer mit zwei Einzelbetten«, teilt er uns stolz mit. Wir beschließen, dass sich Corentin und Carole ein Zimmer teilen sollen.

Wir bringen unsere Taschen nach oben und brechen dann zu einem Strandspaziergang auf. Ich brauche etwas Zeit für mich und bin müde vom Fahren. Ich werde ein Buch mitnehmen und mich in einen Liegestuhl auf die Terrasse legen. Jetzt bin ich es, der ein Theater veranstaltet. Carole wirkt versöhnt mit der Gegenwart, auch wenn es ein erzwungener Stillstand ist. Corentin ist wie immer zufrieden mit sich und der Welt, genau wie Claude.

Aber was ist eigentlich mein Problem? Warum bin ich zum Nörgler geworden, obwohl mich doch Caroles Reaktion beflügeln sollte? Ich habe wirklich schöne Momente mit Claude erlebt, in seinem Garten unter der Laube. Warum kann ich keinen mehr an mich heranlassen? Weil Claude wegen seiner paranoiden Haushälterin ein Essen verschoben hat? Weil Carole nicht vor Freude herumgehüpft ist beim Vorschlag, sie solle ihren Mann verlassen? Weil ich mich vor einen Bus werfen wollte und den Plan vertagen musste? Nein, die Wahrheit lautet, dass ich mich nicht mehr lebendig fühle. Jeder Funke in mir ist erloschen. Er war nach meinen ersten Treffen mit

Claude kurz wieder aufgeflammt. Da hatte ich den Eindruck, dass der alte Mann mir die Hand reichte, mich vor dem Untergehen bewahrte und mir einen strahlenden Moment bescherte. Und ich Narr dachte, dass das so weitergeht. Dass es genügt, den Augenblick zu genießen.

Meine Güte! So verhält er sich doch nur, um mich an sich zu binden. Er versucht, mir einen strahlenden Augenblick zu bescheren, aber … Ich habe keine Lust mehr auf strahlende Augenblicke. Meine verfluchte Frau hat mir einfach alles genommen. Warum habe ich nur geheiratet? Ich war doch glücklich, ich hatte mein Boot, ich konnte tun und lassen, wozu ich Lust hatte. Ich konnte reisen, hatte ein gut gehendes Geschäft. Ich mochte mein Leben in Thailand.

Ich nehme mein Buch und lese an der Stelle weiter, wo ich aufgehört hatte.

Claude

Endlich bin ich am Strand. Seit meiner Kindheit war ich nicht mehr am Meer. So wie Carole, nur aus anderen Gründen. Sie hält mich am Arm, Corentin geht neben mir her. Mit den Füßen im Wasser spazieren wir zum gleichmäßigen Rhythmus der Brandung und atmen die Meeresluft in vollen Zügen ein. Das typische Idyll eines jeden Urlaubers. Wie mir ein tiefer Atemzug am Meer doch das Gefühl gibt, ich hätte gerade den großen Frühjahrsputz in der Lunge und im Kopf hinter mir! Warum? Welche Magie ist das wohl, die da in jenen wirkt, die weit entfernt von der Küste leben?

Ich nehme die Welt ringsum wahr. Jede Einzelheit. Den leisen Atem des Winds, der von der offenen See herüberstreicht, den Schrei der Möwen. Stimmen, die gedämpft aus der Ferne zu uns dringen. So viele Jahre sind vergangen, aber die Erinnerung bleibt. Der Schmerz ist unverändert, fast genauso lebendig wie vor vierundsiebzig Jahren. Ich atme den Geruch des Meers ein, die Atmosphäre versetzt mich zurück in die Vergangenheit, in meine Kindheit. Flüchtige Bilder ziehen seit so langer Zeit hinter meinen geschlossenen Augen vorbei, aber diese eine Szene, die mich seitdem so oft heimgesucht hat, ist in mein Gedächtnis eingebrannt.

1941. Ein Sonntag wie jeder andere. Wir sind mit der Familie am Strand. Ich bin sechs Jahre alt und kann noch sehen, obwohl mein Sehsinn sich schon immer mehr verschlechtert.

Meine ältere Schwester, die lachend um mich herumspringt und mir einen Eimer Wasser über den Kopf zu schütten droht. Meine Eltern liegen ein Stück entfernt im Sand. Auf dem Wasser sind Fischerboote unterwegs, ich blicke in die Sonne, die vom Himmel herabbrennt. Wie hypnotisiert starre ich, bis zu den stechenden Blitzen, kurz bevor alles in Dunkelheit versinkt, in Schwärze, im Nichts. Dann die Angst und das Geräusch der Meeresbrandung. Die Schreie meiner Schwester, die heult und nach den Eltern ruft. Die Kälte, die sich meiner bemächtigt, obwohl es doch so heiß ist ... Ich weiß nicht, was los ist. Oder doch, ich zittere, weil ich es weiß. Ich verweigere mich dem, was gerade passiert, und gebe viel zu schnell den Kampf auf. Meine Augen schmerzen, und ich kann sie nicht offen halten. Selbst mehrere Minuten später glaube ich, dass ich nichts sehe, weil ich die Augen geschlossen habe. Meine Schreie vermischen sich mit denen der anderen, mein Herz rast, die Dunkelheit verschluckt mich. Der warme Sand umgibt meinen Körper, als ich zu Boden sinke und jeden Anhaltspunkt verloren habe. Ich bin abgestumpft gegenüber den Geschehnissen und gegenüber meinem Leben, das für immer vorgezeichnet ist. Etwas ist endgültig zerbrochen, und ich liege am Boden wie ein Hampelmann, dem der Kopf fehlt.

Ich höre, dass Corentin irgendetwas ruft und uns nass spritzt. Die kalten Tropfen auf der Haut holen mich in die Gegenwart und ins Leben zurück. Trotzdem ist irgendetwas zwischen uns vieren kaputtgegangen, seit wir die Stadt verlassen haben. Ich habe von fröhlichem Lachen und von Gesprächen geträumt, doch nichts davon hat sich bewahrheitet. Es ist, als ob wir im selben Abteil säßen und alle dasselbe Ziel hätten, aber den Blicken der anderen ausweichen und sie nicht beachten würden. Wir haben unsere Seele verbarrikadiert, um keine Gefühle, keine Vertrautheit zuzulassen.

»Beschreiben Sie mir die Küste, Carole!«, bitte ich, um meine Traurigkeit zu vertreiben.

Sie beschreibt mir ein Schiff in der Ferne, ein weißes Segel, das in den Hafen zurückkehrt. Wolkentürme, die die Farbe des Meers haben und am Rand leicht ins Violette übergehen. Die Menschen ringsum. Corentin schaltet sich immer wieder ein, um seinen Anteil zur Beschreibung beizutragen.

Ohne Umschweife bleibe ich stehen und unterbreche die beiden: »Kann man sich hier irgendwo hinsetzen?«

»Dort drüben ist ein großer flacher Felsen!«, ruft Corentin.

Carole führt mich und zeigt mir dann, dass wir an unserer behelfsmäßigen Bank angekommen sind. Ich betaste die unregelmäßige Oberfläche. Sie ist heiß, und Sandkörner haften mir an der Handfläche. Ich setze mich. Carole nimmt rechts neben mir Platz, und Corentin lässt sich in den Sand uns gegenüber fallen.

»Ich habe diese Auszeit in der Hoffnung organisiert, dass uns die kleine Reise helfen und zu neuem Leben erwecken könnte. Nun merke ich aber, dass ich allen meinen Willen aufgezwungen habe. Dabei habe ich es wie deine Mutter gemacht, Corentin. Ich habe entschieden, was für alle gut ist.«

Er protestiert freundlich.

»Diese Reise wollte ich schon immer unternehmen, bin aus verschiedenen Gründen jedoch nie dazu gekommen. Wie es eben meistens läuft. Man sagt: *Nächstes Jahr bestimmt ...* Aber dann hatten meine Neffen keine Zeit, und ich wollte nicht allein verreisen, und so sind die Jahre ins Land gegangen. Und dann? Dann habe ich vor knapp einem Monat Alain kennengelernt. Wir kennen uns nicht gut, haben aber einige sehr vertraute Momente geteilt. Ich weiß nicht viel über seine Vergangenheit. Seine Zukunft sieht allerdings ziemlich düster aus. In seinem Alter steht er ohne alles und ganz allein da. Ich war naiv und bildete mir ein, eine kleine Reise würde genügen, um … Ja, um was eigentlich? Sicherlich nicht, um ein ganzes Leben zu verändern, aber zumindest, um uns gutzutun. Du wolltest doch ein bisschen rauskommen, nicht wahr, Corentin? Dich von deinen Eltern abnabeln.« Ich lasse ihn gar nicht erst antworten. »Und Sie, Carole, das gebe ich zu, haben wir tatsächlich nicht gefragt. Wir sind quasi gewaltsam in Ihr Leben eingedrungen.«

Es stimmt, und wir lachen alle. Wie gut das tut, unsere drei Stimmen zu hören, die zum ersten Mal gleichzeitig erklingen. Ich darf mich nicht ablenken lassen, ich habe das Bedürfnis zu reden, meine Welt in Ordnung zu bringen.

»Wir dürfen Alain gegenüber nicht zu hart sein, Carole. Wir standen beide unter Schock, nachdem wir Zeugen Ihrer Misshandlung wurden. Natürlich wollten wir Sie retten. Nun erst merke ich, dass wir kein Recht hatten, uns in Ihr Leben einzumischen. Ich möchte mich dafür entschuldigen. Wir hätten Ihnen nicht hineinreden dürfen, da hatten Sie absolut recht. Wahrscheinlich fühlt sich Alain auch deswegen so schlecht. Er findet unser Verhalten wahrscheinlich erbärmlich. Aber was geschehen ist, ist geschehen. Um dich mache ich mir keine Sorgen, Corentin. Du hast in den letzten Tagen einige Abenteuer erlebt, und im Herbst wirst du ein neues Leben anfangen. Also ist alles ganz einfach. Denken Sie darüber nach, Carole! Morgen früh können wir zurückfahren. Ich werde zur Polizei gehen und die Wahrheit sagen, um Sie zu schützen. Ich werde aussagen, dass wir Sie zum Mitkommen gezwungen und sogar unter Drogen gesetzt haben. Ihr Mann wird Ihnen überhaupt nichts antun können. Ich werde mich auf beginnenden Wahnsinn berufen, das dürfte mir nicht schwerfallen.«

In dem Schweigen, das folgt, höre ich die Wellen, die zum Sterben an den Strand kommen, genau wie meine Hoffnungen. Leise erhebt sich Caroles Stimme.

»Ich weiß nicht, was nächste Woche sein wird, Claude. Wenn ich daran denke, bekomme ich Angst. Aber ich weiß auch, dass seit langer Zeit niemand mehr so gut zu mir war.« Dabei schiebt sie einen Arm unter meinen und drückt meine Hand. »Außerdem bin ich so glücklich, das Meer wiederzusehen. Es ist Jahre her, seit ...« Ich höre, wie sie tief einatmet. »Ich würde wahnsinnig gern unsere Reise fortsetzen. Am liebsten möchte ich mein ganzes Leben mit Ihnen verbringen.«

Statt einer Antwort drücke ich ihre Hand. Jetzt fühle ich mich besser. Ich richte mich auf, atme ein und aus und lächele. Ihr Geständnis hat alle meine Zweifel hinweggefegt. Dann war die Idee mit der Reise also doch nicht so schlecht.

»Also ich habe auch Lust auf die Reise«, sagt Corentin von sich aus.

»Ich auch, meine Freunde«, murmele ich.

Corentin

Ich habe nichts weiter gesagt, sondern sie mit ihren Geschichten allein gelassen und schwimme aufs offene Meer hinaus, weit hinaus. Warum müssen die Erwachsenen immer alles so kompliziert machen und analysieren?, frage ich mich. Ich schwimme. Das Meer ist kalt. Ich drehe mich auf den Rücken. Das Meer trägt mich. Ich schließe die Augen, und es geht mir gut. Ich bin weit weg von allen und allem. Den Moment, hier, jetzt, auf dem Wasser treibend, genieße ich mit geschlossenen Augen und habe den Kopf frei von allen Gedanken. Später, wenn ich mich an diesen Augenblick erinnere, werde ich verstehen, dass es genau in diesem Moment *klick!* gemacht hat. Bisher wusste ich noch nicht, dass sich alles so schnell klären würde und dass ich so schnell meinen Weg vor mir sehen würde. Ich schwimme zum Strand zurück und betrachte sie aus der Ferne: die winzigen, zerbrechlichen Silhouetten der geplagten Existenzen, die pausenlos für ein bisschen Glück kämpfen. Wie Käfer, die auf den Rücken gefallen sind, mit den Beinen strampeln und nie damit aufhören, bis zum Ende, bis sie vor Erschöpfung sterben. Eine Welle der Zuneigung überkommt mich, und ich danke ihnen für alles, was ich an diesem Tag verstanden habe. Dann geselle ich mich wieder zu ihnen und greife nach meinem Handtuch.

»Na, vielleicht sollten wir eine Kleinigkeit essen, was denkt ihr?«, schlägt Claude vor.

Sobald wir am Hotel angekommen sind, entdecke ich Alain auf der Terrasse und gehe auf ihn zu.

»Hallo!«

»Wie geht es dir?«

Ich weiß, dass er mich mag, ich mag ihn auch, finde es aber schade, dass er so mürrisch geworden ist.

»Super! Wir haben einen Strandspaziergang gemacht.« Claude hat Carole gebeten, ihn auf sein Zimmer zu begleiten. Sie soll ihm zeigen, wo die Möbel stehen und wie die Dusche funktioniert. Ich muss schon sagen, er imponiert mir. Carole hat vorgeschlagen, ihn abzuholen, wenn sie sich umgezogen hat. Aber er will ganz allein mit seinem Stock runterkommen. Ich weiß nicht, wie er das schafft.

Wir schweigen eine Weile, bis mich Alain vorsichtig am Ärmel zupft.

»Verzeih mir, mein Freund! Ich weiß, ich bin wirklich kein fröhlicher Reisegefährte«, verkündet er.

»Gefällt Ihnen unsere Reise denn nicht?«

»Sie war nicht Teil meiner Pläne.«

»Werden Sie zurückfahren?«

Ich merke, dass er zögert.

»Ja. Carole soll euch fahren. Ich verlasse das Schiff.«

»Warum? Langweilen Sie sich mit uns?«

»Ihr seid nicht das Problem. Das Problem bin ich.«

»Schade. Es ist nicht das Gleiche ohne Sie. Sie waren fröhlicher, als ich Sie das erste Mal traf.«

Er antwortet nicht.

»Darf ich Ihnen eine Frage stellen?«

»Na klar, immer.«

»Was haben Sie auf der Bank gemacht?«

»Ich habe gewartet, dass die Zeit vergeht.«

»Machen Sie deshalb immer so einen miesepetrigen Eindruck?«

»Es hebt die Laune nicht wirklich.«

»Können Sie denn nicht noch mal von vorn anfangen?«

»Was soll ich denn tun?«

»Arbeiten, damit Sie irgendwo wohnen können.«

Er blickt mir unverwandt in die Augen.

»Und was ist mit dir, Corentin? Warum hast du keine Freunde in deinem Alter? Warum willst du möglichst weit weg von deinen Eltern sein?«

Sein aggressiver Tonfall überrascht mich. Verletzt stehe ich auf und pfeffere ihm beim Gehen eine Antwort hin.

»Ja, vielleicht habe ich keine Freunde, aber zumindest merke ich, wenn andere nett zu mir sind.«

Ich stürme ins Zimmer und bin erleichtert, dass Carole nicht da ist. Umso besser. Dann habe ich ein bisschen Ruhe. Als ich aus dem Auto gestiegen bin, habe ich nichts gesagt, aber zwischen Tür und Rückbank habe ich ein Heft gefunden. Es muss dem Anhalter heruntergefallen sein. Es steht weder ein Name noch eine Adresse drauf. Es scheint sich um ein Tagebuch zu handeln. Ich öffne es und beginne die dicht gedrängte, nach rechts geneigte Schrift zu lesen.

… Heutzutage wird es oft als Schwäche ausgelegt, wenn man im Überschwang zu viele Gefühle preisgibt. Als Handicap auf dem Weg zum sozialen Erfolg. Daher habe ich beschlossen, ein Experiment zu wagen. Auf eigene Kosten. Ich breche mit meinem Rucksack auf, um das andere kennenzulernen und um zu testen, ob es stimmt, dass Egoismus und Misstrauen die Solidarität ersetzt haben. Die Aufgabe ist nicht allzu schwierig, das gebe ich zu, da ich durchaus als wohlhabend zu betrachten bin. Ziemlich wohlhabend. Was ist denn dann der Sinn des Ganzen?, werden Sie einwenden, da doch das Ergebnis verzerrt wird und ich gar kein Risiko eingehe. Materiell gesehen stimmt das. Doch ich bin neugierig und

möchte erfahren, was ich unterwegs über meine Mitmenschen und über mich selbst herausfinde.

Meine viel beschworenen Mitmenschen.

Der Absatz endet hier. Ich blättere weiter.

... So stehen wir alle der Korruption, den Verschwörungen, Tiefschlägen und schäbigen Interessen gegenüber, die uns täglich jene bescheren, die mit gutem Beispiel vorangehen sollten, weil sich sonst nichts ändert, und das schon seit langer Zeit. Angesichts dieser Sachlage muss ich erkennen, dass die Regierungen und ihre Handlanger jede Glaubwürdigkeit verloren haben und nutzlos geworden sind. Sie haben ihre eigentliche Aufgabe – dem Volk zu dienen – aus den Augen verloren und befriedigen stattdessen ihren unglaublichen Machthunger und ihren persönlichen Ehrgeiz. Und um uns besser regieren zu können, versuchen sie, uns langfristig zu spalten. Sie suchen Sündenböcke und werfen uns Knochen zum Abnagen vor die Füße, um uns von den wahren Gefahren abzulenken, die unsere Gesellschaft bedrohen. Aber wir haben die eigentliche Macht, denn sie existieren nur durch uns.

... Die Zeit drängt, wenn man nicht möchte, dass der Einzelne dem Profit der Masse geopfert wird und dass unsere Freiheit und alles, was uns menschlich macht, am Ende durch die Maschinerie zermalmt wird, die in ihrer Gier schon von denen in Gang gesetzt wurde, die die Welt manipulieren und nur eins wollen: uns zu konditionieren, damit wir ihren Interessen förderlicher sind, und uns ihrem Ideal näherzubringen. In ihrem Ideal gibt es eine vereinheitlichte Ordnung, in der alles stärker überwacht und klassifiziert

wird. Ihre Vorstellung von einer Gesellschaft bewegt sich gefährlich in Richtung einer enthumanisierten Welt.

Was sind unsere Möglichkeiten? Darum geht es in meiner nächsten Reportage, und unter diesem Gesichtspunkt breche ich auf, um das Gute zu erforschen, und begebe mich symbolisch und körperlich auf den Pilgerweg nach Santiago de Compostela. Schließlich bin ich für mein Projekt auf andere Menschen angewiesen. Denn nur menschlich zu bleiben, also gut zu seinen Mitmenschen zu sein, schützt uns vor uns selbst und bringt uns den anderen näher.

Ohne Leidenschaft und ohne echte Solidarität existiert der Mensch nicht mehr.

Es stimmt, dass große Ideen stören und auch Angst verursachen können. Man denke nur an die Vielzahl jener Menschen, die sich im Lauf unserer Geschichte gegen üble Machenschaften auflehnten und im Kampf um ihre hehren Ideale oftmals ihr Leben verloren.

Man ist schnell dabei, zu kritisieren, vielleicht auch noch zu kämpfen. Aber eine Sache bis zum Ende durchziehen? Das dann doch nicht. Mir geht es genauso. Sterben, um diese verdammte Welt zu verändern? Man kann wirklich nicht behaupten, dass der Idealismus in unseren Demokratien heutzutage einen hohen Stellenwert besitzt.

Wenn man heute ein Banner hochhielte, wäre das zweifellos das Banner der heimtückischen Technologie und des Modernismus.

Das Internet und seine Machenschaften mithilfe von Desinformation! Einen Moment lang macht man gemeinsame Sache, der Computer ist ausgeschaltet, doch dann kehrt man wieder in den Alltag zurück.

Puh! Ganz schön unheimlich, dieses Heft. Ich blättere noch ein bisschen weiter. Listen von Namen füllen die Seiten. Namen von Politikern aller Länder und jeder Couleur. Andere Listen mit Industriemagnaten, vermute ich, weil Namen von internationalen Unternehmen danebenstehen. Weiter hinten stehen Anmerkungen zu Artikeln aus der *Libération* und die Adresse eines Blogs. Etwa sein Blog? Wer war dieser Typ? Was soll ich mit dem Heft anfangen? Ich kann es doch nicht einfach in den Müll werfen. Ich stecke es in die Tasche und gehe unter die Dusche.

Carole

Ich steige die Treppe hinunter und entdecke Alain, der immer noch an der gleichen Stelle auf der Terrasse sitzt. Die Trägheit in Person.

Corentin sah verärgert aus. Der Typ war unfreundlich zu ihm, vermute ich. Er hat ein Händchen dafür, seinen Mitmenschen auf den Schlips zu treten.

»Haben Sie mit Corentin gestritten?«, frage ich und setze mich neben ihn.

»Nicht dass ich wüsste. Ich habe ihm nur die Wahrheit gesagt, aber die gefiel ihm nicht.«

»Aha. Nun ja, ich bin sicher, dass Sie Wichtigeres zu tun haben, als sich mit uns abzugeben. Aber warum müssen Sie das an ihm auslassen? Er ist doch noch ein Junge!«

Langsam wendet er den Kopf und mustert mich unverwandt.

»Sie sind ja doch nicht auf den Mund gefallen.«

Nach dieser Anspielung steht er auf. Ich bleibe sitzen und fühle mich dumm und gekränkt. Er dreht sich noch einmal um.

»Ich werde Ihnen allen das Leben erleichtern. Sie drei werden allein weiterfahren, und ich mache mich vom Acker. Dann müssen eben Sie fahren«, sagt er.

»Gern, aber ich kann nicht fahren.«

»Ach, und warum nicht?«

»Weil ich keinen Führerschein habe, Sie Griesgram!«

Damit hat er nicht gerechnet.

»Sie haben keinen Führerschein? Das kann ich kaum glauben.«

»Stimmt aber. Fabrice sagt immer, dass sich das doch nicht lohnt. Ich habe sowieso kein Auto, und er kann mich ja überall hinfahren.«

Der Miesepeter setzt sich wieder.

»Ich verstehe nicht, warum sich eine junge Frau heutzutage so bevormunden lässt.«

Er möchte sich überhaupt nicht lustig machen, sondern ist einfach nur ehrlich. Er versteht es wirklich nicht.

»Es ist ein Teufelskreis …«

Ich halte inne und spreche nach einer Weile leiser weiter: »Irgendwann kapituliert man völlig und hat keinen eigenen Willen mehr. Aber das können Sie nicht verstehen.«

»Täuschen Sie sich nicht! Ich verstehe die Leere, die Sehnsucht nach dem Nichts. Deshalb wollte ich ja …«

Er unterbricht sich, als er sieht, dass sich Claude und Corentin nähern.

»Gut«, schließt Alain und erhebt sich. »Dann bin ich wohl weiterhin der Fahrer, wenn ich das richtig sehe.«

»Wissen Sie, Alain, die beiden mögen Sie wirklich gern.«

»Anders als Sie, nehme ich an«, hakt er nach, halb im Spaß, halb ernst.

»Ich habe meine Meinung geändert.«

»Weil Sie Mitleid haben?«

»Nein, weil ich jetzt weiß, dass Sie mich verstehen.«

Alain

»Ich mache mich noch kurz frisch, wenn es Sie nicht stört, noch fünf Minuten zu warten.«

»Lassen Sie sich Zeit!«, antwortet Claude, der sich offenbar über meine Ankündigung freut.

Ich rasiere mich schnell, ziehe ein sauberes T-Shirt an und kehre zu den anderen nach draußen zurück. Carole hakt sich bei Claude unter, und wir brechen auf. Carole beschreibt ihm das Dorf. Ich gehe neben dem Jungen her.

»Saint-Georges-de-Didonne! Hier war ich noch nie. Sehr hübsch. Kennst du den Ort?«

»Nein, natürlich nicht. Wir waren im Urlaub immer irgendwo, wo es unendlich viele Museen gab.«

»Du hast Glück, Corentin. Zugegeben, es macht weniger Spaß, als mit Freunden zu campen. Aber du verschwendest dafür deine Zeit nicht, sondern bildest dich.«

»Sie klingen wie ein Lehrer … Wie auch immer, meine Jugend ist jedenfalls verloren.«

»Es könnte schlimmer sein, nicht wahr?«

»Vielleicht.«

»Glaub mir, irgendwann wirst du Freunde finden, mit denen du Spaß hast. Hattest du nie Freunde?«

»Doch, vorher. Aber es waren eher Kumpel.«

»Vorher? Wann?«

»Bevor meine Mutter alles zerstört hat«, knurrt er.

Überrascht von seiner Reaktion betrachte ich ihn von der Seite. Er hat sich in sich zurückgezogen wie eine Schnecke in ihr Haus. Ich bohre nicht weiter nach. Inzwischen sind wir sowieso vor dem Restaurant angekommen. Wir setzen uns an einen Tisch auf der Terrasse, und Carole liest Claude die Speisekarte vor. Er entscheidet sich für frittierte Tintenfischringe. Das ist für ihn praktischer zu essen. Ich habe nie darüber nachgedacht, dass das Essen am besten geschnitten sein sollte, wenn man blind ist. Claude isst ohnehin immer mit einem Löffel. Das Abendessen schmeckt, der Wein lässt sich gut trinken. Das sieht wohl auch Corentin so, der gleich zwei Gläser nimmt.

»Morgen fahren wir nach Bordeaux, dann weiter nach Saint-Jean-Pied-de-Port. Es wäre gut, wenn wir vor zehn loskämen.«

Corentin

Als ich Alain am nächsten Morgen wiedertreffe, trinkt er gerade einen Kaffee und liest die Regionalzeitung, die er vor sich ausgebreitet hat. Ich glaube, ich habe Halluzinationen. Auf der ersten Seite entdecke ich ein Foto von dem Anhalter, den wir mitgenommen haben. Die Schlagzeile lautet: *Journalist fällt Räubern zum Opfer.* Ich lehne mich über den Tisch, um die Nachricht zu überfliegen.

Denis Turnière, unabhängiger Journalist, bekannt für seine Internet-Artikel, die den großen Lobbyverbänden und Unternehmen genau auf die Finger sahen, arbeitete in der Vergangenheit für Libération *und* Le Canard enchaîné *… Dem Zustand des verwüsteten Zimmers nach zu urteilen, waren seine Angreifer wahrscheinlich auf der Suche nach Geld und Wertsachen. Dies vermutet zumindest der Hotelbesitzer, der den Toten entdeckte.*

Es ist doch nicht zu glauben! Ich starre auf das Foto, bis ich den Eindruck habe, dass eher er es ist, der mich fixiert. Die Geschichte klingt nicht gut. Und plötzlich kapiere ich es: das Heft! Es war mehr als ein persönliches Tagebuch. Es war eine echte Bombe, und das nicht nur im übertragenen Sinn. Ich lasse das Frühstück sausen und laufe ins Zimmer, um das so begehrte Heft zu holen. Daraufhin schnappe ich mir meinen Rucksack und stürze nach draußen. Auf der Terrasse rufe ich Alain zu, dass ich dringend etwas bei der Post erledigen müsse. Die Uni brauche noch eine Kopie meines Personalausweises. Bis zum ersten Zeitungsstand renne ich fast. Ich notiere mir den Namen des Chefredakteurs und die Adresse von *Le Canard enchaîné*. Dann kaufe ich einen Umschlag und gehe weiter zur Post. Dort fülle ich einen Rückschein für ein Einschreiben aus, wobei ich als Absender den Namen des getöteten Journalisten und sein Hotel angebe. Keine Ahnung, ob das für irgendwas gut ist. Aber ich habe das Gefühl, dem armen Kerl einen Gefallen zu tun. Vielleicht ließ er das Heft ja mit Absicht fallen.

Na, das war ja zu erwarten! Wovon reden meine Begleiter, als wir gerade wieder im Auto sitzen? Von der Aggressivität unseres Anhalters. Aus zwei Gründen ist mir dabei höchst unwohl: weil ich ihnen nichts von dem Heft erzählt habe und weil ich es sofort verschickt habe. Vielleicht hätte ich doch nicht so schnell handeln sollen. Erst mal verfolge ich daher die Taktik des Murmeltiers und schlafe einfach.

Hinter Biarritz fährt Alain die Küstenstraße der Côte des Basques entlang. Ich sehe die Landschaft vorbeiziehen, beachte sie aber nicht weiter, weil ich immer an den Anhalter denken muss. Ich frage mich, ob ich Alain nicht doch besser in die Sache mit dem Heft einweihen soll, wenn wir allein sind. Plötzlich ein Schock, gleichzeitig das ohrenbetäubende Kreischen von Metall. Bevor ich begreife, was passiert, wird mein Kopf heftig zur Seite gerissen und stößt gegen etwas Weiches. Verrückt, aber ich frage mich, was das sein könnte. Dann erinnere ich mich, dass ich vorhin die Decke zusammengerollt und die Rolle zwischen die Tür und meinen Kopf geklemmt habe.

Es folgt eine unendliche Stille. Wie viel Zeit ist wohl vergangen? Ich weiß es nicht, aber ich sehe Alain und Claude, die unbewegt vor mir sitzen. Sind sie tot oder verletzt? Ich drehe den Kopf nach rechts. Carole sieht aus wie eine Statue. Sie ist kreidebleich, lebt aber und hat die Augen weit aufgerissen. In diesem Moment begreife ich, warum sie erstarrt ist. Das Auto hängt über dem felsigen Abgrund in der Luft.

Die Angst schnürt mir die Kehle zu. Ich kann mich nicht bewegen, bin wie gelähmt und bringe kein Wort heraus. Dabei denke ich an alles Mögliche. Ich sehe uns weiter in die Tiefe stürzen, stelle mir das Geräusch des aufprallenden Autos vor. Soll ich vor Entsetzen laut schreien? Glücklicherweise merke ich, dass sich Menschen nähern. Ich höre sie aus der Ferne, verstehe zwar nicht, was sie sagen, bin aber beruhigt, dass sie gekommen sind.

Dann schreit plötzlich jemand: »Bewahren Sie Ruhe! Die Feuerwehr ist alarmiert. Gibt es Verletzte?«

Was glauben die denn? Dass wir hier in aller Seelenruhe eine Bestandsaufnahme vornehmen und das Fenster öffnen, um ihnen das Ergebnis mitzuteilen? Dadurch würden wir nur riskieren, weiter nach vorn zu kippen. Vor Claude und Alain haben sich die Airbags geöffnet, die sich nun gegen ihre Gesichter pressen. Schließlich redet Alain. Seine Stimme ist ruhig, entschieden, aber auch ganz weich. Er spricht uns alle einzeln an:

»Claude?«

»Ich glaube, es ist alles in Ordnung.«

»Carole?«

Carole gibt keinen Laut von sich. Nimmt sie uns überhaupt wahr? Dann lächelt sie mich jedoch an, so schwach, als koste sie das wahnsinnig viel Kraft. Fast befürchte ich, dass sie den Verstand verloren hat.

Ich antworte für sie: »Sie hat die Augen weit geöffnet. Ich glaube, es geht ihr gut.«

»Haben Sie gehört? Es kommt bald Hilfe«, fährt Alain fort. »Ich glaube, das Auto hängt mit den Hinterreifen an der Leitplanke. Die kleinste Bewegung kann uns aus dem Gleichgewicht bringen. Wir müssen ganz ruhig bleiben und dürfen uns nicht bewegen.«

Während wir warten, wächst meine Panik. Im Ernst – sie überwältigt mich vollständig. Wie in einem Science-Fiction-Film scheint ein Wesen von meinem Körper Besitz ergriffen zu haben. Jetzt verstehe ich, was Carole meinte, als sie von lähmender Angst sprach. Das Gehirn ist vermutlich so damit beschäftigt, sich Millionen von Horrorszenarien vorzustellen, dass keine Synapsen mehr übrig sind, um den Körper zu lenken.

Genau in diesem Moment sendet mir das Gehirn massenweise Bilder. Klischees, wie ich zerquetscht im Sterben liege oder am Fuß eines Abgrunds zerschmettert werde. Weit weg von zu Hause mit Menschen, die ich kaum kenne. Meine Eltern kommen mir plötzlich in den Sinn. Sie tun mir leid, die Armen. Ich hege keinen Groll mehr gegen sie. Es ist doch alles vollkommen banal, das wird mir jetzt klar. Nur schade um die Zeit, die ich mit meinem Selbstmitleid vertan habe. Stattdessen hätte ich mir Freunde suchen und mit ihnen reden sollen, statt mich in mein Schicksal zu ergeben und in meiner Märtyrerrolle aufzugehen.

Ich empfinde fast nur Reue. Diese Erkenntnis bekümmert mich zutiefst. Ich bereue so viel, obwohl ich noch so gut wie nichts erlebt habe …

Carole

Endlich höre ich die Sirene. Sie nähert sich, es kommt mir endlos vor. Dann ein schwerer Motor, der immer lauter wird – und von einer Stimme über ein Megafon übertönt wird.

»Hier spricht der Einsatzleiter der Feuerwehr. Wir kümmern uns um Sie. Bleiben Sie ganz ruhig, und vermeiden Sie jede plötzliche Bewegung! Zuerst werden wir Ihr Fahrzeug mit Seilen sichern. Danach zerschneiden wir die Leitplanke und ziehen Sie zurück auf die Straße.«

Die Zeit bleibt fast stehen. Wie bei einer Sanduhr, wenn die einzelnen Sandkörner langsam herunterfallen. Eine Ewigkeit vergeht, während wir auf jedes Metallgeräusch lauern, auf das kleinste Ruckeln, den winzigsten Stoß. Dann ein gellendes Kreischen. Die Säge schneidet widerwillig in das Metall, es dauert und dauert ... bis das Auto plötzlich gewaltsam befreit nach vorn ins Leere stürzt und mich so sehr in Panik versetzt, dass in meinem Brustkorb eine Explosion gezündet wird. Trotzdem bin ich unfähig zu schreien. Schweigend erdulde ich die Todesangst, als wäre ich gar nicht beteiligt. Dann wird das Schwanken des Autos schwächer, es kippt langsam nach hinten zurück und bleibt reglos stehen. Wie der Schrei in meiner Kehle, der es nicht nach draußen schafft. Meine Hand gleitet über die Rückbank, bis ich Corentins Hand finde. Ich drücke sie so fest, dass es ihm bestimmt wehtut. Dann wende ich den Kopf in seine Richtung, als wir unter schaurigem

Quietschen nach hinten gezogen werden. Corentin zwinkert mir zu. Claude schafft es als Erster, etwas zu sagen: »Anscheinend haben wir noch einen kleinen Aufschub bekommen ...«

Die Türen werden geöffnet, man zieht uns heraus, beruhigt uns und führt uns zum Rettungswagen. Dort werden wir untersucht, abgetastet, befragt und über den Unfall aufgeklärt. *Ein Lieferwagen hat sich direkt in der Kurve überschlagen. Nein, er konnte nicht mehr bremsen. Ja, es gibt Zeugen. Das Fahrzeug hinter Ihnen und der Fahrer des Lieferwagens. Er hat alles gesehen. Sie haben auch den Notruf getätigt ...*

Wir sind alle unversehrt davongekommen, sogar ohne jeden Knochenbruch. Ein Wunder. Nach mehreren Stunden im Krankenhaus, bei der Polizei und am Telefon mit dem Autoverleih können wir uns endlich ein Hotel in Saint-Jean-Pied-de-Port suchen und uns ausruhen. Am Abend machen sich Claude und Alain mit dem Taxi auf den Weg, um ein Ersatzauto aufzutreiben. Sie kommen mit einem Peugeot 308 Coupé-Cabriolet wieder. Claude will wohl um jeden Preis ein offenes Dach.

Später erwartet uns im Restaurant des Hotels eine Flasche Champagner.

»Kehren wir um, oder fahren wir weiter?«, fragt Claude, als wir anstoßen.

»Wir fahren weiter!«, antworten wir lachend.

Und Alain spricht aus, was wir alle denken: »Nachdem wir noch am Leben sind, sollten wir die Sache auch durchziehen.«

Claude

Keiner spricht aus, was passiert ist oder was er empfunden hat. In jedem von uns ist aber zweifellos etwas Kostbares entstanden. Unser gemeinsames Erlebnis umschlingt uns mit einem unsichtbaren Band, das nicht reißen wird. Wir haben eine Linie überschritten und zusammen dem Tod ins Auge geblickt.

Nach dem Abendessen suchen wir unsere Zimmer auf. Alain schläft sofort ein, zumindest vermute ich das. Noch einmal durchlebe ich den Tag. Wir hätten vorhin wirklich sterben können. Als wir über dem Abgrund schwebten, hatte ich genügend Zeit, um zu bereuen, schrecklich zu bereuen, denn ich fühlte mich verantwortlich. Verantwortlich dafür, dass ich diese drei Menschen mitgenommen hatte auf meine Reise und jetzt in dieses Schicksal … das uns eine Ewigkeit lang verhöhnt hat, wie ich zugeben muss.

Sie haben recht, Schuldgefühle und Reue hätten nur so lange angedauert wie der Sturz in die Tiefe, aber das wäre auch schon furchtbar lang gewesen. Und so schlafe ich an diesem Abend betend ein. Ich empfinde ein tiefes Bedürfnis, mich zu bedanken. Bei wem? Wofür? Das ist bei jedem anders. Aber heute Abend bete ich zu Gott. Zum Gott meiner Kindheit.

Corentin

Carole wünscht mir eine gute Nacht und schaltet das Licht aus. Liegt es an der Dunkelheit? Jedenfalls spüre ich plötzlich den Drang, mich jemandem anzuvertrauen. Den Drang zuzugeben, dass ich nicht so mutig war, wie ich dachte. Ich möchte meine Schwäche eingestehen.

»Ich hatte Angst zu sterben. Weil ich vor allem noch nicht genug Zeit zum Leben gehabt habe. Am meisten aber bedrückte mich in dem Moment das Bedauern, dass ich noch nie mit einer Frau geschlafen habe. Das ging mir als Erstes durch den Kopf. Ganz schön bescheuert, nicht wahr?«

Sie antwortet nicht. Wahrscheinlich ist sie schon eingeschlafen. Nein, doch nicht. Auf einmal spüre ich, wie meine Decke angehoben wird und ich berührt werde. Ich spüre ihre Wärme an meinem Körper. Das überrascht mich nicht. Ich weiß, es ist nur das Bedürfnis, etwas zu geben und zu empfangen. Zärtlichkeit und Trost, die einfache menschliche Sehnsucht, die sie in mein Bett geführt hat. Sie legt mir einen Arm um den Oberkörper und die rechte Hand auf die Schulter. Instinktiv umarme ich sie ebenfalls. Ich weiß nicht, wer wen tröstet. Aber was bedeutet das schon? Wir sind über die Frage nach Gut und Böse hinaus, wir sind einfach zwei Wesen, die sich näherkommen, nachdem sie gemeinsam dem Tod entronnen sind. Aber ihre freigebige, spontane Geste tritt schnell in den Hintergrund, weil mich ihre Berührung so sehr erregt, dass ich mich nicht mehr zu bewegen traue. Mein Körper reagiert prompt, und das darf sie auf keinen Fall mitbekommen! An Schlaf ist nicht zu denken. Ich liege reglos und hoffe, dass sie bald einschläft. Nach einer Weile, die mir endlos vorkommt, höre ich ihre regelmäßigen Atemzüge und entspanne mich allmählich. Ich muss wohl doch eingeschlafen sein, denn ich werde durch sanftes Streicheln wach. Von einer wohligen Lähmung erfasst, wage ich mich nicht zu rühren, aus Angst, diesen magischen Moment zu zerstören. Zwischen Traum und Wirklichkeit. Nur eine Sekunde brauche ich, um zu beschließen, dass ich dieser Lust nachgebe, die mir bis dahin unbekannt war. Ich bin glücklich. Ich bin ganz lebendig und spüre, wie mein Herz pocht.

Das Schlagen wird nach und nach schneller, als ihre Hände mich liebkosen, anfangs noch ganz leicht und zart. Sie rufen in mir ganz neuartige Empfindungen hervor. Sanfte Küsse. Sie macht mir dieses Geschenk, das ich ohne Vorbehalt annehme. Vorsichtig leitet sie mich, bis wir gemeinsam mein erstes Mal erleben. Sie löst sich von mir, küsst mich auf den Mundwinkel und kehrt ohne ein weiteres Wort in ihr Bett zurück.

Für den Rest meines Lebens werde ich mich an diesen Tag erinnern, an dem ich innerhalb weniger Stunden mit dem Tod in Berührung kam und meinen Lebenswillen spürte. Ich fühle mich so lebendig und weiß, was ich mit meinem Leben anfangen will. Ich habe meine Berufung gefunden. Nein, das lag nicht am Unfall, schließlich hat es ja *klick!* gemacht, als ich aufs Meer hinausgeschwommen bin. Der Unfall hat nur die Tür geöffnet. Es ist eine Gewissheit, die sich erst körperlich bemerkbar macht, bevor sie sich ganz klar ins Bewusstsein schiebt. Mir scheint, dass ich mich in wenigen Stunden vollkommen verwandelt habe. Ich bin wie neu geboren. Das Leben erscheint mir einfach. Heute Morgen wäre ich beinahe gestorben, morgen werde ich in Spanien sein …

¡Si Dios quiere!

Mir ist auch klar geworden, dass ich nicht nur meine Grenzen kennengelernt habe, sondern auch die Grenzen meiner Eltern akzeptieren muss.

Claude

Verrückt, dass eine Entscheidung, die in den Augen der anderen unverständlich und unsinnig scheint, für mich genau die richtige ist! Bei uns merke ich es an der plötzlichen Leichtigkeit, die uns erfüllt, an der Begeisterung, die uns vermittelt: *War doch gar nicht so schwierig.*

Ich liebe es, mit offenem Verdeck zu fahren. Welch ein Gefühl von Freiheit! Und dann der Wind im Gesicht. Das habe ich ja schon oft gehört, aber es stimmt wirklich.

Irgendwann kommen wir in Lekeitio hinter San Sebastián an. Meine drei Mitreisenden entscheiden sich für ein Hotel mit Blick über den Hafen. Als wir aus dem Auto steigen, dringt mir die Stimmung der kleinen Stadt ans Ohr. Das Gebimmel der Takelagen, der strenge Geruch des Wassers, das sich im Hafenbecken staut, das Brennen der Mittagssonne auf meinem Kopf. Ich schnappe ein paar spanische Gesprächsfetzen auf, die rau, stark und warm klingen. Ich verstehe, was die Leute sagen. Nichts habe ich vergessen. Wie ein unerwarteter Fausthieb ergreift das Gefühl von mir Besitz. Endlich bin ich angekommen. Zwar verhalte ich mich wie ein Narr, aber wie ein glücklicher Narr.

Wir beziehen unsere Zimmer. Wie immer haben wir Doppelzimmer genommen: Carole und Corentin in einem, Alain und ich im anderen.

Carole klopft an meine Tür.

»Sind Sie fertig, Claude? Dann unternehme ich mit Ihnen eine Tour.«

Ich greife zu meinem Stock und gehe nach draußen.

Carole

Ich nehme Claude am Arm, und wir spazieren durch das Hafenviertel. Es wirkt pittoresk wie eine altmodische Postkarte. Die vertäuten Fischerboote im Hafen, die Caféterrassen und die *cantinas* mit ihren ausgeblichenen Sonnenschirmen. Wir schlendern durch enge Gassen, deren schattiges Reich zwischen den Hauswänden uns sofort mit Kühle umschließt. Wände, an denen die Feuchtigkeit hochklettert und die jeden Tag ein klein wenig mehr Farbe verlieren. Schon kann ich mir kaum noch vorstellen, wie prachtvoll die Häuser früher wohl einmal erstrahlten. Jetzt verschwindet das schmutzige Beige, und große Flecken geben den Blick frei auf einen riesigen Schimmelbefall. Es folgt eine lange Reihe schmiedeeiserner Balkone, an denen Wäsche hängt und auf denen sich Blumentöpfe drängen. Sie verraten, ob ihr Besitzer einen grünen Daumen hat oder nicht. Um diese Zeit ist es ruhig hier. Wir gehen ein Stück weiter und kommen zu einem kleinen Platz, auf dem gerade ein Markt abgehalten wird. Wir nähern uns den Ständen, eine Explosion verlockender Gerüche. Dann kehren wir um und wenden uns in Richtung Hafen, um Corentin und Alain am Hotel zu treffen.

»Wissen Sie eigentlich, was mit Alain passiert ist, Claude?«

»Ich weiß nicht viel über ihn. Er hat wohl mehrere Jahre im Ausland verbracht, hauptsächlich in Asien. Er hatte ein eigenes Unternehmen, ein Restaurant.«

»War er verheiratet?«

»Ja, sieben Jahre, glaube ich. Die Sache endete ziemlich schlimm für ihn. Seine Frau hat ihn um sein ganzes Vermögen betrogen, und er war gezwungen, nach Frankreich zurückzukehren.«

Nach dem Essen zieht sich Claude in sein Zimmer zurück, um einen Mittagsschlaf zu halten. Ich unternehme einen kleinen Spaziergang. Am Ende des Piers stoße ich auf ein Häuschen, das schon lange unbewohnt zu sein scheint. Wahrscheinlich ein Ferienhaus. Zusammen mit dem Erdgeschoss hat es drei Stockwerke. Davor erstreckt sich ein verwilderter Garten, der von einer Mauer begrenzt wird. Es ist weiß getüncht und hat ein braunes Dach, raumhohe Fenster mit Läden, die alle auf einen kleinen Balkon hinausführen. Man sagt, Häuser haben eine Seele. Ich glaube, sie sind wie Menschen, in die man sich Hals über Kopf verlieben kann. Dieses Haus erweckt Liebe auf den ersten Blick in mir. Sehnsuchtsvoll betrachte ich es und träume von einem Leben hinter diesen Mauern – wie ein kleines Mädchen, das feine Dame spielt. Aber ach, am Ende fühle ich mich ganz elend, denn ich weiß, wie sinnlos meine Wünsche sind. Meine Freude verwandelt sich schlagartig in Melancholie. Ich hätte dem Traum von einer Zuflucht nicht die Tür öffnen dürfen, denn ein solches Glück ist nicht für mich bestimmt. In einigen Tagen werde ich wieder zu Hause sein. Ich kehre schnell zum Hotel zurück und flüchte mich ins Zimmer.

Mir kommen Erinnerungen an die vergangenen Tage. So vieles ist passiert. Vor dem Unfall war ich eingesperrt in meinem Innern, das mich wie ein Käfig umschloss. Doch als wir mit knapper Not dem Tod entkommen waren, kam es zu einer Verwandlung: Ich möchte nie mehr gefangen sein. Diese Gewissheit hat sich in mir festgesetzt, als hätten fremde Mächte ihre Hand im Spiel gehabt. Ich hatte nichts unter Kontrolle, ich hatte keinen eigenen Willen, es ist einfach passiert. Mit meinen eigenen Flügeln möchte ich fliegen, ich will nicht mehr, dass mich irgendjemand überwacht oder beherrscht. Meine Zwangsjacke ist zerrissen, ich bin körperlich unbeschadet davongekommen, doch vor allem geistig befreit.

Die Vorstellung, Fabrice entgegenzutreten und die Scheidung zu verlangen, beunruhigt mich. Denn ja, natürlich, ich will mich scheiden lassen. Außerdem einen riesigen Abstand zwischen mich und diesen Mann bringen. Wie? Ich weiß es nicht, aber ich bin entschlossen. Ich fürchte mich, aber es ist nicht die Angst von früher, denn die jetzige Angst habe ich selbst gewählt. Der Weg, der vor mir liegt, ist ungewiss, ich kann nichts erkennen, und ich habe den Eindruck, dass ich ebenfalls blind geworden bin. Tastend mache ich mich auf den Weg in meine Zukunft. Mit einem Unterschied – seit ich von dieser Freiheit gekostet habe, besitze ich eine unglaubliche Kraft, die nur noch genährt werden muss.

Im Vertrauen darauf, dass ich mein Leben ändern kann, stehe ich auf. Ich möchte meine Zufriedenheit mit jemandem teilen, also klopfe ich an Claudes Zimmertür.

»Herein!«

Er hat eine Art, dieses Wort zu rufen, dass ich mich immer willkommen fühle.

»Ich habe ein Haus entdeckt«, erzähle ich ihm aufgeregt.

»Jetzt ist genau der richtige Moment, um in Spanien Geschäfte zu machen.«

»Es ist nicht zu verkaufen. Ich möchte es Ihnen einfach gern zeigen.«

»Worauf wartest du? Bring mich hin!«

Dass er mich plötzlich duzt, freut mich. Durch den Unfall sind wir wirklich näher zusammengerückt.

Claude

Als wir an den Kais entlanggehen, spüre ich Caroles Begeisterung. Nicht nur an ihren Schritten, die sie meinen anpasst, sondern auch an ihrem Schweigen und an der Anspannung ihrer Arme. Ich freue mich für sie, denn wenn sie noch träumen und sich für etwas begeistern kann, dann ist das Wesentliche noch lebendig in ihr.

Größere Sorgen mache ich mir um Alain. Ob er seine Suizidpläne weiterverfolgt? Rasch versuche ich, den dunklen Schatten zu vertreiben, der den gemeinsamen fröhlichen Moment mit Carole überlagert. Diesen Moment, in dem sich unsere Träume über alle Ängste und unser schäbiges Elend erheben dürfen.

»Wir sind da«, murmelt sie.

»Beschreib es mir!«

Gegenüber dem Haus setzen wir uns auf eine Bank und wenden dem Hafen den Rücken zu. Das Plätschern des Wassers zwischen dem Rumpf der Schiffe vermischt sich mit dem Klimpern des Takelwerks.

»Es sieht aus wie die anderen Häuser, aber es ist das letzte in der Reihe. Ganz am Ende des Hafens. Die Gebäude scheinen sich gegenseitig zu stützen, eins lehnt sich ans andere. Aber genau betrachtet ist jedes anders. Mein Lieblingshaus ist weiß und hat braune Läden. Als Einziges hat es eine Pergola, die den vorderen Garten überdacht.«

Wir schweigen. Das Leben nimmt manchmal lustige Wendungen. Dass Carole ausgerechnet dieses Haus findet! Mein Haus – oder besser gesagt das Haus meiner Eltern und davor meiner Großeltern mütterlicherseits. Ein Haus, in das ich seit meiner Kindheit keinen Fuß mehr gesetzt habe und in das ich nicht zurückkehren wollte, das ich aber auch nie verkaufen wollte. Selbst meine Neffen wissen nichts von seiner Existenz. Meine Schwester hat es mir überlassen. Sie mochte nie wieder herkommen und hat die Jahre in Spanien aus ihrem Gedächtnis gestrichen. Es ist mein geheimer Garten. Eine Verbindung zu meinen Wurzeln. Deshalb habe ich auch all die Jahre dafür gesorgt, dass sich jemand darum kümmert. Damit es nicht heruntergekommen, sondern sauber aussieht. Wie ein Mausoleum.

Dann empfinde ich eine nie gekannte Freude, mein Herz jauchzt, als mir dieser brillante neue Gedanke kommt. In diesem Moment, in dem sich unsere Wege kreuzen, tauchen neue Möglichkeiten auf, die unser Leben verändern. Aber werden wir den Schritt in die unbekannte Richtung auch gehen? Oder werden sich Vernunft, Gewohnheit und Sicherheitsbedürfnis verbünden, und wir kehren wieder zurück in unseren täglichen Trott, der oft bequem, aber so wenig stimulierend ist?

»Carole? Was hast du vor, wenn wir zurück sind?«

»Ich weiß es nicht. Es wird nichts mehr sein wie vorher. Ich will diesen Mann nicht mehr sehen, Claude.«

»Das ist eine gute Entscheidung, meine Schöne, eine gute Entscheidung. Man sollte dem Leben nie den Rücken kehren.«

»Ich habe Angst vor dem Moment, wenn ich die Scheidung von ihm verlange.«

»Es wäre nicht klug, ihm das ins Gesicht zu sagen. Dafür gibt es juristische Fachleute.«

»Könnte ich doch nur ganz neu anfangen …«

»Um ganz neu zu beginnen, muss man mit der Vergangenheit abschließen, auch wenn sie uns immer wieder einholt.«

Am Ende haben wir uns von unserer Bank erhoben, und in diesem Moment hat mich Caroles Traurigkeit erfasst. Ich habe ihre lange Müdigkeit gespürt, die es ihr unmöglich machte, ihr Schicksal herauszufordern. Dazu fehlte ihr das Geld, der Wille, Unterstützung, Glück und Mut. Mit gebeugtem Rücken nimmt man Umstände hin und weiß doch gleichzeitig, dass es andere Möglichkeiten gäbe. Es sind einfach zu viele Widerstände zu überwinden und zu viele Kämpfe zu gewinnen.

»Solche Entscheidungen musste ich nie treffen, weißt du … Ich musste mich damit abfinden, was das Leben für mich vorgesehen hatte. Ich habe keinen Grund zur Klage, denn ich hatte ein Dach über dem Kopf und einen Beruf, durch den ich trotz meiner Behinderung junge Leute kennenlernte. Ihnen konnte ich die Hoffnung vermitteln, die ich selbst nie hatte. Es waren schöne Begegnungen, obwohl ich immer wusste, was diese Menschen erwartete. Wenn man von anderen abhängig ist, stehen einem weniger Möglichkeiten zur Verfügung. Du bist jung, Carole, und du hast keine Kinder. Also bist du frei, deine ganz eigenen Entscheidungen zu treffen. Du hast einen Beruf, du hast Erfahrung, und du hast ein hübsches Gesicht.«

»Woher wollen Sie das denn wissen?«, erwidert sie lachend.

»Die Leute reden, meine Schöne. Alain und Corentin haben dich beschrieben, jeder auf seine Art.«

»Sie haben mich beschrieben?«

»Was glaubst du denn? Ich bin schließlich neugierig. Auf jeden Fall bin ich froh, dass du dich deinen Ängsten stellen willst. Zugegeben, das ist leichter gesagt als getan, aber Ängste sind dazu da, überwunden zu werden.«

»Das sähe ich gern auch so klar wie Sie.«

»Du machst dich über mich lustig, meine Liebe!«

Einen winzigen Moment lang zögert sie, dann vertraut sie sich mir an: »Hätte ich einen Wunsch frei, dann bliebe ich mit Ihnen drei gern hier. Aber Sie müssen ja nach Hause zurück. Keine Ahnung, was Alain vorhat, aber Corentin wird mit seinem Studium beginnen. Und ich? Wenn ich Sie nicht mehr um mich herum habe, wird mich meine Kraft verlassen, fürchte ich.«

»Du solltest deinen Träumen mehr Vertrauen schenken.«

»Warum wollten Sie ausgerechnet in diesen Ort kommen, Claude?«

»Weil ich zum ersten und einzigen Mal in meinem Leben meiner inneren Stimme gefolgt bin.«

»Ich verstehe nicht ganz.«

»...«

»Aber ... Und das ganze Geld, das Sie für uns ausgeben. Warum?«

»Braucht man einen Grund, um etwas zu tun? Ich hatte Lust auf ein Abenteuer. Und allein hätte ich mich sicher nicht getraut.«

Wir stehen auf und kehren auf dem gleichen Weg zum Hotel zurück, jeder in seine Gedanken versunken. Ich bin mit einem uralten Freund verabredet, der mich abholen will.

Alain

Corentin hat sich verändert. Sein Gesicht strahlt. Liegt es am Unfall? Hat Corentin auch dieses Licht gesehen? Diese magische Phase zwischen den Zeiten, in der man spürt, dass das Schicksal einem ein Geschenk gemacht hat? Man versteht zwar die genauen Umstände nicht, aber man weiß, dass man so etwas nicht noch einmal erleben wird. Diese Unbesiegbarkeit, die man empfindet, wenn man einen Unfall überlebt, setzt einen Prozess der Veränderung in Gang.

Corentin ist ein Mann geworden, das fühle ich genau. Er hat jene Selbstsicherheit bekommen, die ihn zu einem Erwachsenen macht.

Carole hat sich ebenfalls verändert. Ob das aber ausreicht, damit sie ihr Leben in die eigenen Hände nimmt? Nur Claude ist derselbe geblieben ... Das liegt bestimmt am Alter. Im Alter kommt man schließlich öfter mit dem Tod in Berührung, nicht wahr?

Ich selbst hatte unglaubliche Angst vor dem Sterben. *Megaschiss*, wie Corentin sagen würde. Obwohl ich mich doch noch vor einigen Tagen vor den Bus werfen wollte.

Als ich mich wie eine Marionette fühlte, die in der Luft schwebte, schämte ich mich. Dafür, dass ich eine solche Angst vor dem Tod empfand, den ich doch so herbeigesehnt hatte. Als dann die Feuerwehr kam, verschwand die Panik und wich der Scham, diesmal aus einem anderen Grund – ich fühlte mich verantwortlich für den Unfall. In dem Bedürfnis, von der Bildfläche zu verschwinden, hatte ich das Risiko gesucht und herausgefordert. Dafür hasste ich mich, denn ich hatte drei Unschuldige mitgerissen. Und ich habe gebetet, dass sie unbeschadet davonkommen. Ja! Ich habe gebetet, ich! Diese Einsicht verblüfft mich so sehr, dass ich lächeln muss.

Hier möchte ich leben, in diesem Städtchen. Das habe ich beschlossen, und wenn die anderen zurückwollen, setze ich sie in den Zug nach Loches.

Claude

Meinen Kindheitsfreund Paco wiederzutreffen, hat mich zu Tränen gerührt. Als wir uns das letzte Mal begegneten, waren wir wenig älter als zehn Jahre. Er war mein Freund, mein Vertrauter, meine Augen. Doch dann verließen wir Hals über Kopf Francos Spanien. Wir schrieben uns von Zeit zu Zeit Briefe, in denen es auch um das Haus ging. Bis heute habe ich ihn nicht wiedergetroffen.

»Und sag deinem Sohn, dass er vorgeben soll, mich nicht zu kennen.«

»Alles klar, mach dir keine Sorgen! Er wird seine Rolle großartig spielen.«

Ihm, meinem lieben Paco, habe ich mich anvertraut. Ich habe ihm alles erzählt. Er weiß, dass ich nur noch wenige Wochen habe. Höchstens. Er besitzt den Anstand, das Ganze mit Humor zu nehmen.

»Wie kannst du mir das antun, nachdem wir uns jetzt endlich wiedergetroffen haben?«, fragt er mich.

Trotz allem fühle ich mich leicht und fast euphorisch. Ich habe etwas Verrücktes getan. Serge wird es verstehen. Und was Patrick betrifft – er hat eine schlechte Entscheidung getroffen, zu einem schlechten Zeitpunkt.

Ich setze mich auf die Terrasse des Hotels, wo mir meine Freunde bald Gesellschaft leisten. Eine freudige Spannung ergreift Besitz von mir. Eine fieberhafte Aufgeregtheit. Irgendetwas liegt in der Luft. Carole versucht zu vergessen, dass sie bald nach Loches zurückfahren wird, und versteckt ihre Angst hinter aufgesetzter Fröhlichkeit. Damit kann sie allerdings niemanden täuschen. Corentin scheint es genauso zu gehen. Er muss sich ja inzwischen mit uns langweilen. Wahrscheinlich möchte er endlich zurückkehren, traut sich aber aus Rücksicht auf Carole nicht zu drängeln. Und Alain spricht nicht mit seiner normalen Stimme. Ihm fehlt das übliche Spontane, irgendetwas klingt falsch. Er scheint einen Plan zu verfolgen, den er uns nicht mitteilt. Hoffentlich lässt er sich nicht zu viel Zeit …

Die Bedienung bringt uns einige *pintxos*. Alain räuspert sich.

»Ich muss allen Anwesenden etwas sagen.«

Ich spüre einen Stich im Herzen. Zwar sehe ich ihn nicht, vermute aber, dass er keinem in die Augen blickt, sondern stattdessen auf seine Hände starrt. Wie habe ich diesen Moment so gefürchtet, in dem er uns ankündigt, dass er uns verlassen wird! Um Haltung zu bewahren, strecke ich die Hand zu den gemischten Vorspeisen aus und picke mir einen der gegrillten Tintenfischringe heraus – von denen ich mich fast ausschließlich ernähre. Ohne zu kauen, schlucke ich den Bissen hinunter.

»Ich stehe nicht als Fahrer für die Rückfahrt zur Verfügung. Ich bleibe hier.«

Schweigen senkt sich über den Tisch. Dabei war ich doch so sicher, dass er unmittelbar abreisen will, wohin auch immer. Er bleibt! Ich bade in meinem Glück. Aber ich darf nicht zeigen, dass ich glücklich bin. Alain ist ein solcher Dickkopf, er ist imstande, seine Absichten noch mal zu überdenken, wenn er merkt, dass sie perfekt zu meinen Plänen passen. Doch das war noch nicht die einzige Überraschung.

»Ich bleibe auch«, verkündet Corentin unvermittelt mit fester Stimme.

Das genügt, um Alain auf die Palme zu bringen.

»Kommt gar nicht infrage, du kehrst zu deinen Eltern zurück! Ich kann mich nicht auch noch um einen Dreikäsehoch kümmern.«

Das ist zu viel des Guten, und die Stimmung wird kurzzeitig frostig. Corentin ist allerdings zu intelligent, um sich durch diesen Einwand aus dem Konzept bringen zu lassen.

»Der Dreikäsehoch bleibt nicht, weil Sie bleiben. Der Dreikäsehoch hat ganz allein beschlossen, denn er ist ja nun ein Großer, dass er den Sommer hier verbringen will. Dem Dreikäsehoch gefällt es hier nämlich sehr gut. Hier kann man ideal Urlaub machen, und davon träumt der Dreikäsehoch schon seit Langem.«

Er lässt einen Moment verstreichen, dann spricht er weiter: »Ich habe Geld gespart, und ich komme gut *allein* zurecht. Ich suche mir einen Job. Aber wenn Sie sich dann besser fühlen, kenne ich Sie ab morgen nicht mehr, Monsieur Miesepeter.«

Alain bricht in Gelächter aus und haut Corentin freundschaftlich auf den Rücken.

»Ich nehme meine Worte zurück, Corentin. Es freut mich, dass du dich allein durchschlagen willst. Ja, ich wäre sogar froh, dich mal zu treffen. Gelegentlich.«

»Und Sie, Carole?«, fragt er unbeholfen.

»Nun ja, irgendjemand muss Sie ja begleiten, nicht wahr, Claude?«, erwidert sie gespielt heiter und wendet sich an mich.

»Sie sind frei, meine Schöne. Ich kann genauso gut den Zug nehmen wie ein großer Junge. Aber stellen Sie sich vor, ich habe auch beschlossen, meinen Urlaub noch ein bisschen zu verlängern. Schließlich bin ich nicht in Eile. Möchten Sie mir nicht noch Gesellschaft leisten?«

»Aber … was ist mit dem Geld?«

»Da kann ich Sie beruhigen. Wofür hätte ich mein freudloses Leben lang mein ganzes Einkommen wohl ausgeben sollen? Für nichts, absolut nichts. Daher habe ich sehr viel Erspartes, und ein paar Tage länger an der Sonne machen mich nicht arm. Höchstens glücklicher.«

»Aber ich möchte nicht, dass Sie sich ausgenutzt fühlen«, erklärt sie peinlich berührt.

»Unsere zwei Freunde hier können bezeugen, dass ich Ihnen hiermit im Vollbesitz meiner geistigen Kräfte den Vorschlag unterbreite, Ihren Aufenthalt zu verlängern und mir Gesellschaft zu leisten. Über mein Geld kann ich meines Wissens verfügen, wie es mir beliebt. Diese beiden können ja tun und lassen, was sie wollen. Bis wir abreisen, behalte ich Sie aber unter meinen Fittichen.«

Sie nimmt meinen Arm, zieht mich leicht an sich und gibt mir einen Kuss auf die Wange. Dabei murmelt sie ein leises *Danke*, das mir einen Stich versetzt, weil es so von Herzen kommt. Ich merke, dass meine Entscheidung die beiden Schlauberger überrascht.

»Was haben Sie vor, Alain? Falls die Frage nicht indiskret ist ...«

»Irgendeine Arbeit suchen.«

»Und du, Corentin?«

»Mit meinem Spanisch finde ich sicher einen Saisonjob in einem Café oder einem Restaurant.«

Unseren beiden Freunden scheint ihre Situation Carole gegenüber ein bisschen peinlich zu sein. Aber können sie ihr helfen? Überhaupt nicht. Jeder muss die Verantwortung für sich selbst übernehmen. Allerdings spüren sie natürlich, dass auch Carole ihr Glück gern hier versuchen würde, den Versuch aber nicht wagt. Es ist jedoch nicht so einfach für sie, eine Arbeit zu finden. Alain spricht fließend Spanisch. Corentin spricht gutes Schulspanisch, doch in seinem Alter lernt man schnell. In einem Café käme er schon zurecht. Carole spricht allerhöchstens auf Anfängerniveau und hat längst jedes Vertrauen in sich selbst verloren. Man hat ihr die Flügel gestutzt, und ich habe nur noch wenig Zeit zur Verfügung, um ihr zu zeigen, dass Flügel nachwachsen können.

»*Que será, será!*«, ruft Alain und hebt sein Glas. »Danke, Claude, für alles, was Sie für mich getan haben! Diese Schuld kann ich nie begleichen, aber ich versichere Ihnen, dass Sie mein Leben verändert haben.«

»Mein Leben haben Sie auch verändert«, stimmt Corentin zu. »Das werde ich nie vergessen.«

Dieser Junge bringt mich noch zum Weinen, wenn er so weitermacht, und ich will nicht weinen. Ich will auf keinen Fall weinen! Ich weine, wenn ich klassische Musik höre. Dann bin ich aber auch allein. Schnell unterbreche ich ihn: »Ich habe Sie doch alle nur benutzt, um einer letzten Laune des Alters nachzugeben und hierherzukommen.«

In dem Moment, als ich den Satz ausspreche, merke ich, dass ich zu viel verraten habe.

»Ja, genau«, hakt Corentin nach. »Warum haben Sie eigentlich diesen Ort ausgesucht? Das haben Sie uns nie verraten.«

Ich nehme einen Schluck von meinem Aperitif, um etwas Zeit zu gewinnen.

»Weil dieses Städtchen einen ähnlichen Duft wie das Dorf meiner Kindheit hat. Im Alter wird man wunderlich und sentimental, das ist doch bekannt. Und manche Reisen möchte man einfach nicht allein unternehmen.«

»Das ist nicht die wahre Antwort«, widerspricht Corentin.

»Es ist seine Antwort«, fährt Alain dazwischen, der mich durchschaut hat und nicht möchte, dass die anderen verstehen, was er verstanden hat. »Vielleicht kommst du ja eines Tages mit deinen Kindern hierher zurück, Corentin. Dann lässt du diesen gemeinsamen Moment wieder aufleben. Und du erzählst ihnen von uns und von unseren Abenteuern. Und vom Duft dieses kleinen Orts, verstehst du?«

Der treue Alain! Welche Umsicht und Sentimentalität sich hinter seinem Schutzpanzer verbergen! Ich weiß, dass ich auf ihn zählen kann. Vorausgesetzt, er befreit sich aus seinem Kokon, das wünsche ich ihm wirklich. Zumindest hat er eine gute Entscheidung getroffen und will hierbleiben.

Wie ich sie doch mag, meine lieben unbekannten Reisegefährten! Unbekannte, die mich auf der letzten Reise begleiten. Ist das nicht pure Ironie? Nicht für einen Blinden. Ich nehme die Hände, die mir gereicht werden. Habe ich denn eine andere Wahl?

Am Abend führe ich endlich ein vertrauliches Gespräch mit Alain, nachdem Carole und Corentin schlafen gegangen sind. Ich erzähle ihm von meinen Plänen und frage ihn, ob er mich am nächsten Tag begleitet, um ein Haus zu besichtigen.

»Ich würde gern Ihre Meinung dazu hören. Und Sie könnten nachsehen, ob alles funktioniert, all so was …«

»Wie viel kostet es?«

»Vierhundertfünfzig Euro im Monat«, lüge ich. »Ich möchte es für zwei Monate mieten, nur den Sommer über.«

Carole

Ich bin so glücklich, dass Claude noch ein wenig länger bleiben will. Um sechs Uhr bin ich aufgestanden und ganz leise nach draußen geschlichen, um einen Spaziergang zu machen.

Ich frage mich wirklich, warum Claude hierherkommen wollte. Alain weiß es bestimmt, aber er wird nichts verraten. Er hat ein gutes Herz, aber er ist ein solcher Geheimniskrämer, dass ich kaum Vertrauen zu ihm aufbauen kann. Dann denke ich an Corentin. Er hat sich innerhalb einer Nacht so sehr verändert … Ich lächele in mich hinein.

Zurück im Hotel, gehe ich hoch ins Zimmer und dusche. Dann begebe ich mich nach draußen auf die Terrasse, wo die drei Männer beim Frühstück sitzen. Claude schlägt vor, dass ihn alle zu einem Haus begleiten, das er für zwei Monate mieten möchte. Die Aussicht auf einen Sommer in diesem Ort macht mich unglaublich glücklich.

Als der Termin näher rückt, brechen wir zum Hafen auf, den wir bis zum Pier entlanggehen.

»Aber … Wollen wir etwa das Haus besichtigen, das mir so gut gefällt?«

»Das weiß ich nicht, Carole. Mein Notar hat sich um alles gekümmert. Er hat einen Immobilienmakler kontaktiert und ihn gebeten, etwas zu finden, wenn möglich am Hafen.«

»Das ist ja nicht zu fassen!«

Der Immobilienmakler kommt. Er ist sehr charmant. Ich

spüre ein angenehmes Ziehen im Bereich des Brustbeins, das mir ganz ungewohnt ist. Zu lange schon habe ich mich nicht mehr von einem Mann angezogen gefühlt. Claude stellt uns vor. Pablo ist der Sohn des Notars und leitet eine Immobilienagentur.

Das Innere des Hauses ist noch schöner, als ich es mir vorgestellt habe. Es ist ziemlich gut erhalten, sehr funktional und komfortabel. Seine altmodische Wärme ist ungemein authentisch und wirkt einladend und freundlich. Es gibt zwei große möblierte und zwei leere Zimmer, außerdem ein Badezimmer auf jedem Stockwerk.

Während Alain die Wasserleitungen, den Stromzähler und das Gas begutachtet, bittet mich Claude, in den Zimmern nachzusehen, ob noch irgendetwas Wichtiges gekauft werden muss. Als wir unsere Besichtigung beendet haben, gehen wir gemeinsam nach draußen und verabschieden uns von Pablo.

»Ich lasse Ihnen Zeit zum Nachdenken und komme gegen achtzehn Uhr ins Hotel. Dann können Sie mir Ihre Entscheidung mitteilen«, sagt er und geht.

Corentin wartet, bis Pablo außer Hörweite ist, dann platzt es aus ihm heraus: »Das Haus ist der Hammer!«

»Was meinen Sie, Alain?«

»Ehrlich gesagt hatte ich damit nicht gerechnet. Das Haus ist gut in Schuss, sehr gepflegt, sauber und geräumig. Und alle Leitungen sind neu verlegt. Es muss nur mal gelüftet werden.«

»Gut«, entscheidet Claude. »Ich glaube Ihnen. Sie scheinen sich ja schon ziemlich sicher zu sein. Ich denke noch darüber nach. Aber Sie können natürlich jederzeit dort einziehen, solange Sie nach etwas anderem suchen.«

Corentin und ich sind ganz aus dem Häuschen, aber Alain sträubt sich noch. Verständlich, das setzt seinem männlichen Stolz natürlich arg zu.

»Irgendwie fühle ich mich nicht ganz wohl, Claude«, sagt

er. »Sie sind wahnsinnig großzügig, aber ich hätte das Gefühl, auf Ihre Kosten zu leben. Das gilt nicht für Sie, Carole. Bei Ihnen ist das etwas anderes.«

»Darüber haben wir doch schon gesprochen, Alain. Erinnern Sie sich an unser erstes Picknick? Dies hier ist genau das Gleiche. Ob Sie nun dort wohnen oder nicht – die Miete ist die gleiche. Machen wir es doch so: Sie laden mich zu einem Festessen ein, wenn Sie Ihr erstes Gehalt bekommen haben. Und wenn Sie darauf bestehen, dann können Sie mir das Ganze ja irgendwann zurückzahlen.«

Alain betrachtet Claude, sieht ihm unverwandt in die geschlossenen Augen. Dabei zeigt er einen eigenartigen Gesichtsausdruck.

»Einverstanden. Sie sind schon etwas Besonderes, Claude.«

»Sie auch, meine Freunde. Sich einen blinden Achtzigjährigen aufzuhalsen, das ist kein Zuckerschlecken. Nun gut, die Sache ist hiermit beschlossen. Ich sage Pablo Bescheid, dass wir uns einig geworden sind und morgen gern wiederkommen.«

Unsere Stimmung ist fröhlich und gelöst. Dank der Eigenwilligkeit eines alten Mannes haben wir alle eine weite Reise hinter uns. Ich verlasse die anderen, um in ein Internetcafé zu gehen. Ich muss zwei Mails schreiben. In dem Moment, in dem ich auf *Senden* klicke, beschleunigt sich mein Puls. Ich habe das Gefühl, dass eine tonnenschwere Last endlich von mir abfällt.

Corentin

»Hallo, Mama?« Ich lasse sie erst gar nicht richtig zu Wort kommen. »Ja, es ist toll. Deshalb habe ich beschlossen, den ganzen Sommer hier zu verbringen. Mein Klavierlehrer mietet bis Ende August ein Haus. Er sagt, ich kann dort wohnen, wenn ich möchte. Morgen fange ich an, mir einen Job zu suchen.«

Erst folgt Schweigen, dann *Was?, Wie kommt denn das?, Aber du kannst doch nicht!, Wir haben doch schon alles für Oxford vorbereitet …* Ich unterbreche sie ruhig, aber bestimmt: »Papa und du, ihr werdet sehen … Es tut euch gut, mal zu zweit zu sein …«

Natürlich unterbricht sie mich: »Das ist doch wohl nicht dein Ernst, Corentin! Ich verlange von dir, dass du morgen zurückkommst. Hast du mich verstanden?«

»Ich bin achtzehn und kann ab sofort für mich allein entscheiden, okay?«

»Aber …«

»Hör zu, Mama! Wenn du endlich mal etwas akzeptieren könntest, würdest du uns allen das Leben wirklich erleichtern. Ich will die restlichen Ferien hierbleiben und komme Ende August zurück. Das ist doch nicht der Untergang der Welt!«

»Dann gib mir zumindest eine Adresse! Außerdem möchte ich mit deinem Lehrer reden.«

»Er hat sich hingelegt, aber ich sage ihm, dass er dich morgen anrufen soll.«

»Wir könnten vorbeikommen …«

»Nein, Mama, ich will nicht, dass ihr kommt! Ich will allein sein, weit weg von euch. Nimm es mir nicht übel, aber ich muss auch mal ohne euch zurechtkommen. Ich melde mich von Zeit zu Zeit bei dir. Und bitte – ruf nicht jeden Tag an!«

Ich stelle mir vor, wie sie auf meinen Vater wartet, um ihm unter Tränen und Wehklagen von meiner Unvernunft und vom schlechten Einfluss meines Lehrers zu berichten. Schließlich habe sie die ganze Zeit gewusst, dass sie mir diese Reise hätten verbieten müssen. Mein Vater wird zuhören, ohne die Miene zu verziehen, sich auf das Abendessen konzentrieren und sich vorstellen, wie gern auch er allein Urlaub machen würde.

Ich bin zufrieden, fühle mich befreit und habe endlich, zum ersten Mal, das Gefühl, eine eigene Entscheidung getroffen zu haben. Alain erzählt, dass er eine Zeitarbeitsfirma aufsuchen will. Daraufhin frage ich ihn, ob er mich mitnimmt. Er lächelt.

»Erleichtert?«

»Ja.«

»Du hast recht, mein Junge. Es gibt nichts Besseres als die Freiheit. Los geht's! Sehen wir mal, ob wir hier einen Job finden.«

»Kann ich mitkommen?«, fragt Carole, die uns am Eingang des Hotels entgegenkommt.

»Je mehr, umso besser …«

Ich muss lachen.

»Man wird uns für eine Familie halten.«

»Das sind wir ja irgendwie auch geworden, oder?«, erwidert Carole.

»Und jetzt suchen Vater, Mutter und Sohn einen Job«, feixt

Alain. »Sie bleiben also auch noch ein bisschen?«, fragt er Carole.

»Ja, das würde ich gern.«

»Und Ihr Mann?«

»Ich habe ihm gerade in einer Mail geschrieben, dass ich mich scheiden lassen will. Außerdem habe ich bei meinem Chef gekündigt und ihm die Bankverbindung von Claude gegeben. Dann kann er mein letztes Gehalt auf sein Konto überweisen.«

»Meinen Sie das ernst?«

»Absolut.«

»Anscheinend hat der Unfall bei uns allen einiges auf den Kopf gestellt. Corentin kündigt seiner Mutter an, dass er den Sommer weit weg von ihren Fittichen verbringen will, und Sie lassen sich scheiden … Mal ganz abgesehen von Claude, der mal eben zwei Monate Urlaub macht.«

»Und natürlich Sie!«

Alain hebt fragend die Brauen.

»Ja, Sie doch auch!«

»Ich? Ich war doch sowieso unterwegs nach irgendwohin. Das war schon vorher klar, also warum nicht hierher?«

Alain

Ich fühle mich ganz leicht, obwohl ich den Moment fürchte, in dem Claude uns verlassen wird. Wann wird das sein? Bald, vermute ich. Ich kenne ihn ja kaum, aber trotzdem ist er mir ans Herz gewachsen. Für Carole wird es ein Schock sein. *¡Así es la vida!* Das hat er wirklich schlau eingefädelt. Es ist ihm gelungen, uns alle so weit zu bringen, dass wir ihn hierher begleitet haben. Und das Unglaublichste daran: dass wir alle beschlossen haben, für länger zu bleiben! Er hatte nie die Absicht, nach Loches zurückzukehren. Er ist gekommen, um seine letzten Wochen hier zu verbringen. Hier, wo seine Wurzeln sind. Der hat es einfach faustdick hinter den Ohren!

Er wird garantiert von mir verlangen, dass ich ihm verspreche, auf Carole aufzupassen, bis sie alles überstanden hat. Darauf wette ich. Er weiß genau, dass Carole und ich nie mehr als Freunde sein werden. Das ist das Gute an unserer Beziehung: keinerlei Anziehung, nur Freundschaft. Sie könnte meine Tochter sein. Das macht vieles einfacher. Ich glaube, dass sie viel stärker ist, als er glaubt. Ihr Mann wird sich wahrscheinlich bald mit eingezogenem Schwanz davonmachen und sich ein neues Spielzeug suchen, wenn er merkt, dass sie ihm nicht mehr zur Verfügung steht.

Ach, da ist ja Pablo, der mit Claude spricht. Ich geselle mich zu den beiden.

»Wir ziehen morgen ein«, verkündet Claude.

Claude

Letztendlich war der linke Trick, den Patrick probiert hat, doch zu etwas gut. Wenn er wüsste, dass ich seinen Makler kontaktiert habe, um ihm das Haus in Loches zu verkaufen! Der Typ musste nicht zweimal darüber nachdenken. Angela kümmert sich darum, dass alles leer geräumt wird. Außerdem schickt sie mir einige Dinge, an denen ich hänge. Ich habe ein neues Testament aufgesetzt, und Serge wird zu gegebener Zeit einen langen Brief bekommen, in dem ich ihm meine Entscheidung erläutere.

Habe ich es Ihnen gar nicht erzählt? Ich habe die Hälfte des Erlöses durch den Verkauf des Hauses – was dem Anteil meiner Schwester entspricht – Serge und Patrick hinterlassen. Sie zu enterben, bringe ich nicht übers Herz. Angela wird auch einen kleinen Umschlag erhalten. Das hat sie sich verdient, schließlich hat sie sich die letzten Jahre so fürsorglich um mich gekümmert. Und Carole und Alain habe ich als meine Haupterben eingesetzt. Davon wissen sie natürlich nichts.

Wir vier haben gemeinsam einen wundervollen Sommer verbracht. Um ehrlich zu sein, den schönsten Sommer seit meiner Kindheit. Irgendwann Mitte Juli hat Alain eine Stelle als Geschäftsführer eines kleinen Hotels am Ortsausgang direkt am Meer gefunden. Es ist ein sympathisches kleines Hotel mit drei Sternen, für das er Tausende von Ideen hat. Er ist wie verwandelt und scheint seine Arbeit zu lieben. Corentin hat den ganzen Sommer über in einem Café auf dem Hauptplatz gekellnert und uns dann mit ernster Miene mitgeteilt, dass er Missionar werden möchte. Er hat sich für ein Theologiestudium in Paris eingeschrieben. Sie können sich leicht vorstellen, dass diese Entscheidung bei seiner Mutter mehr als nur Wehklagen hervorgerufen hat. Und was Carole betrifft – sie strahlt seit fast zwei Monaten vor Glück, woran Pablo nicht ganz unbeteiligt ist. Ich vermute, dass sie auch offiziell ein Paar werden, sobald ihre Scheidung endgültig durch ist. Sie hat nichts mehr von Fabrice gehört. Wahrscheinlich wurde er ganz klein, als er die Beweise sah, die Carole mit unserer Hilfe für das Gericht zusammengestellt hatte.

Nun geht der August ganz still und leise zu Ende ... Es ist Zeit für mich, meine Freunde sich selbst zu überlassen.

»Alles ist gut in der besten aller Welten«, flüstert mir eine Stimme ins Ohr. Instinktiv drehe ich den Kopf zur Seite, und da erkenne ich es. Ja! Ich erkenne ein Wesen, ich sehe es vor mir. Wie soll ich es beschreiben? Strahlend. Groß und anmutig, gekleidet in ein wallendes langes Gewand in golden schimmerndem Grün. Das weiße Haar reicht bis zu den Schultern, die smaragdgrünen Augen leuchten, und das Lächeln ist unwiderstehlich.

»Gehen wir, Claude?«

»So läuft das also ab? Und Sie sind ...«

»Palahi, dein Schutzengel.«

»Ah! Ich sehe, dass mein Sarg in die Erde gesenkt wird. Es ist also so weit.«

Wie schön es sein wird, ihnen von dort aus zuzusehen, wie sie in ihrem spanischen Rhythmus leben! Von Zeit zu Zeit werde ich sicherlich auch Corentin erblicken, wenn er Urlaub macht. Ach ja! Ich sehe jetzt übrigens wieder ganz deutlich. Ich nutze meinen wiedergewonnenen Sehsinn ausgiebig. Jeden Tag statte ich meinen beiden Schützlingen einen kleinen Besuch ab.

Die Umbauarbeiten, die vor zwei Monaten begonnen haben, sind beinahe fertig. Die Pension heißt *Casa Claudio*. Es gefällt mir, eine kleine Spur auf der Erde hinterlassen zu haben. Carole und Alain haben beschlossen, mein Haus, das jetzt ihnen gehört, in eine Familienpension umzuwandeln, deshalb auch die Umbauarbeiten. Sie statten vier Zimmer im ersten Stock mit einem Bad aus. Dort, wo ich mit Corentin gewohnt habe. Paco hat schon drei Gäste für den Oktober gefunden. Ich muss Ihnen bestimmt nicht sagen, dass das Haus dank der Feenhände von Carole wieder aufgeblüht ist. Sie kümmert sich um die Geschäftsleitung, die Buchhaltung und die Küche. Also eigentlich um alles. Alain hat ihr das Geschäft überlassen und auf seinen Anteil verzichtet. Dieser Kerl macht mir bis zum Ende zu schaffen! Aber sie ist auch ganz schön dickköpfig. Sie hat das Geld, das nach dem Umbau noch übrig ist, auf ein Sparbuch auf Alains Namen überwiesen. Sie ist der Ansicht, dass er vielleicht eines Tages eine Frau kennenlernt und es gebrauchen kann. Pablo und Alain sind Freunde geworden, und die drei essen oft gemeinsam. Alain ist in einen der Bungalows in seinem Hotel gezogen. Er hat nach unserem Unfall endlich Frieden mit seiner Vergangenheit geschlossen und vor allem etwas noch viel Selteneres gefunden: die Essenz des Lebens.

Carole hat Marmitako zubereitet – mit kleinen Stücken Thunfisch, Paprika, Knoblauch, Zwiebeln und Kartoffelwürfeln. Nicht zu fassen! Das ging ja schnell, dass sie die regionale Küche verinnerlicht hat! Pablo wird später dazustoßen, er ist noch bei seinem Vater. Leider ist mein alter Freund Paco seit einiger Zeit sehr schwach. Alain ist kurz nach dem Kaffee gegangen. Er möchte einen ruhigen Abend genießen und Musik hören.

Er hat heute Abend Lust auf Jazz. Er sucht eine CD aus, legt sie in den CD-Spieler ein und beschließt, seine Bibliothek aufzuräumen. Er wirft die alten Zeitungen weg, sortiert nebenbei ein paar Unterlagen und ordnet seine Bücher. Irgendwann tritt er auf die Terrasse, streckt sich auf einem Liegestuhl aus, schließt einen Moment lang die Augen und lauscht der Stimme von Louis Armstrong, die ihn um mehrere Monate zurückversetzt, zurück zu dem Moment, als alles begann. Zurück auf die Parkbank gegenüber von meinem Haus.

Danksagung

Dank an meinen Vater, der mir seine Werte vermittelt hat, und an meine Kinder, die sie respektieren.